平凡な革命家の死

警部補卯月《うづき》枝衣子《えいこ》の思惑《おもわく》

（『平凡な革命家の食卓』改題）

樋口有介

祥伝社文庫

目次

1

銀座《ぎんざ》や新宿《しんじゅく》にくらべればずいぶんの田舎《いなか》だが、ＪＲ西国分寺《にしこくぶんじ》駅周辺にも高層マンションは林立する。府中《ふちゅう》や立川《たちかわ》方向の空は繁華街《はんかがい》のネオンが星明かりを相殺《そうさい》し、そうでなくとも二階のベランダには隣家の裏壁が迫って首をのばさなければ空自体がのぞけない。

卯月枝衣子《うづきえいこ》警部補はベランダの鉄柵に片肘《かたひじ》をかけ、室内でビデオ撮影をつづける萩原《はぎわら》刑事の作業を傍観《ぼうかん》する。萩原はこの春に着任した警視庁国分寺署刑事課の刑事で、枝衣子のほうは二十九歳の警部補。地方公務員としてはかなりのエリートではある。

蛍光灯《けいこうとう》照明の明るい居間にいるのは萩原のほかに刑事課長の金本《かねもと》、白衣を着た初老の医師に中年の看護師、そして遺体となった増岡誠人《ますおかまさと》。増岡は替えズボンにカーディガン姿で座卓の向こうに横たわり、やや足をひらいて歯を食いしばるように口を閉じている。髪が不自然に黒いのは染めているせいだろうが、年齢は六十二歳。五月の選挙で初当選した国分寺市の市議会議員で前職は公立中学校の教諭という以外に、今のところ情報はない。

医師が増岡の着衣をととのえ、金本のほうへ膝《ひざ》をずらしてむっつりとうなずく。

「急性の心不全ですなあ、過労と心労が重なったものでしょう」

「病死と断定してよろしいわけですな」

「外傷も嘔吐《おうと》物も一切《いっさい》なし。眼球に点状出血が見られますから呼吸も困難になって、まず通常の心停止かと」

「死亡後どれほどが？」

「死後硬直が始まっていないので、まあ、二時間以内でしょう。以前から血圧が高くて降圧剤を処方していましたよ。それを指示どおりに服用しておったかどうかは、ご家族にでもお聞きください」

病院での死亡や医師が立ち会った場面の死、または事故現場等の死以外は異状死とみなされ、医師には警察への通報義務がある。増岡のケースも帰宅した家人が二階の居間で横たわっている同人を発見し、町内で開業している横田《よこた》医師に連絡した。遺体の胸に包丁が刺さって部屋が血だらけならともかく、一般的に発見者は一一九番に通報するか懇意《こんい》な医師に連絡する。横田医師も連絡を受けて駆けつけ、死亡を確認してから警察へ通報した。日曜日で非番だった枝衣子と金本も当直の萩原に呼び出されて、増岡家に到着してから十五分ほどが過ぎている。

枝衣子はベランダで夜風を受けながら八畳の居間を見まわし、茶簞笥《ちゃだんす》やテレビの位置に乱れがないことを確認する。座椅子《ざいす》にも座布団《ざぶとん》にも乱れはなく、座卓とその上に置かれたノートパソコンの位置だけが少しずれている。事務所になっている一階にも侵入や物色の様子はなかったし、この居間にも物盗《ものと》り等の痕跡《こんせき》はない。しかしせっかく市議会議員という大物が死んでくれたのだから、このまま〈事件性なし〉で片付けてしまうのは口惜《くちお》しい。

医師が片膝を立てて腰をあげかけ、枝衣子はその医師を制しながら部屋内《へやうち》へ戻る。

「課長、ちょっと」

金本が口元をひきしめてうなずき、布袋腹《ほていばら》をぽんぽんと叩いて窓際へ寄ってくる。いつもは紺《こん》系の背広に柄の分からないネクタイで決めているのに、今夜は替えズボンにジャンパー。顔もいくらか赤いから非番で晩酌《ばんしゃく》でもしていたのだろう。こういう緊急の呼び出しには金本にも枝衣子にも、死体処理手当を含めて五千円程度の臨時手当が支給される。

医師や看護師に聞こえても構わないのだが、枝衣子はわざと声をひそめる。

「どうでしょう、一応血液を採取してもらっては」

「うん？　なんのために」

「ご遺体は市議会議員ですよ。どこかからクレームがくる可能性も」

「どこかからとは」

「知りませんけど、政治家というのはイチャモンをつけるのが商売です。増岡さんは革新系だったようだし、警察は手抜きをしたとかなんとか、誰が騒がないとも限りません」

「そうはいうが……」

またぽんぽんと腹を叩き、金本が医師のほうへちらっと目をやって、鼻の付け根に皺《しわ》を寄せる。

「先生も病死とおっしゃる。俺が見たところでも不審な点はない。無理に話を面倒にする必要もないだろう」

「念のためですよ。司法解剖《かいぼう》をしろと言ってるわけではありません。あくまでも『警察は手抜きをしなかった。市議会議員という立場に敬意を払って厳密に捜査をした』と。そのほうが議会も喜ぶし、国分寺署《こちら》の顔も立つでしょう。課長だって来年は退官じゃないですか。ここは慎重に対処しておくほうが無難だと思いますけどね」

金本が口を半開きにして枝衣子の顔を見つめ、しかし言葉は出さずに、諦《あきら》めたように肩をすくめる。

「まあ、卯月くんの言うことにも一理はあるかなあ。政治家というのは大げさに対応してやったほうが、喜ぶかも知れんしなあ」

下手なウィンクをしてから部屋内へふり返り、金本が頭を掻《か》きながら医師のほうへ戻る。

「先生、お聞きになったでしょう。増岡さんも市議会議員ということで、あれやこれや思惑《おもわく》が出てこないとも限らない。ご面倒でも血液を採取してくださらんか」

医師が天井を仰《あお》いで顔をしかめ、それでも膝を正座に戻して看護師を手招く。遺体の状況は誰が見ても急性の心不全、部屋の様子からも事件性は考えられないが、医師会も地元の議会と関係はあるはずだし、警察の指示では仕方ないと思ったのだろう。

これで都合よく毒物が検出されればシメたものではあるけれど、この業界がそれほど甘くないことは枝衣子にも分かっている。

「萩原くん、居間だけではなく、となりの部屋も撮影をね。窓やカーテンやドアや畳のゴミまで遺漏《いろう》のないように。わたしは一階《した》でご家族の話を聞いています」

「ああ、えーと、卯月くん、採取してもらったサンプルはどうするね」

「先生にお任せすればいいでしょう。医師会と提携している検査会社があるはずです」

「そうか、なるほど」

医師の合図で看護師が黒いドクターバッグをひらき、なかから注射器の容器をとり出す。その様子を確認して枝衣子は部屋を横切り、一階への階段に足をおろす。いくら定年が近いロートル課長でもサンプルの始末ぐらい手配できるだろうに、とは思うが、逆にその凡庸《ぼんよう》さが扱いやすい。三年前に国分寺署が小金井《こがねい》署から分離独立するまで、金本はその小金井署で地域課の課長をしていたという。

階段をおり、議員事務所らしくポスターや写真が飾ってある一階へ向かう。掃《は》き出し窓に十畳ほどのフローリング、そこにキッチンスペースがつづいているからもともとはこの一階が居間だったのだろう。今は二つのスチールデスクにコピー機やファクス機が押し込まれ、人間がやっと三人座れる程度の小さいソファが据《す》えてある。

「ご愁傷《しゅうしょう》さまでした。横田医師が血液を採取しておりますので、もうしばらくお待ちください」

ソファに肩を寄せているのは増岡夫人とその娘、それぞれ五十歳と三十歳といったところか。

「お手数をおかけします。ですが、血液の採取というのは？」

顔をあげたのは娘のほうで、母親はうつむいたままハンカチを握《にぎ》りしめている。

「お父さまは市の重要人物ですから、万事遺漏のないようにと」

一瞬母親が顔をあげたが、なにも言わず、また下を向いてハンカチを握り直す。白髪混《しらが》じりの髪を染めもせず、痩《や》せぎすの躰《からだ》を外出着らしいパンツスーツに包んでいる。化粧をしていない顔にちらほらシミは見えても、顔立ち自体はととのっている。若いころは相当の美貌《びぼう》だったろう。娘のほうも母親に似た容貌《ようぼう》でスカートにフリルのついたブラウス、目鼻立ちは母親に似ているのに口の形が下品で、目には気の強そうな光がある。

「法律的には異状死の扱いになりますので、報告書を出さなくてはなりません。少しだけお話を」

報告書といっても実際は臨時手当の請求書ぐらいだが、それを素人《しろうと》に告げる義理はない。

枝衣子はデスクの椅子をひき寄せて腰をのせ、ショルダーバッグから黒表紙の手帳をとり出す。供述《きょうじゅつ》なんかスマホへのメモで済むけれど、手帳にボールペンを構えて脚を組む自分のポーズが気に入っている。

「まず奥様のお名前と年齢を」

「母は増岡真由美《まゆみ》で五十一歳、私は東田《ひがしだ》久恵《ひさえ》でちょうど三十歳になります」

母親はうつむいてハンカチを握ったままだから、増岡家の広報は娘が担当する習慣なのだろう。

「失礼ですが、姓が異《こと》なるのは？」

「私は結婚して三軒茶屋《さんげんぢゃや》に。ですが選挙以来ずっと父の手伝いで、ほとんど実家に来ています」

久恵は選挙以来ほとんど実家に来ている。つまり子供がなくて夫婦仲は険悪。それぐらいの見当はつくが、他人の夫婦関係に意見はない。

「あくまでも報告書の都合ですので、お気を悪くなさらないように。で、ご遺体を発見したときの様子などは」

「特別に変わったことはありません。母と私が帰ってくると、二階で父が、もうあんなことに」

「外出はどちらへ」

「銀座です。あの選挙以来ゆっくり休めるのは久しぶりでしたので。父もすすめてくれて昼過ぎから二人で出かけました。デパートをまわったり映画を観《み》たりお買い物をしたり、家に着いたのは……」

久恵が壁の時計と自分の腕時計を見くらべ、肩をすくめて眉間《みけん》に皺を寄せる。

「まだ三十分しかたっていないのね。ずいぶん前のことのような気がするけれど」

「念のためにお聞きしますが、戸締《とじ》まりなどはどのように」

「八時ですよ、玄関の鍵《かぎ》だけで窓はまだ」

「お勝手口の鍵などは」

「同じですよ。自宅を事務所にしてからは支援者などの出入りも多くなったし。門灯も玄関灯も事務所の電気もついていて、二階の部屋にも。選挙以来居間を二階へ移したので、あがっていくと、父があんなことに。最初はテレビを見ながら居眠りでもしているのかと思いました。ですが声をかけても返事をしてくれず、なんだかイヤな予感がして、ゆすってみても、反応がなくて」

「それで横田医師に？」

「救急車を、とも思いましたけれど、父の立場も考えて、とりあえず先生に連絡してからと。私も子供のころからお世話になっている先生ですし、緊急の往診にも対応してくれる病院ですので」

最近は蚊《か》に刺された程度でも救急車を呼ぶバカがいるが、この状況では久恵の判断が正しい。救急車を呼んだところで救命士は心電図をとるから、そこで心肺停止になっていれば遺体は搬送されずに残される。

久恵の判断も正解、事務所にも二階の部屋にも事件の痕跡はなし。それでもなんとか増岡の死を殺人事件に格上げできないものかと、枝衣子は壁のポスターと増岡母娘《おやこ》を見くらべる。なにしろ国分寺署が開設されてからの三年間で、殺人は一件もなし。唯一殺人と名のついたのは〈カレー怨恨《えんこん》殺人未遂《みすい》事件〉のみ。それだって野島某《のじまぼう》の嫁と姑《しゅうとめ》がカレーの具にニンジンを入れるか否《いな》かで争い、嫁のほうが「このくそババア、殺してやる」と喚《わめ》きながらフライパンで襲いかかったというもの。姑は軽傷だったが隣人が「殺してやる」という罵声《ばせい》を聞いてしまった以上、〈殺意あり〉と判断せざるを得ず、枝衣子が逮捕して送検した。検察は事件を傷害に修正したらしいが、その後野島某の嫁と姑がどうしているのか、知らないし興味もない。

だからこそこの市議会議員の死を、せめて〈殺人の可能性もあり〉というレベルにまでもっていければ、枝衣子もしばらくは刑事らしい仕事ができる。それはそうなのだが、ポスターの増岡は髪が不自然に黒い以外は平凡さ以外に特徴はなく、平凡な人間が平凡に生きて平凡な初老男になったというだけの顔。増岡が生きていて道ですれ違っても気には留めないだろう。

「たぶん、この春以来、忙しすぎて……」

やっと真由美夫人が口をひらき、それでも顔をうつむけたまま、小さく首を横にふる。

「躰も神経も、私が思っていたより、疲れていたんでしょうねえ」

声が低くて抑揚《よくよう》もなく、目も口もほとんど動かない。

「選挙なんて、私、反対したんですけどねえ」

「お母さん、今さら言っても仕方ないわよ。あのときはあれで仕方なかったの。党からの要請で、そうか、お父さんのことを支部に知らせなくては」

「これまで通りあなたに任せるわ。私は北海道へ連絡します」

「それも支部の意向を聞いてからよ。葬儀にしても党の都合があるはずだし。とにかくお母さんはゆっくり休んでくれればそれでいいの」

党や親戚との連絡事項らしいが、殺人事件ならともかく、現状では枝衣子に口出しの余地はない。

それにしてもなあと、壁のポスターを眺《なが》めながら枝衣子は眉《まゆ》をひそめる。選挙用のポスターから顔写真を転用したものだろうが、その〈国分寺から日本に革命を〉という謳《うた》い文句が笑わせる。本気で革命を信じていたとしたら、増岡は誇大妄想狂になってしまう。

階段に足音がして医師と看護師が顔を出し、医師だけが二、三歩足を踏み入れる。

「奥さん、お気を落とさないように。ご主人も心労が重なっていたんでしょうなあ。ちゃんと診察に通ってくれれば……いや、とにかく、明朝《みようちよう》には死亡診断書を出しますので、

のは亭主の死に動揺しているのか、腰痛でもあるのか。

か、真由美がソファから離れて医師のあとにつづく。腰をあげたときバランスがくずれた

医師が真由美と久恵と枝衣子に会釈《えしゃく》をしてきびすを返し、玄関まで見送るつもりなの

「ご都合のいいときに」

ソファに残った久恵がセミロングの髪を梳《す》きあげ、深呼吸をするように背筋をのばす。その表情や仕草で「警察なんか迷惑」という意図を露骨《ろこつ》に伝えてくる。

「選挙ほどではないにしても、しばらくは後始末が大変だわ」

「ご愁傷さまです」

「苦労して苦労して、せっかく当選させたのに」

「ご葬儀の予定など決まりましたら」

枝衣子はショルダーバッグから名刺を抜き出し、ファクス機や書類が積まれているデスクにおく。

「一応警察にお知らせください。こちらからも連絡事項があるかも知れませんし」

「でも、まさかねえ、横田先生が警察を呼ぶとは思わなかったわ」

「法律というのは面倒なものです。こちらも好きで出向いたわけではありません」

「それは、そうでしょうけれど」

玄関ドアが開閉する音が聞こえ、同時に階段にも足音がして、金本と萩原と夫人が事務

所に入ってくる。萩原は律儀《りちぎ》にまだビデオ撮影をつづけている。

「どうかね、卯月くん、増岡さんもこれから多忙になるだろう。そろそろお暇《いとま》しないかね」

うなずいて腰をあげ、事務所の調度やポスターをもう一度観察してから、枝衣子は金本の横へ歩く。萩原のほうは台所にまで入り込んでいて、なんの意味があるのか、流し台や冷蔵庫にまでカメラを向けている。

「萩原くん、もういいわ。あとはかんたんに事務所の様子を」

枝衣子が玄関へ向かいかけ、その枝衣子と入れかわるように、金本が掃き出し窓へ寄っていく。

「ほーう、見事な菊《きく》ですなあ。私も去年この三本仕立てに挑戦してみましたが、なかなかうまくいかんもので」

「ほかに趣味もなかったような人でした」

答えたのは夫人で、夫人は右手で左腕を抱き、苦笑でもこらえるように唇《くちびる》を結んでいる。窓の外には七分《ぶ》ほどまで咲いた三輪の大菊が部屋の明かりを受けて、艶《つや》やかに葉をしげらせている。

「その菊も八幡《はちまん》神社の品評会に出そうと。昨年は懸崖《けんがい》仕立てとやらで市議会議員賞をとりまして、今年は自分が議員になりましたのに、皮肉なことですわ」

「そうですか。まあ、ご主人の形見ということで、大事にお育てください」

金本も来年は定年、警察官は退職金も年金も恵まれているから退官後はのんびり庭仕事でもするつもりなのだろう。

菊にも金本の人生設計にも興味はなく、枝衣子は事務所を抜けて玄関へ向かう。それからふと思い出し、事務所の戸口へ戻って、パソコンやコピー機を撮影している萩原に声をかける。

「玄関の外に防犯カメラがついていたわ。念のために、メモリをお預かりして」

十月も終盤の日曜日だから夜の八時を過ぎると空気が冷たくなる。それなら自分の部屋へ戻ればいいものを、とは思うが、増岡家の様子がどうにも気にかかる。小清水柚香《こしみずゆうか》の部屋は二階の202号室、福寿荘《ふくじゅそう》といういかにも安アパート風の名前で、そして実際に築五十年のボロアパートだ。それでも六畳ほどのスペースに狭い流し台と狭いユニットバスがついているから、東京も国分寺あたりまで来ないと家賃二万八千円では借りられない。JR国分寺駅や西国分寺駅周辺には大学や専門学校が多くあって、この福寿荘ももともとは学生用の安アパートだったのだろう。全四室で外壁はトタン張り、101号室は中村和夫《なかむらかずお》という五十男、102号室が河合慎吾《かわいしんご》という学生、柚香のとなりの201号室は水沢椋《みずさわりよう》という三十を過ぎたぐらいの男。この春に転居してきたとき各部屋へクッキーを持って挨《あい》掠《さつ》にまわったから、住人の顔と名前は知っている。

今アパートの外階段前にたむろしているのは柚香と中村と河合、寒いからみんな部屋へ戻りたいだろうに、自分たちの部屋からは増岡家の玄関が見渡せない。一方通行の狭い道をはさんだ増岡家の前にはパトカーがとまって、制服の警官まで立哨《りつしよう》しているのだ。野《や》次馬《じうま》は福寿荘の前だけではなく、多喜窪《たきくぼ》通り寄りの路地やその反対側にもぽつりぽつりと顔を見せている。

強盗や殺人事件なら、警視庁の立ち入り禁止テープが巡らされているのになあと、柚香は外階段の手摺《てすり》に寄りかかる。それに大事件ならパトカーだって一台ではなく、警官も一人ということはない。市議会議員になった増岡が汚職にでも手を染めたか、選挙運動中の弁当代に不正でもあったか。

しかし市議選なんてもう半年も前、柚香が転居してきたときちょうど選挙戦の最中で、面白半分、暇《ひま》つぶし半分、それに週刊誌の契約ライターという職業上の興味半分でボランティアに参加した。その「国分寺市市議会議員選挙運動潜入記」というレポートを週刊講《こう》文《ぶん》に持ち込んでみたが、「くだらない」のひと言でボツにされた。増岡の選挙スローガンは〈復活、給食のおばさん〉というもので、市内十五の公立小・中学校には業者による給食の搬入を廃止し、各校それぞれに給食のおばさん制度を復活させるというもの。そうすれば児童生徒に毎日心のこもった温かい食事を提供できるし、地域の雇用も促進《そくしん》されて経済も活性化される云々《うんぬん》。

そんなマンガみたいな選挙公約で当選なんかできるのかしら、と思っていたら本当に当選してしまったのだから、国分寺は恐ろしい。

河合が中村のうしろをまわって柚香に近寄り、無表情な顔に、口元だけを微笑《ほほえ》ませる。

「小清水さん、あなたは今幸せですか」

バカか。

阿佐谷《あさがや》での同棲《どうせい》を解消してこんな安アパートにまで落ちぶれ、フリーライターなどという半端《はんぱ》仕事で月収もせいぜい十二、三万円。出入りの週刊誌でも次の仕事に予定はなく、うっかりするとすぐ三十歳になってしまう。そんな独身女が幸せかどうか、聞かなくても分かるだろう。この河合は顔を合わせると毎回同じことを聞いてくるから、どうせ新興宗教かなにかに嵌《は》まっている。不気味なので、柚香はいつも目礼だけで無視する。

今夜も河合を無視し、中村のとなりへ移動して、わざと親しそうに声をかける。

「中村さん、増岡さんのこと、なにか知っていますか」

中村が額《ひたい》の禿《は》げあがった顔をつるりと撫《な》で、大げさにため息をついて、首を横にふる。

「さっきも向こうの奥さんに聞いてみたんだけどねえ、なにも知らないってさあ。でもパトカーが来たときサイレンは鳴らしていなかったよ」

サイレンは柚香も聞いていないから、新情報でもなんでもない。中村はいつも作業着のようなものを着ていて、路地で顔を合わせたときも律儀に挨拶してくれる。福寿荘にはもう二十年以上も住んでいるらしいから、主《ぬし》のようなものだ。そういえば選挙中のボランティアでも増岡の家で見かけたことがある。

やっぱり寒いから部屋へ戻ろうかな、と思ったとき増岡家の玄関がひらいて、白衣を着た初老の医師と看護師が出てくる。医師と看護師はすぐクルマに乗り込み、一方通行の道を多喜窪通り方向へ走り去る。

なーんだ、事件ではなくて、たんなる病人か。でもそれではパトカーと警官はどうなる。市議会議員というのは柚香が思うより重要人物で、医者の往診にパトカーの先導がつくのか。でもなあ、国会議員ならともかく、国分寺の市議会議員ぐらいでそこまでＶＩＰ扱いされるものだろうか。

選挙のときはボランティアで弁当の配給を手伝ったし、なんといっても向かい隣の住人。訪ねていって事情を聞くぐらいの権利はあるよね。でもまだ警官が立っているから、中村も河合も、それにちらほらたむろしている野次馬たちも増岡家へは近寄らない。どうしようかな、なにかの事件なら明日にでも知れるし、部屋へ戻ってビールでも飲もうかな。でも事情が分からずにテレビを見ていても、今夜の寝つきが悪くなるだろうし。

柚香が迷っているとき、また玄関のドアがひらき、タイトスカートに茶系のジャケットを着た背の高い女と太鼓腹《たいこばら》のジャンパー男が顔を出す。男と警官はすぐパトカーに乗ったが、女のほうは庭の側へすすみ、偉《えら》そうに腕を組みながら窓やベランダや庭を点検し始める。そのうちまた玄関から若い男が出てきてパトカーに乗り、庭から戻った女と窓越しになにか話してから、パトカーは女を置いて多喜窪通り方向へ走っていく。

これはもう事件に間違いなし。空き巣でも夫婦喧嘩《げんか》でも呼べば警察は来るし、玄関の前で増岡家の二階を見あげる背の高い女もショートカットの髪にショルダーバッグをかけてローヒールのパンプスをはいている。ＯＬや風俗嬢には見えないから、女刑事だろう。

その女が福寿荘のほうへ首を巡らせ、柚香や中村の顔を眺めてから、鼻で笑うように顎《あご》をつき出す。悔しいけれど、柚香から見ても、かなりの美人だ。

女がもう一度増岡家や周囲を見まわし、ショルダーバッグをかけ直してやはり多喜窪通り方向へ歩きはじめる。中村と河合が背伸びをするように女のうしろ姿を見送り、柚香も二、三歩街灯の下にすすみ出る。

どうしようかな。他人の家庭問題に首をつっ込むのも僭越《せんえつ》ではあるけれど、市議会議員なら一応は公人。柚香もフリーではあるが一応ジャーナリスト。それになんといっても向かい隣の住人で、選挙ではボランティアの貸しがある。時間だってまだ九時前だから、訪ねていって事情を聞いても失礼ではないだろう。

よし、事件ならスクープ、ここはジャーナリストらしく突撃取材をかけてやろうと、柚香は増岡家の玄関へサンダルを鳴らしていく。

自分の幸運《つき》もこれで打ち止めか。あと十年は馬券も当たらないだろうなと、焼き鳥屋を出たところで水沢椋は空を見あげる。ＪＲ西国分寺駅の南口には高層ビルや高層マンションが迫って、空を仰いだところで見えるのは照明の連《つら》なりだけ。それでもやはり椋は空を見あげて苦笑をかみ殺す。

今日府中の競馬場へ足を運んだのは暇で天気がよくて同僚から天皇賞当日の指定入場券をもらったから。講師をしている東京芸術学院には競馬好きの同僚がいて、これまでにも有馬《ありま》記念や春の天皇賞につき合ったことがある。椋自身は競馬狂というほどでもないが、府中なんて武蔵《むさし》野線でたった二駅、天気のいい日は散歩代わりにちょうどいい。

それにしても、ああいうこともあるんだよなと、アパートへ向かいながらまた苦笑をかみ殺す。本来博打《ばくち》癖があるわけでもないから購入する馬券はいつも三連複の一点買い。単勝も複勝も馬連も枠連もと手を広げると出走馬のほとんどを買うことになって、それでは推理の妙がなくなってしまう。

今日の天皇賞も一番人気馬を外して二番人気と三番人気と五番人気の一点買い。一番人気馬に実力があることは分かっていたが、馬主の投資ファンドが嫌いだったのだ。

そして馬券は見事に外れ。競馬は馬主が走るのではなくて馬が走るのだから、素直に馬の能力を評価すればよかったものを、と反省しても後の祭り。競馬というのは反省するために馬券を買う娯楽《ごらく》なのだ。

天皇賞も含めて前三レースも外れ、財布の残金も二千円ほどになって、最終レースはやめておこうと腰をあげたとき、手のひらに一枚の馬券が舞いおりた。もちろんそれは天皇賞の外れ馬券で、空には同じような外れ馬券が紙吹雪《かみふぶき》のように舞っている。そうかといってこうも見事に手のひらに収まる紙吹雪にも、心が騒ぐ。その外れ三連複は椋が最終レース用に検討していた番号と同じで、これはなにかの暗示か。しかしいくらなんでも、そんな奇跡はないか。残りの金は二千円。どうするか。三レースもつづけて負けたのだから最終レースに負けても同じことか。電車賃だけ残しておけばアパートへは帰れる。勤務先も徒歩圏内だし、今月の部屋代も払い済み。一文無《いちもん》しになっても教え子に昼飯でもおごらせて、あとは同僚に金を借りればいいか。

手のひらに落ちた三連複の最終レースオッズを見ると約六千円。三連複でも高配当で当たる確率は低い。でもまあいいか。最近は貧乏《びんぼう》にもすっかり慣れたし、浮き草生活も気に入っている。見栄《みえ》や外聞《がいぶん》を捨ててしまえば人生なんて楽なものなのだ。

椋はそのまま馬券売り場へ向かい、最終レースの三連複を千五百円買って、そしてそれが、なぜか的中。こんなことなら二千円全額つぎ込めばよかったと思ったが、それも後の祭り。競馬というのは後悔するために馬券を買う娯楽なのだ。

それでも払戻金の十万円弱は椋の月収分に近く、久しぶりに新宿へ出て姉の子供にチョコレートを買い、姉の家に寄ってから西国分寺へ戻ってきた。実家は勘当《かんどう》になっているから顔を出せないが、この姉だけは今でも「自分の人生なんだから好きなように生きなさい」と、たまに金を貸してくれる。

財布《ふところ》は暖かくて焼き鳥屋の酒で躰も温かく、アパートへの道を歩きながらまた意味もなく空を見あげる。あの安アパート暮らしももう一年半、だから勤めていた広告会社を辞《や》めて家を出てからも一年半。椋が父親に「会社を辞めて小説家を目指す」と言ったとき父親は二、三分黙考したあと、「勘当だ、家を出ていけ」と宣告した。この時代に勘当などという単語が生きていたのか、と笑ってしまったが、もうその日のうちに家を出た。以降は広告会社時代のコネで東京芸術学院に日本芸能史講師の職を見つけ、職場に徒歩圏内という理由だけで今の安アパートに落ち着いた。年収一千万円の職を捨て、父親が都議会議長という実家を捨てて何を得たのか。得たものなど何もないけれど、無くすものも何もないという平安は得た。絵空事の数学でもなし、実際の人生ではゼロから一を引いても百を引いても、しょせんはゼロなのだ。

五分も歩くともうビル街はなくなり、民家と低層の公営住宅がつづく暗い道に出る。西国分寺駅は武蔵野線が開通したときに新設された駅だから繁華街がない。国分寺という地名は奈良時代に武蔵の国分寺が置かれていたからで、今でも少し府中寄りには江戸時代に再建された国分寺という寺がある。町のなかには中世の鎌倉《かまくら》街道跡もあるし、徳川《とくがわ》が千代《ちよ》田《だ》に開府するまではこの付近が武蔵の中心だったのだろう。

多喜窪通りを渡って一方通行の道をアパート側へ曲がり、二、三歩すすんだところで一瞬足がとまる。民家の明かりとまばらな街灯の下を背の高い女が歩いてくるのだ。タイトスカートに茶系のジャケットを着て大きめのショルダーバッグをかけ、膝をまっすぐのばして腰から脚を踏み出してくる。学院のタレント養成講座にもウォーキングのレッスンはあるが、この女ほど見事に歩く学生はまずいない。髪をショートカットにした首筋も美しく、腰が細くて胸が薄い。

酔っているせいもあるが、すれ違いざま、椋は女の横顔に視線を向けてしまう。鼻は高くもなく低くもなく、下唇がちょっと厚くて目は一重《ひとえ》。やたらに目ばかり大きくするタレント志望の学生を多く見ているせいか、女の自然なメイクが清々《すがすが》しい。歳はせいぜい三十といったところか。

女が椋の視線を承知しているような歩様《ほよう》でゆっくりと歩いていき、椋は習慣でその靴を観察する。ブランドか否かではなく、検証するのはヒールの高さ。まずヒールの高さを割り引いて実際の身長を推定し、そこに腰の位置や肉づきを勘案して全体のバランスを確認する。歩いていく女は素足でも完璧《かんぺき》なほどのバランスで、案の定フラットなパンプスをはいている。よほど自分の脚に自信があるのだろう。

でもなあ、もう少し胸に膨《ふく》らみがあれば、と独りごとを言いかけ、思わず肩をすくめる。すれ違った女の体形を一瞬で見抜く才能があったところで、そんな才能が人生になんの役に立つ。

自分の暇さ加減に呆《あき》れながらアパートに着くと、外階段の前には住人の中村と河合が立っていて、挨拶をしかけたとき向かい隣の増岡家からやはり住人の小清水柚香という女が出てくる。ジャージの上下にカーディガンを羽織《はお》ってチョン髷《まげ》のように髪をまとめ、黒縁《くろぶち》のメガネにサンダル履《ば》き。隣室の住人だから挨拶ぐらいはするが、これまで観察しようと思ったことはない。

その柚香が目を見開き、両手を胸の前で小さく広げながら、なぜか椋の前で足をとめる。

「増岡さんが亡くなったそうです」

「うん？　ふーん」

「市議会議員の」

「ああ、そう」

「お通夜《つや》は明日ですけど、葬儀は未定だとか」

なるほど、それで中村と河合が外に出ているのか、と納得はしたが、椋に報告してなんの意味がある。

「パトカーが来たから事件かと思ったんですけどね。ただの病死だそうです」

増岡という市議会議員もポスターで見るだけで、実際に顔を合わせたかどうか。その死は気の毒ではあるけれど、特別な感想はない。

柚香の「病死」という報告に安心したのか落胆したのか、中村と河合が部屋へ戻っていく。わざわざ増岡家を訪ねた柚香はともかく、中村と河合はただの野次馬だろう。

椋は仕草で柚香に「お先に」と階段をすすめ、柚香がカーディガンの襟《えり》を合わせながら階段をのぼりはじめる。さっきは膝のまっすぐのびた奇麗《きれい》な脚を見せられ、今度はジャージの色気のない尻を見せられて、今夜は女の脚や尻に縁がある。

二階へ着き、柚香がドアをあけて、椋もズボンのポケットから鍵をとり出す。

「小清水さん、増岡さんとはなにか関係が？」

「選挙のときボランティアをしたの」

「さっきの報告はなぜおれに」

「河合さんは不気味でしょう」

「まあ、そうかな」

「中村さんとは世代がちがうし」

「それだけ？」

「それだけです」

ふーん、それだけか。へんな女だ。

かるく手をふってドアをあけ、部屋へ入って電気をつける。天井からLEDの裸電球が一灯さがっているだけで、あとは敷きっぱなしの組布団に冬は炬燵《こたつ》になるちゃぶ台。電化製品といえば冷蔵庫とパソコンぐらいでテレビはない。足の踏み場などという洒落《しゃれ》たものもないから、台所へもトイレへも這《は》うだけで行きつく。たまに連れ込む学院の女子学生さえ、ドアをあけたところでしばらくは立ち尽くす。

さて、風呂に入ってから寝酒のウィスキーでも、と思いながら窓際へ歩き、カーテンを少しあけてみる。ちょうど増岡家のベランダが見える角度で、首をつき出せば玄関も見渡せる。だからといって増岡家を観察したことはなく、選挙のときはずっと窓を閉めていた。その増岡が当選したことも知っていたが、国分寺にも市議会にも興味はなく、せいぜい「ご苦労さま」と思ったぐらい。子供のころからくり返されてきた父親の都議会議員選挙にも、意味もなく嫌悪《けんお》を感じていた。権力や利権が好きな人間もいれば嫌いな人間もいる。それは主義や思想の問題ではなく、生まれつきの体質なのだろう。

ふーん、増岡市議が病死か。通夜だの葬儀などでしばらくは騒がしいだろうが、それが済めばまた静かな住宅街に戻ってくれる。このアパートの取り柄《とりえ》はその静けさだけなのだから。

2

研修で配属されている婦警が枝衣子のデスクに湯呑《ゆのみ》を置き、その横に黒い物体を添える。

「伊香保《いかほ》の温泉饅頭《まんじゆう》です。友達と行ってきたので」

「そう、ありがとう」

優雅《ゆうが》なものね、とは思うけれど、警察官だって温泉ぐらいは行く。

婦警が金本、黒田《くろだ》、萩原のデスクにそれぞれ湯呑と饅頭を配って自分のデスクに戻る。

国分寺署刑事課は課長の金本を含めて全十一人。一班と二班に分かれ、枝衣子を班長とする二班には鑑識係を兼ねた黒田、それに萩原と早川《はやかわ》と峰岸《みねぎし》がいる。一班も土井《どい》という中年の警部補を班長とする似たような構成だが、今は生活安全課の援軍に出ている。殺人、強盗、誘拐《ゆうかい》事件などめったに発生しない地域だから、枝衣子も普段はストーカーや援助交際トラブルなどを扱う生活安全課の援軍に駆り出される。実際キャリアの後藤《ごとう》署長は本庁帰任への手土産《てみやげ》に、刑事課と生活安全課を統合して「刑事・生活安全課の設立を画策《かくさく》している」という噂《うわさ》がある。

枝衣子は今朝も九時には出勤し、昨夜萩原が撮影した増岡家の様子と防犯カメラの映像をくり返し眺めている。この防犯カメラは玄関周りをカバーするだけで、刻限記録機能もないからまるで役立たず。昨日当直だった萩原の出署は午後からでもいいのに、「自分都合」で朝から顔を出している。新人の警察官は「自分都合」での勤務が多く、これは一般社会でいうサービス残業になる。

黒田がぽいとボールペンを放り出し、湯呑と湯《ゆ》の花《はな》饅頭を持って二、三歩枝衣子のデスクへ寄ってくる。

「昨夜はとんだ大事件に駆り出されたようで、ご苦労でしたなあ」

「迷惑な話よね。市議会議員なんだから市民のために平日を選んで死ねばいいのに」

「卯月さんのお住まいは三鷹《みたか》でしょうがね」

「それもそうだわ」

国分寺署が警視庁管下百三番目の所轄《しょかつ》署として新設されるまで、枝衣子は吉祥寺《きちじょうじ》署の生活安全課に勤務し、JR三鷹駅から徒歩十分の場所にマンションも購入した。新設された国分寺署刑事課に転属願いを出して受理されたのだが、今は当然、そのときの選択を後悔している。

「黒田さんのお住まいは国分寺でしたよね」

「生まれも育ちも国分寺。南町《みなみちょう》小学校から南町中学を出て、高校は立川へ行きましたよ。ですが増岡のことは、まるで記憶にありませんでしたなあ」

黒田は四十五歳でノンキャリアの叩き上げ。高卒のノンキャリアでも昇進試験を順調にクリアすれば四十二歳で警視正まで昇進するシステムではあるが、一般のノンキャリアはまず警部補試験にも受からない。黒田の階級も巡査部長で、全国に約二十五万人いる現場警察官のほとんどはこの巡査部長で退官する。

「いやね、中学のとき……」

黒田が饅頭をかじって茶をすすり、空いているデスクに尻をのせて日灼《ひや》けした目尻をゆがめる。

「増岡はその南町中学で理科の教員をしていたんですなあ。だが私は授業を受けてなく、担任でもなかった。だから増岡が選挙に出たときさえ気づかなかった」

「部活などでも?」

「まるで。なにせ私は理科系が不得手《ふえて》でねえ。中学の同級生から電話がきて『増岡先生が選挙に出るのでよろしく』と言われて、やっと思い出したぐらい。要するに存在感の薄い教師というやつだった」

「よくそんな人が当選したわね」

「そりゃあ卯月さん、教員枠ですがね。革新系には組合枠があるからそれに乗っただけ。乗った事情は、いろいろあったようだけど」

黒田がまた茶をすすり、金本や萩原のデスクを見まわしてから、可笑《おか》しそうに首筋をさする。選挙も終わっているし当の増岡も死亡したし、他者を憚《はばか》る話でもないのだろう。

「あの春の選挙はねえ、九十歳を過ぎた教員枠議員が引退して、候補者は支部長の京塚《きようづか》という男に決まっていた。ところがこの京塚が……ちょいと週刊誌にものったけど、覚えていますかね」

「あいにく」

「いやね、この京塚が女とのトラブル。たかが不倫とはいえ、ホテル代や飲食代に支部の金を流用。その発覚が選挙の一カ月前とあっては、まさか出馬させるわけにもいかず。で、急遽担《きゆうきよかつ》がれたのが増岡だったわけ」

「存在感の薄い教師でも組合活動は熱心だったと」

「いやいや、それがまた逆。律儀に組合費なんかは納めていたようだが、組合活動もほとんどしていなかったとか。でも京塚の件は支部の金と女絡《がら》み、あまり組合色が強くては逆にまずい、誰か無難な人間はいないかと。それで増岡にお鉢《はち》がまわったというんだから、人生は分からんものですよ」

増岡の家で娘の久恵が「あのときはあれで仕方なかった。党からの要請で」と言いかけて言葉を濁《にご》したのは、そのあたりの事情だろう。京塚某が支部の金で不倫さえしなければ今ごろ増岡も菊の品評会でナントカ賞をとって夫婦二人、平穏《へいおん》で退屈な老後を送っていたか。それとも存在感のない平凡な人生に一度だけスポットライトが当たったことを、あの世で喜んでいるか。

「もっと面白いのはねえ」

もぐもぐと饅頭を頬張《ほおば》り、黒田が短い足をぶらっとふって、額の脂《あぶら》を手の甲でぬぐう。

「増岡の選挙公約、これが〈復活、給食のおばさん〉というやつで、私なんかもう大笑い。市内の小・中学校で業者の給食を廃止し、各校でそれぞれ給食を手作りにすると。もちろん子育てにやさしい町づくりとかなんとか、そういう公約の一環ではあったけどね」

国会議員選挙の政見放送では〈日本も即核武装〉とか〈電車内での化粧全面禁止〉とかの素晴らしい公約もあるが、〈復活、給食のおばさん〉は聞いたことがない。だいいち〈給食のおばさん〉とは、なんのことだ。

課長の金本が読んでいる新聞から顔をあげ、老眼鏡を外して大きく欠伸《あくび》をする。

「そういえば俺の小学校も、給食はおばさんたちの手作りだったなあ。給食室に出入りして明日はカレーがいいとか卵焼きがいいとか注文をつけて、よく尻を叩かれた」

なるほど、日本にもそういう平和な時代があったわけね。たしかに業者の給食はメニューも豊富で栄養バランスも考慮されているのだろうけれど、子供の食事に一番必要な〈愛〉はない。とすれば増岡の公約も、それほどトンチンカンではなかったか。でもまさか、納入廃止を懸念《けねん》した給食業者が利権確保のために増岡を暗殺した、というストーリーは無理だろう。

ドアがひらいて出入りの蕎麦屋《そば》が顔を出し、金本のデスクに三枚の盛り蕎麦を積みあげる。蕎麦屋のような部外者が署内へ出入りする場合は事前の登録が必要になる。金本はメタボ対策だとかで週のうち二、三日はこの武蔵野庵《むさしのあん》から出前をとるが、三枚も食べたら効果はないだろう。

黒田が机から腰をあげて自分のデスクへ戻り、「ちょいと昼飯に」と言いながら部屋を出ていく。萩原も椅子を立ち、表情で枝衣子に「一緒にどうですか」と聞いてくる。萩原はまじめな優等生で服装のセンスもいいが、ロングの前髪が鼻につくので、枝衣子は首を横にふってパソコンの画面に戻る。

萩原も刑事課室を出ていき、婦警が弁当の包みを広げはじめて、枝衣子はゆっくりと金本のデスクへ向かう。昨夜はジャンパーだったが今日は定番の背広、そのボタンを外して腹を大きくつき出している。

「課長、お食事中にすみません」

婦警のデスクは離れているので、声を落とせば会話は聞かれない。

金本が割り箸《ばし》にかけた手をとめ、半分白くなった眉毛を左側だけもちあげる。

「昨夜の件、署長には？」

「報告したよ。一応は増岡氏も市議会議員なんだから」

「報告はどのように」

「事件性はなしと。まあ、血液を検査にまわしたことも」

「で？」

「適切な判断だと評価してくれた……と言いたいところだが、血液検査の件は内心、怒り心頭だったなあ」

「卯月警部補が勝手に手配した、と報告すればよかったでしょう」

「俺を甘く見るな。もちろんそのように、ちゃんと報告したよ」

金本が肉のついた目蓋《まぶた》を精いっぱい見開き、蕎麦をすくって、ずるずるとすする。遺体からのサンプル採取は事件性を疑われたからで、その事実は増岡の家から党支部とやらに伝わる。ちょっとしたスキャンダルでも党は神経質になるはずで、問い合わせかクレームかは知らないが、たぶん署長の後藤へ連絡がいく。

枝衣子は近くのデスクから椅子をひき寄せ、婦警からの視線をさえぎる角度で、その椅子に腰をのせる。

「ねえ課長、ついでに遺体の火葬を一週間延期するようにとも、進言してみたら？」

金本が一瞬咽《のど》を詰まらせ、ちらっと遠くの婦警に目をやってから箸を使う手をとめる。

「おいおい卯月くん、無茶を言わんでくれよ」

「無茶ではないでしょう。都内の火葬場は全二十六カ所、それだけの施設で年間に十一万体以上を処理するわけですから、死亡から火葬まで十日も待つ例があります」

「そうはいうが、しかし」

「署長から市の火葬場に『増岡氏の火葬を一週間延期するように』と要請してもらえれば、向こうも考慮するでしょう」

「あのなあ、そんなことをしたらヤブでヘビ、いやヘビでヤブだったか、どっちだったか忘れたが、警察が増岡氏の死に疑いを持っていると思われてしまう」

「思わせましょう」

「卯月くん、まさか、君は？」

「一週間だけ、わたしに調べさせてもらえませんか」

「おいおい、君だって昨夜のあの現場を……」

婦警に聞こえるはずもないのに、金本が首をすくめて、上目遣《うわめづか》いに枝衣子の顔をのぞく。

「君だってちゃんと現場に立ち会ったろう。事件性など、どこにあったね」

「どこにもありません。ただなんとなく、イヤな感じがするだけです」

「どこがどういう風に？」

「女の勘でしょうかね」

「ただの勘で署長に進言を？　そんなことをしたらあのお坊ちゃま、貧血を起こすぞ」

「どうせなら脳溢血《のういっけつ》にしましょう。課長だって刑事課と生活安《せいあん》全課の統合は心外でしょう」

「そりゃそうだが、それと増岡氏の死に、どんな関係が」

「かりにですよ、わたしが一週間捜査をして殺人を疑わせるような証拠が出てきたら、どうします？　サンプルの件はもう課長が報告済み。署長は承知していて、本庁へ連絡しなかったことになります」

「理屈としては、いや、まあ」

「殺人の可能性があったのに知らん顔、署長は本庁に呼び出されて大目玉。うまくすれば更迭《こうてつ》で、所轄の機構改革どころではなくなります」

「いやあ、そんなにうまくは」

「考えてもみてください。地方の小さい所轄には『刑事生活安全組織犯罪対策課』とかいうナゾナゾみたいな課があるそうですが、うちは腐っても警視庁国分寺署です」

「腐っているとも、思えんが」

「言葉のあやですよ。課長も来年は退官でしょう。キャリアの鼻を明かして課の統合を阻《そ》止《し》してやったら国分寺署の英雄になれます」

「卯月くん、俺は、べつに」

　細い目で何秒か枝衣子の顔をのぞき、こほっと空咳《からぜき》をしてから、ずるずると蕎麦をすって金本が盛り蕎麦の一枚目を平らげる。

「それで、その、なあ卯月くん、君が一週間調べて疑わしい事実がなにも出てこなかった場合は、どうなるね」

「どうにもなりません。でも党や市議会や増岡家から署長のところへクレームは行きます。署長様とかいって偉そうにしていますけど、しょせんは二十七歳の若造です。課長がうまくケアして、ついでに機構改革も断念させます」

「なんとまあ、君という女は……」

「あくまでもわたしが勝手に動いている。課長は関知していない。そういうことにしておけば課長に累《るい》は及びません」

「監督不行き届きは問われる」

「どうせ来年は定年じゃないですか。退職金にも年金にも影響しませんよ。でもここでキャリア署長の横暴を阻止してやれば、国分寺署全員から一生感謝されます」

「たしかに課の統合なんて、俺だけでなく、みんな腸《はらわた》が煮えくり返ってはいるんだが……しかしそんな工作をして、君自身はどうなるね」

「ああいう生意気なキャリアと討ち死になら本望《ほんもう》ですよ。ぜひ嫁に来てくれという男たちだって行列をつくっています」

「行列は、まあ、そういうことも」

何秒か枝衣子の顔を見つめ、それから姿勢を低くして、肩で自分の口元を隠すように、金本がいっそう声をひそめる。

「一週間だけだぞ」

「ありがとうございます」

「君がどうなっても俺は知らん」

「覚悟しています」

「俺と君だけの話だ。ほかの署員には知られるな」

「万全を期します。ただ昨夜の経緯《いきさつ》もあるので、萩原くんだけ借りられれば」

「あいつにどこまで話す？」

「念のための捜査だと。もちろん彼にも口外は無用と釘《くぎ》を刺します」

「うーむ、怖いような、面白いような、いやはや、参ったね」

金本がくつくつと笑って身を起こし、茶をすすってから、蕎麦猪口《ちょこ》に汁《つゆ》をたす。

「なんだか食欲がなくなった。卯月くん、蕎麦を一枚どうかね」

「遠慮します。お蕎麦は血圧をさげる効果もあるそうですから、ごゆっくり」

金本に黙礼し、腰をあげて、枝衣子は座っていた椅子を元のデスクへ押し込む。金本の反応は予定通り、後藤署長が見かけより肚《はら》の据わった男なら無駄骨《むだぼね》になるが、少なくとも一週間はこのゲームを楽しめる。

さて、ゲームのスイッチはオンにしたし、と独りごとを言いながら自分の席に戻り、パソコンのスイッチを切ってショルダーバッグをとりあげる。それから立ったまま茶を飲みほし、湯の花饅頭をバッグに放り込む。萩原の食事はどうせ無農薬野菜のレストラン。あんな店で無農薬のハーブティーを飲む気にもならないから、昼食が終わるまで待つことにしよう。

姿見《すがたみ》の池も一度は埋め立てられたというが、何年か前に掘り返して周囲には雑木《ざつぼく》も植えられている。池の周囲には手摺付きの木道《もくどう》が配されて、池には鴨《かも》も泳いでいる。恋ケ窪《こいがくぼ》という地名も鎌倉時代からのものらしく、遊女と坂東武者《ばんどうむしゃ》が恋をしてどうとかいう伝説もある。

駅のほうから萩原が歩いてきて枝衣子に紙袋をわたし、ベンチのとなりに腰をおろす。わたされたのは案の定無農薬レストランのハーブティーで、捨てるわけにもいかないのでありがたくいただく。

「萩原くん、相変わらず気が利《き》くわね」

「いえ、前に、卯月さんが美味《おい》しそうに飲んでいたから。カモミールティーです」

紙コップの蓋《ふた》をとり、義理で、何口かすする。

「署では話せないので来てもらったの。このことは口外無用だからそのつもりで」

萩原がロングの前髪を横に払い、目を細めて左頰をひきつらせる。

枝衣子はまたカモミールティーをすすり、わざと時間をおく。

「実はね、あなたたちが部屋を出ていったあと、課長に呼ばれたの。それで、増岡氏の死を他殺の線で調べてみろと」

萩原がくっと咽を鳴らし、ひらいていた膝を閉じて、その膝を枝衣子のほうへ向ける。

「でも、そんな様子は、まるで」

「課長も意外とタヌキなのよ。この件は署長へも伝えてあるらしいわ」

「いやあ、だけど、あれが他殺だなんて」

「わたしも半信半疑、課長にはなにかの勘が働いたらしいけど」

「どういうことです？」

「座布団の位置がきれいに並びすぎていたとか」

「はあ、座布団の位置が」

「昨夜のあの部屋よ。言われてわたしもビデオを見直してみた。座卓は少し動いていたけど、たしかに座布団や家具は乱れていなかったわ」

「それだけのことで？」

「ほかにも理由はあるでしょうけれど、とにかく内密に調べてみろと。呑気《のんき》なメタボ親父のような顔をしていても、ノンキャリアで警部にまでなった人よ。実際はかなりの切れ者だと思うわ」

「はあ、そうですか」

「ただ相手は市議会議員、警察が事件性ありとして捜査していることが知られたら、政党の支部やら本部やらからクレームが入る。だからわたしと萩原くんだけで、極秘にと。黒田さんやほかの署員にも、いっさい口外しないように」

「それは、了解です」

「建前は課長も署長も知らないことになっている。萩原くんも捜査の結果はわたしにだけ報告して」

「分かりましたが、でもあれが殺人だなんて、まるで信じられない」

萩原が膝の向きを戻して足を投げ出し、陽射《ひざ》しを仰ぐように首をかしげる。

遠くの木道を年寄りが散歩しているだけだが、枝衣子は意図的に声をひそめる。

「わたしも課長の指示を受けたとき、まさかとは思ったの。でも言われてみれば、ひっかかることもあるのよねえ」

「どんな？」

「増岡の奥さんが美人すぎる。黒田さんも言っていたでしょう、増岡氏は存在感のない平凡な教師だったと」

「ええ、まあ」

「娘の東田久恵は三十歳、真由美夫人は五十一歳、とすると夫人は二十歳《はたち》ぐらいで久恵を産んだことになる」

「そういう例もあるでしょうし、あの奥さんがそんなに美人だとは」

「髪型も服装も地味でやぼったいけど、顔だけなら相当の美形よ。女の立場からすると、増岡みたいな平凡な男と結婚する理由が思いつかないの」

「中学の先生なら収入が安定していますよ。結婚の理由なんて、それだけでじゅうぶんでしょう」

「萩原くん、気づかなかった？」

「えーと、なにを」

「昨夜の横田医師。死んだ増岡氏には冷淡《れいたん》だったけど、夫人を見る目には愛情がこもっていたわ。あれは相当にのぼせている証拠ね」

「つまり、医師と夫人が、不倫を？」

「知らないわよ。でも医者なら邪魔な増岡に毒を盛るぐらい、かんたんでしょう」

「だけど、血液のサンプルを、検査会社に」

「それこそ医者ならどうにでも細工《さいく》できる。検査機関だって調べるのは覚醒剤《かくせいざい》とかヒ素《そ》とか、せいぜい十二、三項目。検査をすり抜ける毒物はいくらでもあるわ」

「理屈ではそうでしょうが、でも、現場保存もしてありませんよ」

「あなたが撮ったビデオがあるわ。犯人が増岡家の関係者なら指紋《しもん》も毛髪《もうはつ》も検出されて当たり前、もともと物的証拠にはならないでしょう」

「それは、はい」

「それに娘の久恵、なぜ救急車ではなくて横田医師を呼んだのか。昨夜話を聞いたときは冷静で正当な判断だと思ったけれど、考えてみれば冷静すぎた気がするの。たぶんあの家族には、なにかの秘密がある」

「もしかして、卯月さん、医師か夫人か娘が増岡氏を殺したと」

「あるいは三人の共謀《きょうぼう》とか」

「怖いことを言わないでくださいよ。医師はともかく、増岡氏は市議会議員に当選したばかり。年収だって政務活動費を含めれば八百万円ほど。年金のほかに八百万ですよ。十年議員をやれば八千万円、そんなおいしい収入を、みすみす」

「保険金が一億円入れば二千万円もおつりが来るじゃない」

「増岡氏に生命保険が？」

「それをこれから調べるの。課長から指令が出た以上、わたしたちは従うだけ。署長も増岡の火葬を一週間延期させるらしいから、その間に証拠が出れば遺体を司法解剖へまわせる。そこで殺人と断定されればわたしたちの大手柄よ」

　手のひらに汗でもにじんだのか、萩原がハンカチをとり出し、何度か広げたり畳んだりの仕草をくり返す。枝衣子の班に加わってまだ半年余り、仕事は几帳面《きちようめん》にこなすが、どこまで野心があるのかは分からない。しかしこの萩原が思惑通りに働いてくれれば本庁の捜査一課を国分寺署へひき込める。

枝衣子はタイトスカートの脚を組みかえ、パンプスの先を軽く揺すって、カモミールティーを飲みほす。

「極秘の捜査だから時間外手当は出ないけど、覚悟をしてね」

萩原が唇に力を入れてうなずき、またハンカチで手のひらをぬぐって姿勢を正す。

「まず市役所を当たってくれない？　住民票や戸籍謄本《とうほん》を調べれば増岡家の概要は分かる。ついでに家の権利関係や、できれば経済状況なども」

「保険の関係などは？」

「それは税務署で。確定申告をしているはずだから保険会社も割り出せる」

「その、ですが、そういう聞き込みを始めると、情報が漏《も》れてしまうかと」

「ある程度は仕方ないわよ。要は署内に知られなければいいだけのこと。たとえ知られてもとぼけてね。どこだっけ、東元町《ひがしもとまち》のアパートでベトナム人がマリファナを栽培していたでしょう？　容疑者の一人はまだ逃亡中、わたしと萩原くんはその容疑者を追っていることにする」

「分かりました」

「わたしは久恵という娘を調べてみるわ。どうもあの女、イヤな感じがするのよね。もちろん女の勘だけで犯人を逮捕できたら、警察はいらないけれど」

一瞬間をおいてから、萩原がくすっと笑い、ハンカチをポケットに戻して大きく背伸びをする。萩原と枝衣子が関係者に聞き込みを始めれば警察が増岡の死に疑いを抱《いだ》いていることなど、すぐに知れわたる。もちろんそのために枝衣子は、金本と萩原を巻き込んだのだから。

「萩原くんは一度署へ戻る？」

「そうですね」

「わたしはこのまま久恵の家へまわるわ。くどいようだけど、他言《たごん》は無用に。報告はわたしにだけ入れるようにね」

萩原の表情を確認し、枝衣子は腰をあげて、空になった紙コップを握りつぶす。萩原もベンチから腰をあげ、肩を並べて駅の方向へ戻りはじめる。周囲に高い建物はなく、昼時の陽射しが木道を金色に染めあげる。

「卯月さん、鴨が泳いでいますよ」

「あら、ほんとう」

たしかに鴨は泳いでいるが、だからなんだというのだ。

※

花木店の軽トラックがとまって生花がおろされ、配達人が増岡家の庭へ入っていく。掃き出し窓の前で受けとったのは小清水柚香。柚香は受けとった花を事務所内へ運び、すぐ戻ってきて菊の大鉢を庭の奥へ片付けはじめる。増岡家は窓も玄関ドアもあけ放たれていて、花木店や仕出し料理屋の配達人が三々五々出入りする。日暮れ前で空気の冷たさはなく、二階のベランダにも人が出入りする。葬儀用の花輪は届かないから、通夜だけで葬儀は別の場所だろう。

水沢椋は半分ほどあけた窓からたまに向かい家《や》を眺め、たいした気力もなく講義用の原稿をパソコンに打ち込んでいる。〈奇跡の馬券〉のせいか今日は二日酔いで、午前と午後に日本芸能史の講義をこなしたあと、早めにアパートへひきあげた。声優やタレントを目指す学生が歌舞伎《かぶき》の発祥を学んだところで意味はないだろうが、東京芸術学院は一応短大になっているから、学院側としては体裁《ていさい》を整える必要がある。椋も大学の卒業時に地理歴史科の教員資格を取得していて、芸能や映画の歴史ぐらいは教えられる。もっとも芸能史が専門ではないから知識はインターネットで補足し、〈歌舞伎における京劇《きょうげき》の影響〉などという雑学で学生を楽しませる。

江戸時代の初期、中国大陸では明国《みん》が滅亡して何万だか何十万だかの明国人が日本に流入した。赤穂《あこう》四十七士のなかにも明国人の孫がいたぐらいだから、その数は相当なものだろう。当然京劇の役者もいたはずで、歌舞伎の隈取《くまどり》や大げさな所作は京劇由来のもの。五条河原《じょうがわら》で手踊りを見せていた阿国《おくに》歌舞伎が突然團十郎《だんじゅうろう》歌舞伎に変質することなどあり得ないと思うのだが、まだ椋の説は証明されていない。

パソコンから顔をあげ、欠伸をしながら、また向かい家を見おろす。興味があるわけではないが人の出入りは気になるし、庭や事務所やベランダに顔を出す柚香が面白い。選挙中はボランティアで、今日もたぶん通夜のボランティア。ジーンズに白いセーターを着て、髪をチョン髷風に結《ゆ》って黒縁のメガネをかけている。歳は二十五、六らしいが仕草がせわしなく、意味もなくただ歩きまわっているように見える。小さい丸顔で鼻も口もこぢんまりしていて醜《みにく》い容姿《ようし》ではないのに、こんな安アパートで一人暮らしをしているのだから人生になにか辛《つら》いことでもあるのだろう。

また欠伸をしかけたとき、路地に立っている女が目にとまる。ベージュのスーツを着て大きめのショルダーバッグをかけ、小首をかしげるような感じで増岡家の庭を眺めている。そのショートカットの首筋がしなやかで手足のバランスがよく、ローヒールのパンプスでも脚が長い。

昨夜路地の出口ですれ違った女か、と思ったとき女のほうが顔をあげ、アパートの二階を見つめてくる。額が広くて顎が小さく、切れ長の目元に皮肉っぽい笑みが見える。

女が椋から目を離さないので、椋も女を見つめたまま、つい会釈をする。すると女が肩をすくめ、なにを思ったのか、アパートの外階段に向かいはじめる。

階段に足音が聞こえていたのはほんの何秒か。すぐ部屋のチャイムが鳴って、椋はつられるように腰をあげる。窓際からドアまで歩いたところで三、四歩だからこの部屋は便利にできている。

ドアをあけると立っていたのはもちろん下にいた女。顔写真付きの身分証明書を椋の鼻先に突きつけてくる。

「警視庁国分寺署の卯月といいます」

「最近は淫行《いんこう》条例にも違反していないが」

「最近は？」

「冗談ですよ。そうか、刑事さんか。名前のほうはエイコさん？」

「はい」

「いい名前だ。昨夜からあなたの職業を考えていたんだけど、警察官とは思わなかった」

枝衣子が片頰をにやっと笑わせ、眉を弓形にもちあげて部屋の内に目をやる。

「機能的なお住まいね」

「部屋の感想を言いに？」

「いえ、二、三お訊《たず》ねできればと」

「このアパートの住人はみんな不審者ですよ、私も含めて」

「お名前を伺《うかが》えるかしら」

「全員の?」

「とりあえずあなたのだけ」

「水沢椋」

「水沢さん、夜道で女性をあんなふうに見つめると、ストーカーの現行犯で逮捕しますよ」

やはり昨夜、枝衣子は椋の視線に気づいていたのだ。そして路地から消えるまでずっとその脚を観賞していたことも。しかしまさか、そんな事件で訪ねてきたわけではないだろう。

「近所で空き巣でもありましたか」

「そのような通報はありません」

「私はなにも知りませんよ」

「なにをなにも知らないのかしら」

「増岡氏のことでしょう。たしかに窓は向かいの家に向いているが、監視はしていない。それに、見かけほど暇でもない」

「見かけは……」

枝衣子が口をひらきかけ、しかし言葉は出さずに何秒か椋の風体《ふうてい》を値踏みする。「見かけほど暇ではない」と言ってみたが、他人からはじゅうぶん暇な人間に見えるだろう。

「教え子の女子学生も、この部屋へ入るのには勇気がいると言う」

「教え子の女子学生？」

「東京芸術学院で講師をしている」

「とすると、売れない新劇の役者さん？」

「似たようなものです。で、刑事さんに勇気があれば、コーヒーぐらいはいれますが」

「いただきます。昼からずっと歩きまわっていてひと休みしたかったの」

度胸《どきょう》がいいのか、本当にひと休みしたいのか。枝衣子がパンプスを脱いで部屋へあがり、ためらいもせずに窓際へ寄って腰をおろす。奇妙な女だとは思うが、奇妙な女にはなぜか魅力がある。

とりあえず布団をたたみ、パソコンのスイッチを切ってちゃぶ台にコーヒーのサイフォンをセットする。枝衣子は「二、三訊ねたいこと」と言ったが、実際はその窓から増岡家を観察したいのだろう。

ひとつしかないコーヒーカップを台所で洗い、キッチンペーパーでぬぐって枝衣子の前に置く。

「昨夜聞いた限りでは病死ということだったが」

「昨夜？　誰に聞いたのかしら」

「隣室の住人です。だけど病死なら刑事課の刑事さんは出張《でば》らない」

「詳しいのね」

「二時間ミステリーぐらいは見る」

「くだらない……でも増岡さんの件、病死は病死なの。医師の診断は急性心不全。この急性心不全というのは都合のいい病名で、死因の分からないときに医師が使う常套句《じょうとうく》よ」

「つまり刑事さんは病死ではないと」

「ここだけの話でよければ他殺を疑っています」

「なぜそれを私に？」

「病死なのに刑事課の刑事が聞き込みに来るのは、理屈が合わないでしょう」

「うん、その理屈は、理屈に合っている」

枝衣子が首をかしげて目を細め、ちょっと唇を尖《とが》らせながら、椋と窓の外を見くらべる。増岡の死なんか病死でも他殺でも構わないが、この女刑事にはなんの思惑があるのだろう。

「増岡氏は誰に殺されたんです？」

「それを調べているの。でも疑っているのはわたしだけなので、口外は無用に」

「初対面の私を信じていいのかな」

「昨夜も会っているわよ。あなたには女性のうしろ姿をジーッと観察する病気がある。増岡夫人やその娘に関して、なにか気づいたことはないかしら」

「ベランダに洗濯物を干す中年婦人までジーッと観察はしない」

「娘のほうは？　ちょうどいい観察対象だと思うけれど」

「刑事さんは私をヘンタイだと？」

「どちらでも構わないわ。わたしが知りたいのは増岡家のことだけ。夫婦仲はどうなのか、トラブルはなかったか、不審者は出入りしていなかったか。大声や大きい物音がすればこの部屋まで聞こえてくるでしょう」

　サイフォンが音を立て、コーヒーが落ちきって、椋はカップにそのコーヒーをつぐ。

「残念ながら期待には応《こた》えられないが、期待に応えないともう刑事さんには会えないのかな」

　枝衣子が椋の顔にぴたりと視線を据え、唇の端を皮肉っぽくゆがめながらコーヒーカップをとりあげる。

「聞き込み先でナンパされたのは初めてよ」

「私もテレビドラマに出てくるような美人刑事が、本当にいるとは思わなかった」

「あなたは……」

眉に段差をつけ、コーヒーカップを興味深そうに点検してから、二口ほどコーヒーをすって枝衣子がほっと息をつく。

「このカップ、ロイヤルコペンハーゲンのフルレースね」

「ほーう」

「サイフォンもコーノで壁にかけてあるジーンズはディーゼルのビンテージ物、カップとサイフォンとジーンズだけでも十万円はするでしょう。このお部屋には似合わないと思うけれど」

それら身のまわり品は実家を出るときに持ってきたものだが、枝衣子も椋を窃盗犯《せっとう》と思っているわけではないだろう。

「水沢さん、あなたは、どういう素性《すじょう》の方なのかしら」

「高貴な血筋の御曹司《おんぞうし》だったら笑えるな」

「東京芸術学院ではどんな科目を」

「日本芸能史、学生たちはよく寝てくれる」

「なにかの理由があって世間を拗《す》ねているわけ?」

「刑事のわりには人を見る目がない。詳しいのはブランドだけか」

「あなたが怪しい人だということは理解しました。でも今はペンディングにしておくわ」

枝衣子が窓の外に目をやりながら片頬を笑わせ、床に膝をのばして足首を二、三度屈伸《くっしん》させる。膝から下が長くて足首がしまっていて、そんな脚を見せつけられれば拷問《ごうもん》になってしまう。身分証を出したから本物の刑事ではあるのだろうが、増岡の死に対する疑念をなぜかんたんに打ち明けるのか。

「言っては失礼だが……」

二メートルほど尻をずらし、椋は座ったまま冷蔵庫をあけ缶ビールをとり出す。

「刑事さん、怪しいのは私ではなくて、あなたのほうだ」

「わたしは仕事熱心なただの地方公務員よ」

「刑事の聞き込みは二人一組のはずだろう」

「あれはテレビドラマのなかだけ。同じ仕事を二人でやったら人件費が倍になってしまう。いくらお役所でもそこまでの無駄遣いはしないわ」

「実際には一人だと？」

「アメリカの刑事ドラマが影響しているのよ。向こうは治安が悪いから聞き込みでも身の危険があるでしょう」

「目明《めあか》しの十手《じって》と同じか」

「目明しの？」

「江戸の目明しは十手を持っていなかった。だけど銭形平次《ぜにがたへいじ》や人形佐七《にんぎょうさしち》が十手を持っていなかったらドラマにならない。視聴者の固定観念に迎合《げいごう》しているわけさ」

プルタブをあけ、冷たいビールを半分ほど咽に流して、椋はたたんだ布団に背中をあずける。枝衣子にどんな思惑があるのかは知らないが、講義の原稿づくりよりは面白い。

「そうなの、江戸の目明しは十手を持っていなかったの」

「京都や大坂《おおざか》の目明しは十手を持っていた。東京が空襲で焼け野原になったから、ロケ地の関係で戦後の時代劇はおもに京都でつくられた。それで目明しが十手を持つことに」

「あなたが日本芸能史の講師であることだけは事実のようね」

「とりあえず逮捕はされないようなので安心した」

「物知りの講師さんなら分かるかしら、刑事のことをなぜデカと呼ぶのか。先輩に聞いてもみんな知らないというの」

「デカは手下《てか》からの転訛《てんか》、目明しや下っ引きは同心の手下だったから明治以降もその呼称がつづいた。ちなみに岡っ引きはミミズという意味だ」

「岡っ引きがミミズ？」

「ミミズは『目、見えず』からの転訛でな。漢字では虫偏《むしへん》に丘と虫偏に引で蚯蚓《みみず》と書く。丘は岡で岡っ引き、目の見えないミミズのように地面の下でこそこそ他人の秘密を嗅《か》ぎまわるような商売という意味だろう。だから『目、見えず』を目明しとも皮肉った」

枝衣子が鼻梁《びりょう》の薄いきれいな鼻に皺を寄せ、本気で興味をもったような目で、しばらく椋の顔を見つめる。警察官だから外回りが多いだろうに、すんなりとのびた首筋に日灼けのあとはない。

コーヒーをすすり、また足首を屈伸させてから、枝衣子が膝の角度を椋のほうへ向ける。

「水沢さん、病気は治ったの？」

「なんの」

「わたしの脚から目を背《そむ》けているでしょう」

「これ以上そのきれいな脚を見せられると、『増岡は自分が殺しました』と白状しそうになる」

「どうぞ、白状して」

「なあ、本当に、増岡の死を他殺だと思っているのか」

「確信はないけれど。確信があればここで暇をつぶしていないわ。話を戻して、冗談ではなく、増岡家に関してなにか情報はないかしら」

「そう言われてもなあ、まったく私には縁がなくて」

ビールを少し咽へ流し、思い出して、椋は枝衣子の横に片膝を立てる。

「あそこの庭を見てくれ。物置の前でちょろちょろしている女がいるだろう。彼女は隣室の小清水柚香、選挙のときもボランティアをしたというし、今日も通夜の支度《したく》を手伝っている。彼女なら増岡家の内情に詳しいかも知れない」

枝衣子も膝立ちになって窓枠に手をかけ、背伸びをするように首をのばす。その肩が椋の胸に触れ、髪の匂いが椋の鼻先をかすめる。狭いから仕方ないのだが、そのあたりもこの部屋は都合よくできている。

二人に窓からのぞかれ、気配に気づいたのか、柚香が足をとめて椋たちをふり返る。

「呼んでみるか」

「お願い」

椋は腰をあげて窓から首をつき出し、増岡家の庭に立っている柚香を手招く。柚香が何秒か首をかしげ、それから「はい」というようにうなずいて、片手をあげながらアパートへ向かってくる。歳なんか枝衣子といくらも変わらないだろうに、その歩き方がヤンチャな女子高生のように見える。

すぐ階段に足音がひびき、ノックもなくドアがあく。

「こんにちは。誰かと思ったけど、昨夜の刑事さんですよね」

椋にではなく、枝衣子に声をかけ、柚香がふらりと部屋へ入ってくる。隣室で間取りが同じだから勝手は分かるのだろうが、それにしてもこのフレンドリーな対応は笑える。

「わたしも思い出したわ。昨夜階段の前で増岡さんの家を見物していた彼女ね」

「はい、小清水柚香です。水沢さんにはいつもお世話になっています」

おれがいつ、なんの世話をしたのだ。

椋はさっき座っていたちゃぶ台の横を指さし、柚香を座らせて、自分は台所の柱に背中をあずける。

「こちらは国分寺署の卯月刑事。おれとは深い因縁《いんねん》がある」

「夜中にあのときの声を出す、あの女性ですか」

「夜中に？　あ、いや」

「壁が薄いからちゃんと聞こえます」

「いやあ、それとはまた、別口なんだが」

枝衣子が眉間に皺を寄せて椋の顔をうかがい、我慢しきれなくなったように、ぷっと吹き出す。

「柚香くん、コーヒーとビールがあるけど」

「ビールにします」

椋は座ったまま冷蔵庫をあけ、缶ビールをとり出して柚香に手渡す。

「小清水さん、わたしは聞き込みで水沢さんを訪ねただけなの。夜中のあのときの声は別の女性ですからご心配なく」

「わたしのほうもただのギャグですからご心配なく」

なーんだ、ギャグか。しかし壁が薄いことは事実だから、これからは気をつけよう。

「実はね、小清水さんが増岡家の事情に詳しいかも知れないというので、来てもらったの」

「詳しいというほどでは」

「選挙のときもボランティアをしたんでしょう」

「あれは潜入取材です」

「取材？」

「フリーでライターをしているの。この前の『国分寺市市議会議員選挙運動潜入記』はボツになったけど」

「そうなの、プロのライターさんなら都合がいいわ。少なくとも水沢さんのようなビョーキはないでしょうし」

「水沢さん、病気なんですか」

「卯月刑事に伝染《うつ》された。君も夜道を歩くときは気をつけたほうがいい」

「夜道でうつる病気って？」

「こっちの話だ。要するに刑事さんは増岡氏の死に疑問をもっていて、君に質問したいという。後学のためにおれも聞いておこう」

柚香がメガネの縁をおさえながらビールを口へ運び、ジーンズの足を横に投げ出して眉間に皺を寄せる。小づくりな顔にメガネばかり目立つが、色気がないのは化粧をしていないせいだろう。

「増岡さんの死に疑問というのは、つまり、どういうことですか」

「他殺の疑いを捨てきれないということ。でもここだけの話にしてね、疑っているのはわたしだけなので」

「増岡さんの死は、他殺、うわあ、それはスクープです」

「ここだけの話よ」

「ここだけの話でもスクープですよ。編集長と相談しなくては」

「待て。卯月刑事の話を聞いていなかったのか。ここだけの話というのは、おれたち三人だけの話という意味だ。君がこのことを口外したら卯月さんの捜査に支障《ししょう》が出る」

柚香が尻を浮かせたり戻したりしながら、最後は胡坐《あぐら》をかき、大きく息をついてビールをあおる。その白かった頰に赤みが浮いてくるのはビールのせいではないだろう。

「小清水さん、水沢さんの言うとおりよ。証拠はなにもないの。ただ昨夜通報を受けて駆けつけたとき、説明のできない、なにかのイヤな感じが。でもわたしは自分の勘を信じる。だからそのつもりで協力してもらいたいの」

小さく咽を鳴らし、顔の前でビールの缶を構えたまま、柚香がこっくんとうなずく。そのとたんにメガネがずれて、柚香の顔が間抜けになる。

「分かりました。国分寺警察に全面協力します」

「国分寺警察にではなく、この卯月枝衣子警部補個人によ。そのことも忘れないで」

「卯月さん、警部補なのか」

「身分証に記してあったでしょう」

「とっさにそこまでは読めない。だがその若さで警部補ならキャリアだろう」

「それも二時間ミステリー？」

「そのうち小説でも書こうと思ってさ。いろいろ勉強している」

「ご苦労さま。でも昇進試験を順調にクリアしただけのノンキャリアよ。キャリアは所轄で聞き込みなんかして歩かないわ」

「勉強になる」

「小清水さん、どうなのかしら。今日の増岡家はどんな様子？」

柚香がくーっとビールを飲みほし、メガネの位置を直しながら椋に表情で「もう一本」と要求してくる。たんに隣室というだけなのに、図々《ずうずう》しい女だ。

椋は仕方なく冷蔵庫から二本の缶ビールをとり出し、一本を柚香にわたす。冷蔵庫にビールを切らさないでおくのは貧乏生活における、唯一《ゆいいつ》の贅沢《ぜいたく》でもある。

プルタブをあけ、軽く咽に流してから、柚香がほっと息をつく。

「実はお葬式の支度でお昼から大揉《おおも》めだったんですよ。やっとさっき結論が出たようです」

「どういうこと？」

「政党の支部から人がきて、今夜がお通夜で明日がお葬式という段取りでした。それなのに火葬場から、予定が立たないと。この一週間、施設が満杯なんだとか」

枝衣子の唇が一瞬にんまり笑ったように見えたのは、椋の気のせいか。

「それで支部の人や久恵さんは大慌《おおあわ》て。あちこち連絡して、府中の火葬場なら使えるとか。でも国分寺市の市議会議員を府中の火葬場ではまずいとか、それからまた本部へ連絡して、久恵さんなんかヒステリーを起こして……久恵さんというのは娘さんです」

「知っているわ」

「この久恵さんというのが仕切りたがる人で、選挙のときなんかも」

「さすが、よく観察しているわね」

「えーと、それで結局、増岡さんの葬儀は党の支部葬という名目にして、一週間後に市の葬儀場でおこなうことに。お通夜が終わったら明日にでも遺体を保管施設へ移すそうです」

「増岡夫人はどうしているのかしら」

「奥さんは一切口を出しません。選挙のときもほとんど二階へあがったままでしたね。躰が弱いらしくて、休んでいることが多いようです」

「躰が弱いというのは、具体的には?」

「そこまでは知りません。もともと無口な人で、家事も旦那《だんな》さんがしていたようです」

「夫婦仲などでなにか気づかなかった?」

「どうでしょうねえ。いわゆる、普通というやつだと思うけど」

枝衣子がコーヒーカップを顔の前でゆらし、「普通ね」と呟《つぶや》いてから、窓の外と部屋の内を見くらべる。

「娘の東田久恵に関してはどうかしら。ご主人からはすでに離婚調停《ちょうてい》を始めている、という話を聞いたけど」

「離婚調停? そうですか、選挙以来ずっと実家に帰っているようですから、あるいはね。中村さんならなにか知っているかも」

「中村さんというのは」

「この一階に住んでいる人。越してきたとき挨拶にいったら、『もう二十年以上このアパートに住んでいる。ゴミ出しやなにか、分からないことがあったらなんでも聞くように』と言われたの。選挙のときも事務所でボランティアをしていたし、増岡さんとは親しいはずですよ」

「そうなの。昨夜もたしか階段の前に……もう一人、若い人がいたわね」

「あの人は河合さん。でも近寄らないほうがいいですよ。新興宗教に嵌まっているみたいで、不気味ですから」

柚香がこのアパートに越してきてからせいぜい半年、ちゃんと住人を観察しているのは職業柄か。それなら椋のことは、どこまで観察しているのか。「あのときの声」云々というのはギャグではなく、もしかしたら壁にコップでもあてて、本当に聞いているのかも知れない。

枝衣子がコーヒーを飲みほし、カップをちゃぶ台へ戻してショルダーバッグをひき寄せる。

「小清水さんのお話は参考になったわ。これからも情報があったら、よろしくね」

バッグから名刺入れをとり出し、枝衣子が柚香と椋に一枚ずつ名刺をわたす。柚香もジーンズの尻ポケットから直接名刺を抜き出し、枝衣子と椋に配る。椋も仕方なく壁際へ這っていって、ハンガーにかけてあるジャケットから自分の名刺をとり出す。

「最初にも言ったとおり、今のところわたし個人の捜査なの。公表できるようになるまで、内密にね」

柚香が生まじめな顔で「はい」と返事をし、椋も返事の代わりに枝衣子へウィンクを送る。秘密の探偵組織でも結成されたような感じだが、枝衣子にはどうせ、ほかの思惑がある。

でも、まあ、これからもこの奇麗な脚が見られるのなら、いいとするか。

枝衣子が二枚の名刺をバッグにしまい、代わりになにか黒いものをとり出して、ちゃぶ台へおく。

「もらい物の湯の花饅頭だけど、わたしは甘いものを食べないので、よかったらどうぞ」

枝衣子はそのまま腰をあげ、かんたんにドアまで歩いてパンプスに足を入れる。柚香もビールを一気に飲みほし、ちゃぶ台から饅頭をひったくってドアへ向かう。

「わたしも潜入取材に戻ります。最初から、どうもね、増岡さんの家にはなにかの秘密があるような気がしていたの。刑事さんの話を聞いて俄然《がぜん》やる気が出てきました」

単純な女だが、枝衣子の思惑はそれほど単純ではないだろう。その思惑がどんなものかは知らないが、椋も暇ではあることだし、しばらくは調子を合わせよう。

二人がつづけて部屋を出ていき、椋は窓際へ移動して片膝立ちになり、弔問客《ちょうもんきゃく》が出入りする増岡家の玄関を見おろす。階段をおりた柚香がまた庭へ入っていき、枝衣子のほうは玄関や庭に首を巡らせてから、ちらっと椋のほうを見あげる。昨夜路地ですれ違ったときはずいぶん背の高い女だと思ったが、実際は百六十七、八センチか。夜道でもあり、手足のバランスがいいから長身に見えたのだろう。

枝衣子が肩をすくめて駅の方向へ歩き出し、椋は窓から離れて、たたんだ布団に背中をあずけながらビールの缶をとりあげる。

「国分寺の秘密探偵団、か」

思わず笑ってしまった口に、椋はゆっくりとビールを運ぶ。

すごいね。これまでにも週刊誌の走り使いでいじめ自殺やストーカー殺人の取材はしたけれど、それだって当事者の家族や友人から「まさかあの人が」とかいうコメントを得たぐらい。契約ライターでも主流は四十歳五十歳のベテランだから、経験が四年しかない柚香は雑用係になってしまう。

ここで一発特ダネをものにすれば業界での知名度があがって、原稿料もアップする。卯月刑事はただの勘と言ったけれど、本職の刑事がただの勘で動くなんて、あり得ないものね。増岡家の内情を聞いていたから、奥さんか娘かその周辺の誰かに目星をつけている。これまでは小ネタでも拾えれば、と思って増岡家に出入りしていたが、今後は殺人事件の捜査協力という素晴らしい目標があるのだ。

柚香はずれそうになるメガネを押しあげ、湯の花饅頭をかじりながら事務所の内を観察する。ソファは片付けられて棺桶《かんおけ》が据えられ、台所には夫人がいて、棺桶の手前では久恵と支部員と弔問客がそれぞれに茶やビールを飲んでいる。

その五、六人がみんな殺人犯に見えてしまうのだから、思い込みは恐ろしい。

福寿荘という安アパートから五十メートルほどのところで足をとめ、枝衣子は半身でふり返ってショルダーバッグを担ぎ直す。増岡市議の死を殺人事件にまで発展させられるか、まだなんとも判断できないが、餌《えさ》は撒《ま》いたから鳩《はと》や野良猫《のらねこ》は寄ってくる。その鳩や野良猫を蹴《け》とばす人間もいれば、恐怖を感じて逃げ出す人間もいる。問題はその騒動を、いかにコーディネイトするかだ。

課長の金本に心配されるまでもなく、この平均台を踏み外せば枝衣子の警官人生が終わる。ただ終わったところで馘首《かくしゅ》されるわけではなし、退屈さえ我慢すれば定年までの給料は保証される。枝衣子の望みは本庁の捜査一課勤務で、それがかなわなくとも中央区か港《みなと》区か渋谷《しぶや》区か新宿区あたりの刑事課へ異動したい。わざわざ四国から上京して警視庁に奉職したのは、国分寺の「カレー怨恨殺人未遂事件」なんかを解決するためではないのだから。

それにしてもあの二階の部屋に住んでいる水沢椋というのは、どういう男なのかしら。ぼさぼさの長髪で無精《ぶしょう》ひげを生やして、よれよれのワークパンツに肘のすり切れたトレーナー。しかしそのトレーナーはロンハーマンだったから二万円ぐらいはするだろう。よく見ると顔立ちも整っていて、皮肉まじりの会話にも知性がある。大学でも社会に出てからも縁のなかったタイプで、なんとなく好奇心をそそられる。増岡家の真向かいの住人ではあるし、いずれにしても紐《ひも》をつけておけばなにかの役に立つ。

時間は五時、一般的には退社時間で、それは警察も変わらない。テレビの警察ドラマなんかを見ていると、この刑事たち、いつ休むのかしら、と思うことがあるけれど、あれは絵空事。警察官もたんなる地方公務員だから勤務時間は市役所と同じで八時半から五時十五分まで。土日祝日も休日で有給休暇もあるし、女性警察官には産休も育休もある。問題は泥棒やストーカーがカレンダー通りに休んでくれないことで、必然的に刑事課や生活安全課などは時間外勤務が多くなる。その時間外勤務には諸手当がつき、年俸換算では他の地方公務員より百万円程度の増給になる。

どうしようかな。今日はこのまま直帰にしようかな。それとも東京芸術学院まで足を運んで水沢椋の素性を調べてみるか。横田医師が手配した血液検査の結果が出るのは明日の昼以降、まさかコカインやヘロインが検出されるとは思わないが、それでもなにか特殊な成分でも検出されれば、そこからまたあの医者を〈国分寺市市議会議員殺人事件〉に巻き込める。

問題は真由美夫人なのよねと、路地を史跡《しせき》通りの方向へ向かいながら独りごとを言う。金本も萩原も気づかなかったようだし、水沢も「ベランダに洗濯物を干す中年婦人まで」と言い捨てたぐらいだから、あの美貌に気づいていない。たしかに髪型も服装もいわゆる「あか抜けない」というやつで、その気になって観察しなければ顔立ちの良さは見抜けない。しかし亭主の増岡市議が気づかなかったはずはなく、それは主治医の横田だって同じだろう。

萩原刑事が報告してきたところによると、夫人の本籍はとなりの府中市。旧姓は広山《ひろやま》といい、三十一年前に増岡と結婚して国分寺市へ転入した。増岡のほうは北海道の出身で当時三十歳を過ぎていたから、結婚を機に現住住宅を購入したものだろう。そのローンも五年前に完済され、ほかに借入金はなし。生命保険も死亡時に夫婦それぞれ三千万円だから常識の範囲内。もっとも不動産は坪単価百二十万円もするというから五十坪としても六千万円の価値がある。

考えすぎかしらね。いくら顔立ちがよくても男から見て魅力を感じないタイプもあるだろうし、真由美夫人のほうは増岡の、中学校教諭という安定収入に魅力を感じたのかも知れないし。でも今回の〈殺人事件〉で唯一ひっかかるのは、まさに、その部分なのだけれど。

直帰するにしても、やはりその前に東京芸術学院へ寄ってナンパ男の素性を確認しておこう。

3

六畳の部屋にベッドを置いているのでそれだけで満杯。ほかに置けるものといったら仕事机兼食卓の小テーブルに整理簞笥ぐらいで衣類は部屋の隅に重ねた段ボール箱に始末している。四面の壁にはその上部に木製の棚が吊《つ》られていて、靴も本もその他の雑貨もすべて棚に収められる。水沢の部屋にこの棚はなかったから、前の住人が勝手に設置したものだろう。それでも六畳一間では手狭《てぜま》だからベッドは失敗だった。節約のために外食は控えているので電子レンジぐらいは必要だし、冬になれば炬燵もいるだろう。浜松《はままつ》から進学のために上京して以来、同棲中も愛用していた白いパイプベッドではあるけれど、今の経済状況では廃棄《はいき》するより仕方ないか。

柚香は狭い台所でハムエッグサンドをつくり、インスタントコーヒーにたっぷり砂糖をいれてベッドの枠に寄りかかる。窓に日は当たらなくてもカーテンは明るいから、今日も晴天だろう。昨夜は増岡家の通夜に九時ごろまで参加し、仕出し弁当を二パックゲットしてアパートへ戻ってきた。以降は弔問客の名前や素性をパソコンに打ち込み、〈増岡市議殺害事件関係者リスト〉を作成した。弔問客のほとんどは町内会の役員やら増岡氏の教え子たちで、これらは犯人候補から除外。利害関係がありそうな人間は真由美夫人に娘の久恵、政党国分寺支部の二人と夫人の親戚だという三人の女。増岡氏の身内は全員北海道在住だそうで、両親はすでに他界し、甥《おい》という男が葬儀に合わせて一週間後に上京するという。少し奇妙に思ったのは昨夜も見かけた横田という医師が弔問に来たことで、自分の患者が死亡したとき医者はいちいち、通夜や葬儀に顔を出すものなのか。状況にもよるだろうが、横田医師は増岡家の人間と、個人的にも親しくしていたのか。

それら弔問客の相手をしたのは娘の久恵で、柚香は夫人と台所側にいて茶菓の支度や洗い物や酒類の接待と、裏方に徹《てっ》しながら客たちの会話に耳を澄《す》ましていた。昔の教え子も町内の人間もただ「穏《おだ》やかでいい人だった」というぐらいでそれ以上の増岡評はなく、みなひっそりと茶やビールを飲んだりしながらほとんどは三十分以内に引きあげていった。柚香の祖父が死んだときなんか通夜に百人以上が押し掛け、朝まで故人の思い出話に花を咲かせたものだが、浜松と東京では風習がちがうのだろう。

その間ひとつだけ気づいたのは、真由美夫人の容貌で、それは「あれ、この奥さん、こんなに美人だったかしらね」というもの。選挙中はほとんど二階にいたのでまともに顔を見たことはなかったが、昨夜台所の椅子に向かい合って言葉を交わしてみると目鼻立ちの端整《たんせい》さは驚くほど。通夜だから喪服ではなかったけれど、薄化粧をして髪をアップにした容貌は往年の美人女優を思わせた。死んだ増岡氏なんか壁にポスターは貼ってあるものの、目を閉じればもう顔なんか思い出せないぐらいの凡庸さ。もしかしたら夫人は増岡氏に合わせて地味な印象を演出していたのかも知れないが、しかしそんな細工をする理由はどこにある。

あの親戚の女たちもねえ、なんだかヘンな感じだったよね。

サンドイッチにかぶりつき、パソコンのマウスを操作して中山恭子《なかやまきようこ》、中山喜代美《きよみ》、川原明子《かわはらあきこ》という三人の名前を呼び出す。中山恭子は真由美夫人の父方の伯母《おば》で八十歳を過ぎた老婦人、喜代美はその娘だが姓が変わっていない理由は未婚なのか離別後に復したのか。川原明子は夫人と同年代で母方の従姉妹《いとこ》らしいが、府中で美容室を経営しているという。本来なら三人とも夫人を囲んで昔話でもするだろうに、たんにお悔やみの挨拶をしてビールを飲んで仕出し料理を食べただけ。夫人も台所にこもったままで三人には近寄らなかった。川原明子とは名刺交換をしてあるから、そのあたりの事情に突撃取材をかけてみよう。

サンドイッチを平らげ、マグカップを口に運びながら、パソコンの画面を〈小清水ユーカのそれいけ事件だ〉という有料ブログに切り替える。これはネットサーフィンして使えそうなネタを拾い集め、アレンジして装飾して粉飾して面白い読み物を提供するサイトだが、フォロワーが少なくて月間の売り上げはせいぜい五千円。ここに増岡事件の取材レポートをリアルタイムで掲載すれば、それなりの反響は出る。しかし増岡氏の死を殺人と断定する根拠は今のところ卯月刑事の「イヤな感じ」だけで、もし病死だったら柚香が増岡家や市議会からバッシングを受ける。それどころか情報漏洩《ろうえい》で卯月刑事からも非難されるだろうし、ヘタをすれば警察全体を敵にまわしてしまう。

さーて、小清水柚香くん、どうしたものかね。たしかにインパクトのある記事でフォロワーを増やしたいところではあるけれど、特ダネと捏造《ねつぞう》記事は紙一《かみひと》重《え》。先走ってチョンボをして「間違えました、ご免なさい」で済む問題ではなく、残念ながらもうしばらく自《じ》重《ちょう》するか。川原明子や増岡氏の教え子に取材をかけてなんらかの情報をひき出し、その情報とバーターで卯月刑事からも極秘情報を聞き出す。その時点で週刊講文にネタを持ち込めばインターネットの噂話ではなく、正々堂々、一流週刊誌のスクープ記事になる。

コーヒーを飲みほし、ふーっと音に出してため息をついてから、柚香はメガネを外して眉間をマッサージする。子供のころからの近視で視力は〇・五、コンタクトレンズに変えて化粧をすれば「へーえ、けっこう美人じゃない？」というぐらいの自惚《うぬぼ》れはあるけれど、何度挑戦してもコンタクトにはなじめない。それに駆け出しとはいえ大学でジャーナリズムを専攻したプロのライターではあるし、「私は顔で仕事をしているのではない」という自負もある。

でもね、本心では化粧なんか面倒くさくて、最近は化粧品を買うお金もないんだけどね。

欠伸をかみ殺してメガネを顔に戻し、携帯の魔法瓶に紅茶を用意しようと腰をあげる。しばらくは外回りがつづくから、百円ショップで口紅ぐらいは調達しておこう。

国分寺と立川の中間だから「国立《くにたち》」にしたのだという。まるでダジャレのような命名だが東京だって東の京都という意味だから、地名の由来なんかもともと安直なものだろう。卯月だって四月の古語で祖先の誰かが四月生まれだったとか、どうせそんなところだ。

枝衣子は国立市にある成分分析機関からメールされてきた増岡誠人の血液検査結果を、もう一時間も睨《にら》んでいる。警察でも定期的に健康診断を受けさせられるが、結果なんかみんな読み飛ばし。しかし商売として増岡の血液分析結果を検証すると、その検査項目の膨《ぼう》大《だい》さにうんざりする。同じ検査でも血液検査と血液生化学検査に分かれていて、そこにまたアルブミンとグロブリン比だのGOTとかいう酵素《こうそ》量値だのが、二十項目以上もつづいている。加えて血小板《けっしょうばん》や血沈《けっちん》がどうのこうのとあって、解説を読むだけで気が滅入《めい》る。枝衣子が知りたいのはただ一点、増岡の死に他殺の要素があるかどうか。つまり「はい、毒物です。はい、アレルギーです。はい、急性アルコール中毒です」とかいった単純なもの。もちろん最初から期待はしていないが、なんとか殺人とこじつけられそうな、それらしい数値を発見できないものか。

肩凝《かたこ》りをほぐすように首をまわし、コーヒーをいれるために席を立つ。デスクに金本課長がいないのはどうせ喫煙タイムだろうが、今朝の八時ごろ国立駅近くで傷害事件が発生して、ほかの課員も生活安全課の遊軍にくり出している。通報によると、通学のため路上を歩いていた女子高生にうしろから若い男が声をかけ、ふり向いた女子高生に「あなたは今幸せですか」と聞きながらズボンのなかみを抓《つま》み出したという。朝からそんなものを見せられて、ごくまれには「幸せです」と答える女もいるだろうが、一般的には困惑《こんわく》と恐怖で絶句する。その女子高生も慌ててとび退《の》き、逃げようとした瞬間に足がもつれて転倒した。犯人はその場から黙って立ち去ったが女子高生は左上腕部の骨折と側頭部の打撲《だぼく》で入院したというから、たかが中身を見せたことぐらいでこの犯人も捕まれば懲役刑《ちょうえきけい》になる。

給湯室《きゅうとうしつ》でコーヒーをいれ、デスクに戻ってまたパソコンの検索を再開する。ただ血液検査のデータ検証は飽《あ》きたので、画面を水沢椋の検索に切りかえる。昨日は東京芸術学院の総務課に立ち寄り、警察権力をちらつかせて水沢の履歴書を閲覧《えつらん》した。出身地は東京で年齢は三十二歳、最終学歴は私立の有名大学だが意外なのは前職で、伝報堂《でんほうどう》という広告会社だったのだ。伝報堂といえば戦前の諜報《ちょうほう》機関で戦後は世論を操作する最大手の広告会社であることは、誰でも知っている。

あらためて〈水沢椋〉個人を検索にかけると、本人はサイトを立ち上げていないものの、アイドルやモデルの書き込みに「女子会に伝報堂の水沢さん来襲」だの「ハワイでグラビアの撮影、伝報堂の水沢さんが同行」だのといった報告が散見された。男なら涎《よだれ》の出そうな職場だろうし、長時間労働での過労死などという噂もあるけれど、年収は三十歳でかるく一千万円を超えるという。水沢はなにが悲しくてそういう好待遇の会社を辞めて、胡散臭《うさんくさ》い短大講師などに身をやつしたのか。

そしてもっと意外だったのが水沢の家系だった。水沢という姓にどこか記憶があって、まさかとは思いながら都議会議長の項を検索した。水沢知之《ともゆき》という議長は不動産業からの成り上がりで息子は国会議員、娘婿《むすめむこ》は外務省のキャリア官僚という、まずは華麗《かれい》なる一族だ。それら関連ワードの追跡をつづけていくうちに、面白いとか興味深いとかいう以上の、もう啞然《あぜん》とする結果にたどり着いた。西国分寺の安アパートで枝衣子の脚を無遠慮に観賞していた水沢椋は、なんと水沢家の次男だったのだ。

水沢椋さん、世捨て人にも世間を拗ねているようにも見えないけれど、あなたはいったい、人生になにを期待しているのかしら。

金本が戻ってきて席に着き、背広の前ボタンを外しながら新聞をとりあげる。国分寺署開設当初から建物内では全面禁煙になっていたが、後藤署長着任後に「敷地内では」に変更された。それまで裏の通用口で吸えていたタバコが裏門の外まで出なければならず、たかが十メートルほどの距離とはいえ金本たち愛煙家の職員は苦労する。禁煙したからって無意味な人生が有意味になるわけでもなし、タバコぐらい自由に吸わせてやればいいのにね、とは思うけれど、この潔癖《けっぺき》ヒステリー社会では仕方ない。

コーヒーをすすり、パソコンの画面をまた血液検査のデータに戻して、血清《けっせい》反応のCRPだのRAだのの暗号解読にとりかかる。理解できるのは増岡の血糖値やコレステロール値が高めというぐらいで、それ以外の異常はなし。血圧が高かったというからカルシウム拮抗《きっこう》薬とARBという降圧剤が検出されるのも当然で、トリカブトもコカインもマリファナや危険ドラッグの成分であるカンナビノイドも見当たらず、やはりこの線からの「殺人事件」は無理か、と思いはじめたときBZDという記号が目に入る。似たような表記が氾濫《はんらん》しているのでパスしそうになったが、このBZDという略式記号はどこかで見たことがある。

どこかで、そうか、本庁の刑事課員研修だったか。

そのBZDを検索してみるとベンゾジアゼピンの略で、これならお馴染《なじ》みの睡眠導入剤だ。商品名的にはデパスとかハルシオンとかの種類があるらしいが、医者が処方するごく一般的な睡眠薬だろう。それほど繊細《せんさい》な人間だったとも思えないが、増岡も慣れない議員生活で寝つきが悪くなっていたか。

検索を次の項目に移し、マグカップに手をのばしかけて、項目をまたBZDに戻す。ハルシオンやデパスならたしかに一般的な睡眠導入剤で、その気になれば街でも手に入る。増岡も休日でゆっくり睡眠を、と思ったのかも知れず、しかしそれにしては時間が不審《おか》しくないか。一昨夜枝衣子が増岡家に到着したのが八時前、横田医師は死後二時間以内と診断したから、遅くとも増岡は午後の六時に睡眠薬を飲んでいる。いくら長時間の睡眠を欲したところで、夫人と娘は帰宅前で夕食もとっていない。それに増岡の服装も夜着ではなくて、替えズボンにカーディガンだった。

卯月枝衣子警部補、このネタは使えるでしょう。ナノグラム単位の血中濃度は致死量《ちしりよう》にほど遠いにしても、増岡の体内に不自然な薬物が残存していたことは事実。この事実を拡大解釈して夫人や娘や横田医師や市議会関係者をゆさぶれば、「あるいは殺人の可能性も」というストーリーはつくれる。金本を煽動《せんどう》して「増岡の遺体を司法解剖に」という離れ業《わざ》だって可能かも知れず、瓢箪《ひようたん》から駒《こま》。思っていたよりこの血液検査結果は枝衣子に幸運をもたらすか。

まず金本に報告を、と席を立ちかけて思いとどまる。昨日一週間の猶予《ゆうよ》をもらってからまだ二日目、ＢＺＤの件を金本に告げればすぐ後藤署長に報告され、そうなったら署長が慌てて〈事件性あり〉と本庁へ連絡する。もちろん〈事件性あり〉は枝衣子の望むところではあるけれど、本物の事件だったら迅速《じんそく》な対応が後藤の手柄になって「刑事課と生活安全課の統合」が実現しかねない。

すっかりぬるくなっているコーヒーを口に運び、このＢＺＤネタはもう二、三日寝かせておこうと、枝衣子は弛《ゆる》みそうになる頬をひきしめる。裁判所の令状がなければカルテの閲覧はできないが、警察権力をちらつかせて横田医師に圧力ぐらいはかけられる。

パソコンをオフにしたとき、バッグのなかでケータイが鳴り、とり出してみると相手は思惑どおりの男だった。

「やあ卯月さん、学院の同僚が美人刑事のケータイ番号を知りたいと言うんだけど、教えてもいいかなあ」

複雑なのか単純なのか。それにしてもこの水沢椋という男は興味深い。

ふーん、大國魂《おおくにたま》神社ね。

上京してから靖国《やすくに》神社や浅草寺《せんそうじ》へは行ったことがあるけれど、府中にこれほど大きい神社があるとは知らなかった。由来書きでは主祭神が大國魂大神《おおくにたまのおおかみ》でこれは大国主命《おおくにぬしのみこと》のこと。大国主は〈因幡《いなば》の白兎《しろうさぎ》〉に出てくる神様だから山陰地方の神様だろうに、こんな武蔵国にまで出張していたとは畏《おそ》れ入る。もっとも神様なんか祀《まつ》るほうの勝手で、日本にはトイレにも台所にも神様がいる。

神社仏閣に興味はないが、ついでなので、柚香は境内《けいだい》を一周する。拝殿があってケヤキが植わって札売り所があって、構造自体は浜松の五社《ごしゃ》神社や秋葉《あきは》神社と変わらない。御神籤《おみくじ》は一回百円、もちろん運なんか悪いのに決まっているからパス。厄除《やくよ》けのお守りには少なからず心が動いたけれど、そんなものに無駄遣いをする余裕はない。貧乏だから厄除けのお守りが買えず、お守りがないからまた厄に襲われてもっと貧乏になってと、貧乏人には延々と悪循環がつづくのか。本来はお守りやお札を買えないような貧乏人を救うのが、神様の仕事だろうにね。

考えると腹が立つので、神社見物を切り上げ、中雀門《ちゅうじゃくもん》から境内を出る。府中の繁華街は馬場大門《ばばだいもん》のケヤキ並木から京王《けいおう》線の府中駅周辺らしいが、川原明子の〈あきこ美容室〉は宮町《みやまち》三丁目という場所にある。繁華街からは少し外れていて、スマホの地図アプリを見ながら住宅街を徘徊《はいかい》する。店は十分ほどで見つかり、柚香は足をとめてその二階家を見あげる。間口《まぐち》はせいぜい四メートルほど、二階には居住部分らしいベランダ付きの窓があって、一階のガラスドアに書かれた〈あきこ美容室〉という文字が日に焼けてかすれている。昔からある近所のパーマ屋さんという感じの店だが、それでもドア横の料金表には〈カット五千円、パーマ三千円、髪染め二千円〉などと莫大《ばくだい》な金額が提示されている。柚香なんか千円カットのチェーン店しか利用したことがなく、それももったいないので最近は自分で髪を切っている。

　ワークパンツにウォーキングシューズを履いてアウターはサファリジャケット、肩にメッセンジャーバッグを掛けて頭にはキャスケット。ガラスドアに映る自分のジャーナリストルックを確認して、柚香はウムとうなずき、美容室のドアをあける。

　店内は予想したとおり、カットチェアが二台あるだけのパーマ屋さん風。洗髪も前かがみ方式でお釜型のドライヤーが据えられ、ドア横の壁には雑誌を並べた棚がある。客はなく、川原明子が一人ソファに座って女性誌をひらいている。

　アポイントはとってあるので、柚香は「こんにちは」と挨拶をし、キャスケットの庇《ひさし》を少しだけ上向ける。このキャスケットは商売用の小道具であると同時にボサボサ髪の隠蔽《いんぺい》手段でもある。

　明子が「あらあら」という感じで腰をあげ、柚香にソファをすすめながら雑誌をドア横の棚に戻す。立地からして客は近所の常連がほとんどだろうから、忙しいのはどうせ七五三や卒業式シーズンぐらい。それでもカットにパーマに染髪なら一日一人の客で、一万円の売り上げになる。

「昨日はあまり話もしなかったけど、雑誌の記者さんだったの。たしかにねえ、増岡のあの家を見れば誰だって不審《おか》しいと思うわよねえ。だけど、小清水さんでしたっけ？　あなたは具体的に、どこがおかしいと思うわけ？」

主婦たちの溜まり場にでもなっているのか、テーブルにはポットや茶道具が用意してあり、明子が茶をいれてくれる。小皺の浮いた顔をファンデーションで厚く武装し、ショートカットの髪をオレンジ色に近い茶色に染めている。増岡真由美とは母方の従姉妹だというが、痩せぎすのニワトリのような顔に真由美夫人の面影《おもかげ》はない。

柚香は用意された茶をひと口すすり、バッグからボイスレコーダーをとり出してテーブルにおく。これは取材対象へのサービスで、自分をプロのライターらしく見せるパフォーマンスでもある。

「川原さん、お話を録音しても？」

「ええと、でも、そういうのは、まずくない？」

「秘密は守りますし、もし川原さんのお話を記事に使うことになりましたら、事前に了解をとります」

「それならそれで、私もべつに、嘘《うそ》は言わないから」

明子が自分の湯呑にも茶を用意し、カットチェアの一台を柚香の側へまわして腰をのせる。柚香はボイスレコーダーのスイッチを入れて、バッグから大学ノートとボールペンもとり出す。

「これは極秘情報なんですけどね、実は……」

二、三呼吸間をおき、明子の表情を観察しながら、柚香は最初から勝負に出る。

「実は、警察は増岡さんの死を、他殺とにらんでいるようです」

ゲッというような音を発したのは明子の咽か、カットチェアか。

「でも、そんなこと、だって」

「極秘情報ですからここだけの話に。よく刑事ドラマでもやるでしょう。疑われていることが知れると犯人が証拠を隠蔽するようなこと」

「先週の二時間ミステリーでも証拠隠滅で警察が苦労していたわ。ということはやっぱり、真由美さんが？」

「具体的なことは言えません。ですけど家庭内で殺人事件が発生した場合、犯人はご夫婦の生き残ったほうというのが九十パーセントです」

「そうそう、それはアメリカの刑事ドラマでやっていたわ。私、ＷＯＷＯＷもよく見るのよねえ。増岡さんの生命保険、一億円ぐらいかけてあった？」

「さあ、そこまでは」

「調べてみなさいよ。悲惨《ひさん》で退屈な結婚生活に飽き飽きして、ええい、やってしまえと。私だって何度亭主に生命保険をかけて殺してやろうかと思ったけど、その前に逃げられちやったから後の祭りだわ」

殺人とほのめかしただけで明子は犯人を真由美夫人と決めつけるのだから、それには相《そう》応《おう》の理由がある。美容師はお喋《しゃべ》りも仕事の内だろうし、必要な情報をひき出すのはちょっと誘導するだけでいい。

「川原さんが『やっぱり』というぐらいなら、増岡さんご夫婦の仲はそうとうに険悪だったと？」

「それは知らない。真由美さんが結婚して国分寺へ移ってからは、ほとんどつき合いもなくなっていたし」

「それなら、なぜ？」

「だってあなた、そんなことは真由美さんの顔を見れば分かるじゃないの。なにしろあの事故があるまでは……」

明子が眉間に皺を寄せながら茶をすすり、口元を湯呑で隠したまま、ふんと鼻を鳴らす。

「小清水さん、あなた、真由美さんの足で、気づいたことはなあい？」

「足、というと？」

「だから右の足。彼女ねえ、膝から下が義足なのよ。最近は出来がよくなって目立たないようだけど、昔はねえ、そりゃあ大変だったわよ」

柚香の息は半分ほどとまっていたが、プロのジャーナリストがこの程度の情報で狼狽《ろうばい》してなるものか。しかし考えてみれば選挙中もそれ以外の日も、真由美夫人のスカート姿に記憶はない。

「さっき『あの事故が』と言われましたけど、増岡夫人の足は、そのときに？」

「そうそう、真由美さんが高校二年のときだったから、もう三十五年ぐらい前よねえ。それまではねえ、彼女、府中では女王様だったのよ。もう中学のときから地元にファンクラブなんかできていて、男の子がぞろぞろあとについて歩いたり。私なんか同じ中学で一級下、従妹《いとこ》なのにどうしてこんなに顔がちがうのかって、毎日親と喧嘩したもんだわよ」

たしかに昨夜、柚香も真由美夫人の容貌に気づきはしたが、しかしファンクラブができるほどだとは思わなかった。

「もしかしてあの奥さんは、芸能界に？」

「スカウトにつきまとわれて、本人にもそのつもりはあったようだけど、今とは時代がちがうしねえ。とにかく高校だけは卒業するようにと。真由美さんの父親ってのが学習塾をやってた人で、けじめとか学歴とかにうるさかったらしいわ」

真由美の父親に関して明子の発言は過去形になっているから、すでに死亡しているのだろう。

「そのお父さんやお母さんは、やはり事故で？」

「そうそう、まったくねえ、台風が来てたからやめればよかったものを、旅館を予約してあるからって。広山の義叔父《おじ》さんはそういうふうに、融通《ゆうずう》の利かない人だったのよ」

明子が当時の状況を思い出すように肩をすくめ、目尻の皺を深くしながらまた茶をすする。「事故」や「台風」や「旅館」でおおよその見当はつくが、ジャーナリストとしては事実を正確に把握《はあく》する必要がある。

組んだ膝の上に大学ノートを構え、柚香は商売用の好奇心ビームを、明子の顔めがけて発射する。

「事故の様子を具体的に教えてもらえますか」

「そんなの、だって私、見てたわけじゃないもの」

「ご存知の範囲で」

「だからね、もう三十何年か前、台風が来てるのに旅館の予約があるからって、広山の義叔父さんと叔母さんと真由美さんの三人で山梨の温泉に出かけたわけ。その途中で落石があったとかで、クルマごと谷底へ。義叔父さんと叔母さんが死んで真由美さんは助かったけど、右足がねえ。だから真由美さんも天国から地獄で、気の毒といえば、気の毒だったわよねえ」

クルマの事故で両親を亡くし、本人も右足の膝から下を喪失《そうしつ》。それを「気の毒」のひと言で片付ける明子の本心は聞かなくとも見当がつく。

明子が腰をのばして柚香の湯呑に茶を足し、自分の湯呑にも足して、ギシッとカットチエアを軋《きし》らせる。明子はすでに自動発声器になっているから、柚香がメガネを押しあげるだけでいくらでも情報を吐き出す。

「そういう状況だもの、ねえ小清水さん、あとのことは想像できるでしょう」

「はあ、なんとなく」

「昨日お通夜に来た中山のお婆《ばあ》さんが、義叔父さんの姉さんなわけ。それで真由美さんをひきとったんだけど、当時はねえ、保険金目当てとかなんとか、いろいろ言われたわ。でも真由美さんだってほかに行けるところはなし、高校もやめて、もうすっかり閉じこもり。女王様で私なんかも見下していたんだから、そりゃあねえ、気持ちは辛かったでしょうけどねえ」

今ではパラリンピックも盛大になって、社会参加に積極的な障害者《しょうがいしゃ》もいる。しかし旧姓広山真由美の悲劇は三十五年も前、まして地元にファンクラブができるほどの美少女だったのなら、明子の言う「すっかり閉じこもり」も仕方なかったか。

「でも真由美さんはその後、ちゃんと増岡さんと結婚されたでしょう」

「それがまた小清水さん、訳ありの因縁ありの、私なんかびっくり仰天《ぎょうてん》。中山としては厄介者をお払い箱にできて、ずいぶん都合のいい話だったわけよ」

明子が厚底サンダルをひっかけた爪先《つまさき》をぴくっと動かし、湯呑を顎の下に構えたまま、柚香に上目遣いの視線を送る。

「あの増岡という人はねえ、私や真由美さんが通っていた中学校の、先生だったのよ。それをあとで聞いてもうびっくり仰天。真由美さんもねえ、いくら足があれだからって、なにもそこまでねえ。でもやっぱりねえ、中山の家には居づらかったんでしょうねえ」

増岡と真由美夫人の正確な年齢は知らないが、十二、三歳の差なら中学時代に教師と生徒だった可能性はある。

「もしかして、中学時代から、二人は男と女の?」

「まさか。だって増岡先生が府中の中学にいたなんて、私、まるで覚えていなかったもの」

「でも結婚式には川原さんも出席されたでしょう」

「そりゃ一応親戚だもの。だけど真由美さんも足があれになってから友達は避けていたし、出席したのはこっちと増岡さんの親戚だけ。そのときね、国分寺で学校の先生をしているとは紹介されたけど、私、増岡先生の顔も名前も、まるで思い出さなかったのよ。あとになって友達から聞いて、もうびっくり仰天。たしかに昔の中学は生徒も先生も多かったわよ。でも、それにしてもねえ。理科を教わった友達もただ教科書を読むだけの、つまらない先生だったって。要するにまるで存在感のなかった人で、だから真由美さんと増岡さんが中学のときからどうとか、そんなことは完璧にあり得ないわけよ」

一方は生徒の記憶にも残らない中学校教諭、一方はファンクラブができるほどの美少女。男と女の関係に定義はないけれど、年齢差的にもさすがに男女関係は無理か。それにしても川原明子は、よくびっくり仰天する女だ。

「小清水さん、私ちょっと、タバコを吸っていいかしら」

「ええと、もちろん」

「お客がいるときは吸わないんだけど、どうもねえ、我慢できないわ」

明子がリモコンで換気扇《かんきせん》のスイッチを入れ、割烹着《かっぽうぎ》に似た作業着のポケットからタバコとライターをとり出して火をつける。柚香も以前は喫煙していたが、最近は金がないので我慢している。

「それで、あの二人が結婚した経緯《いきさつ》などは?」

「経緯なんかないわよ。真由美さんの怪我《けが》もねえ、足はあれでも顔に傷がついたわけじゃなし、増岡さんにとっては憧《あこが》れていた高嶺《たかね》の花。どこかで事故のことを聞いたとかで、ずいぶん熱心に通ったらしいわ」

ふーっと長く煙を吹き、ファンデーションがひび割れるかと思うほど眉間に皺を寄せて、明子が肩をすくめる。

「そりゃあねえ、あの事故さえなければ真由美さんも、増岡さんなんかには洟《はな》もひっかけなかったろうけど、そこが人間の宿業《ごう》ってやつ。それまでは女王様気取りで周りを見くだしていたんだから、ある意味、バチが当たったわけよねえ」

従姉妹同士で一歳違いで中学も同じで、明子は子供のころから真由美に相当のコンプレックスを感じていたか。容姿なんて誰の責任でもないだろうに、だからって諦めたり達観したりできないことは女として、柚香にも理解できる。

「だからね、真由美さんが結婚したときは、なんてズルい人たちなんだろうって。売るほうも売るほう、買うほうも買うほう、仲介《ちゅうかい》した中山も中山。人間にはしていい事と悪い事があると思わない？　ねえ小清水さん」

人生を商売にたとえるのは如何《いかが》なものか、とは思うけれど、結婚なんてもともと取引のようなもの。増岡たちのケースは売り手と買い手と仲介業者がそれぞれに妥協《だきょう》点を見出《みいだ》し、そしてそれぞれが、なにがしかの利益を得た。本人たちがそれでよかったのだから他人が干渉《かんしょう》する問題ではないだろうに、明子は今でも真由美夫人に嫉妬《しっと》しているのか。まして半年前の選挙で真由美は市議会議員夫人、ろくに客もないような近所のパーマ屋さんでタバコを我慢する明子の立場とは、明らかにちがう。

柚香は大学ノートに真由美、増岡、中山、明子の関係図を書き込み、このネタはかなり大きいわねと、頭のなかでほくそ笑む。警察が事情聴取に来ていれば明子のような人間が黙っていられるはずはない。広山真由美の過去や怪我は柚香の独占情報で、これはじゅうぶん、卯月刑事との取引材料になる。

茶を飲みほし、ボイスレコーダーのスイッチを切ったとき、明子がタバコを携帯の灰皿に落として、ぱちんと蓋を閉じる。

「それよりねえ小清水さん、昨夜のお通夜に、横田というお医者が来ていたでしょう」

「そうですね」

「どこかで見たような顔とは思ったけど、昨夜は思い出さなかったのよ。でも今朝起きたとき、もしかしたらと」

「はい」

「学年がちがったから確実ではないけど、あのお医者、たぶん同じ中学校だったと思うわ。それも真由美さんとは同級生で」

真由美夫人と横田医師が、同じ中学で、しかも同級生。それなら横田医師だって真由美の事故や増岡との経緯を知っていたろうし、増岡のほうも横田と真由美の関係は知っていたはずではないか。

「あのう、川原さん」

「なあに？」

「タバコを一本、いただけますか」

※

JR国分寺駅には西武《せいぶ》国分寺線と多摩湖《たまこ》線が乗り入れているし、北口にはツインタワービルもあって周辺人口も多いから商店街に賑《にぎ》わいがある。

卯月枝衣子に指定された店は大学通り商店街にある〈はちきん〉という居酒屋で、活気もなければ客も少なく、照明も暗くて壁の品書きもくすんでいる。表の看板には〈土佐《とさ》直送、カツオの一本釣り〉とかいう文句が謳ってあるが、それ以外の特徴はない。

夜の七時。がらんとしたカウンターの奥には枝衣子が座っていて、水沢椋は一瞬店の様子と枝衣子の横顔を見くらべる。こんな寂れた居酒屋には滑稽《こっけい》なほど不似合いな女だが、あるいは椋の懐具合を考慮して店を選んだか。

「やあ、美人刑事によく似合う、洒落た店だな」

枝衣子が歯を見せずに片頬で笑い、目つきで「となりへどうぞ」とすすめてくる。椋はカウンターの下から椅子をひき出し、意識的に、枝衣子から少し離れて腰をおろす。

店の女がおしぼりを持ってきて、まず生ビールの中ジョッキを注文する。枝衣子の前にも半分ほどになった中ジョッキがおかれている。

「学院の総務課でしつこく聞かれて困ったよ。スキャンダルだけは勘弁してくれってさ」

「それぐらいのことで困る人ではないでしょう。たとえスキャンダルがあっても、どうせお父様かお兄様がもみ消してくれる」

「ふーん、調べたのか」

「インターネットで検索しただけ。見かけによらず水沢さん、有名人なのね」

枝衣子がウィンクのように右目を細め、左肘をカウンターにかけながらジョッキを口に運ぶ。東京芸術学院で履歴書を閲覧すればその事実が椋に伝わることぐらい、どうせ枝衣子は計算に入れている。

「しかしなあ、おれの履歴を知りたければ、聞けばよかったのに」

「容疑者の供述には客観的な裏付けが必要なの。特にあなたは、嘘つきみたいに見えたから」

「おいおい」

生ビールが来て、椋は目で合図し、最初のひと口を咽に流す。広告会社時代から美女には慣れているが、枝衣子には外見的な美しさ以上に、なぜか椋を緊張させる。

「水沢さん、肴《さかな》はサワチでいいかしら」

「サワチ？」

「漢字で書くと皿鉢。もともとはお祝い料理だったらしいけど、今はたんなるお刺身の盛り合わせよ。ちょうどカツオも美味しい季節だし」

江戸時代は「女房を質においても初鰹《はつがつお》」とかいって春のカツオを珍重《ちんちょう》したものだが、それは江戸時代人が動物性の脂質を嫌ったせい。マグロだってトロの部分は犬や猫の餌《えさ》にしたし、カツオも同様で、枝衣子の言うとおり、実際には春ガツオより脂ののった秋ガツオのほうが美味《うま》い。

「卯月刑事、出身は土佐か」

「インターネットで検索しても、わたしなんかヒットしないでしょう」

「表の看板に〈カツオの一本釣り〉とあった。サワチというのもたぶん土佐方言だろう」

「わたしより刑事に向いているわ。お店の〈はちきん〉も推理できる?」

「まさか」

「〈男勝《おとこまさ》り〉というぐらいの意味かしら。わたしとは正反対の性格ですけれど」

枝衣子が皮肉っぽく笑いながらジョッキを空け、店の女を呼んでサワチとコップ酒を注文する。土佐の女は男勝りで酒が強い、とかいう噂を、どこかで聞いたことがある。

「だけど意外だな。刑事さんのような美女は秋田か新潟の出身と、相場は決まっているはずだが」

「お世辞は結構よ。それにその、刑事さんというのはやめてくれない?」

「それなら?」

「オイでもオマエでもエイコでも、お好きなように」

「冗談はやめてくれ。増岡殺しで、本当に、君に逮捕されたくなってきた」

昼間の電話で枝衣子にこの店を指定され、理由も聞かずに出かけてきたが、用件は秋ガツオの試食ではないだろう。

「昨日も言ったけどな、おれはたまたま増岡家の向かいに住んでいるだけで、死んだ市議や家族のことは知らないし、興味もない」

「分かっているわ。でもいいの、水沢さんはそのうち、なにかの役に立ってくれると思うから」

「期待外れで申し訳ない。おれは水沢家から勘当されている」

「勘当？」

「笑えるだろう。会社を辞めたとき親父に宣告された。今の時代にまだ勘当なんていう言葉が残っていたことに、おれは感動したけどな」

コップ酒と大ぶりの浅鉢が来て、枝衣子が取り皿や醬油《しょうゆ》をセットし、割り箸も椋に渡してくれる。鉢にはメインのカツオを中心にハマチやタチウオなどの、旬の魚が盛りつけてある。土佐といえばたしかにカツオ、しかしほかに名物料理のようなものがあるのかどうか、椋は知らない。

ビールを飲みほし、椋もコップ酒を注文してから、肩を枝衣子に寄せて声をひそめる。

「無粋《ぶすい》は承知だけど、漁網《ぎょもう》でとったカツオと、一本釣りのカツオと、味の違いが分からない」

「一本釣りは魚体に傷がつかないから身が締まっていて美味しい……と、建前はそういうことね。でも実際はたいして変わらない。ビニールのバッグにルイ・ヴィトンという名前をつければ値段が高くなる。それと同じことよ」

「たんなるブランドか。その辺のネエちゃんにアイドルという名前をつければ値段が跳ね上がる。いいのか悪いのかは、知らないが」

理屈はカツオもビニールバッグもアイドルも同じ。世間がそれでいいというのなら、椋に文句はない。

「しかし今夜の用は、やっぱり増岡氏の件だろう」

「面白そうな男性とお酒を飲みたかっただけ、ではいけないのかしら」

「光栄だけど、おれは自分が、それほど面白いとは思わない」

「あなたが面白い人かどうか、決めるのはわたしよ。世の中には三人の自分がいるでしょう。実際の自分、理想とする自分、そして他人から見た自分」

「君、大学での専攻は哲学か」

「法律よ。勉強不足でキャリアになれなかったの」

「よかった。君がもし警視庁のキャリアなら、今ごろこんな店で、おれなんかと酒を飲んでくれなかった」

枝衣子がぴくっと口元をひきしめ、二、三秒下から椋の顔をのぞいて、呆れたように、くつくつと笑い出す。

「水沢さん、お勘定はわたし持ちですから、遠慮なく召し上がれ」

「君は美人で金持ちで哲学にも法律にも詳しい。アパートの小清水柚香くんは今ごろ、神を呪《のろ》っているだろう」

枝衣子が今度は手の甲で口を隠し、バッグからハンカチまでとり出して、嗚咽《おえつ》のように笑いを我慢する。見かけは冷淡だがそれは職業柄のパフォーマンスで、実際はフレンドリーな性格なのか。あるいは土佐女のわりに、酒が弱いのか。

「水沢さん、あなたの女性を見る目も案外お粗末ね。彼女、よく見れば美人よ」

「おれはよく見なくても美人と分かる女性がいい。たとえば……」

「はい、ギャグはそこまで。その小清水さんですけど、さっき彼女から連絡が来たの。彼女はインターネットにも〈小清水ユーカのそれいけ事件だ〉とかいう有料ブログを立ち上げているわ」

刺身をひと切れ口に運び、コップ酒にも口をつけて、枝衣子がちょっと肩をすくめる。

「報告してくれた内容は増岡夫妻が結婚したときの経緯。ある意味ではわたしの勘が当たった。夫人の真由美さんはね、右足の膝から下が義足らしいの」

気の毒な状況で、あの夫人にそんな悲劇があったのか、とは思うが、それ以上の感想はない。

「原因は交通事故。真由美さんが高校生のとき、ご両親と乗っていたクルマが崖下へ転落してご両親は死亡。真由美さんは親戚にひきとられたけど、人生は一変した」

「だが夫人の高校生時代なら、もう三十年以上も昔の話だろう」

「三十五年前ね。真由美夫人は府中でも評判の美少女で、地元ではファンクラブもできていたとか。そんな美少女が交通事故で両親と自分の右足を失ったら、人生が変わってしまうのは当然でしょう」

向かい家の中年婦人がそこまでの美少女だったとは、にわかに信じられないが、もちろんこれまで本気で観察したことはない。

「事故の件は気の毒だけど、でもちゃんと中学校教諭と結婚して子供もいる」

「問題はその部分なのよ。増岡は真由美が通っていた中学校の、理科教諭だったの」

「増岡と夫人が、そうか、それはちょっとした、因縁話か」

「うちの署にも増岡と同じ中学だった刑事がいるけど、まるで記憶に残らない先生だったと。それは府中時代も同じ。一方真由美は評判の美少女で女王様気取り、本来なら増岡なんか、相手にされる男ではなかったという」

「それが事故のせいでか。しかしなあ、刑事さん」

「エイコでいいわよ」

「えーと、枝衣子さん、たしかにそれは愉快《ゆかい》な状況ではないし、全面的に祝福もされなかったろうが、人生には妥協も必要だ。増岡氏と夫人が納得していたのなら問題はないだろう」

「そこが男性の無神経なところ。本来ならアイドルにも女優にもなれた美少女が仕方なかったとはいえ、不本意な相手と結婚。毎日毎日その男の顔を見ながら暮らすことがどれほど苦痛か、どれほど虚《むな》しいか、理解できないでしょう」

「君にも理解できないだろう」

「理解できるわ。わたしの母は死ぬまで、自分の結婚を呪いつづけたから」

枝衣子がくいっと酒を飲みほし、ショートカットの髪を払いながらコップ酒を追加する。

「枝衣子さん、もしかして、夫人が増岡氏を殺したと？」

「そこまでは、どうかしら。もともとわたし、増岡の死を殺人とは思っていなかったの」

「でも昨日は」

「殺人であってほしい。少なくとも事件性ありと報告して本庁の捜査一課を動かしたい。その意図であなたと小清水さんを誘導したの」

なにかの思惑があって椋に近づいたことは承知していたが、しかしそんな思惑を、あっさり告白していいのか。それともこの告白の裏に、また別な思惑でもあるのか。

追加の酒が来て、枝衣子が背筋をのばし、パンプスの爪先でこつこつと椋の椅子を突《つ》く。

「水沢さん、わたしね、国分寺なんかの田舎警察ではなくて、本庁の捜査一課に転出したいのよ。それがかなわなければせめて都心部の所轄に。そのためには手腕を証明しなくてはならないし、本庁とのコネも必要なの」

「つまり、増岡の死を利用して、事件をでっち上げようと?」

「人聞きの悪い。でっち上げではなくて、可能性の追求といいましょう」

「どうでもいいが、おれになんの関係がある」

「水沢さんは元伝報堂のやり手社員、一種のゲームとして、協力していただけたら嬉《うれ》しいわ」

どこまで本気なのか。広告会社にも芸能界にも上昇志向の強烈な女はいくらでもいるが、枝衣子もそのタイプか。

「それにね、でっち上げはともかく、増岡夫妻にはもうひとつ不可解な点があるの。かかりつけの医者で増岡の死を急性心不全と宣告した横田という男は、中学のとき真由美と同級だったという。つまり増岡と真由美と横田は、中学時代からの知り合いだったわけ」

「本当になにかの因縁話みたいだ」

「加えて増岡の血中からはＢＺＤが検出されている」

「ＢＺＤ？」

「ベンゾジアゼピン、ハルシオンなんかの主要成分よ。致死量にはほど遠いけれど、状況的に増岡は当夜の午後六時ごろまでにＢＺＤを服用していたことになる。そんな早い時間に睡眠薬を飲むのは不自然でしょう」

「つまり？」

「増岡は他者にＢＺＤを飲まされた可能性がある。眠っていれば足の不自由な真由美夫人でも、圧殺ぐらいはできたはず」

「しかし、医者が」

「その医者は中学時代の同級生。真由美はファンクラブができるほどの美少女で、横田は今でも真由美に憧れつづけている」

「本人に聞いたのか」

「わたしが考えたストーリーよ。でもこのストーリーは使える。もちろん真由美の事故や増岡と横田の関係なんかも、裏付け捜査はするけれど」

たんに上昇志向が強いだけなのか。あるいはいくらか、サイコパス的な性格なのか。増岡の死なんか病死でも殺人でも構わないが、実家とも社会とも縁を切った椋に、なにができる。

「心情的には君のゲームに参加したいが、今のおれはインチキ芸術学院のインチキ講師だぞ」

「わたしに気持ちよくお酒を飲ませてくれるだけでじゅうぶんよ。ふだんはわたし、男性とはお酒を飲まないの」

「口説《くど》かれるのが煩《わずら》わしいか」

「逆よ。わたしね、酔うと絡み癖が出るらしいの。だからいつも後悔して自己嫌悪におちいる。でも水沢さんならわたしの醜態《しゅうたい》ぐらい、気にしないでしょう。何年ぶりかで貴重な人材を発掘したわ」

ギャグか冗談か本音か。この枝衣子に絡まれて気を悪くする男なんかいないはずだが、枝衣子自身、潔癖症というか完全主義者というか、ほんのわずかな醜態でも赦《ゆる》せない性格なのだろう。

枝衣子が椋の意向を確認するように目を細め、ほっと唇をすぼめてから、カウンターの内に首をのばす。

「板さん、イタズリはあるかしら」

調理人が返事をし、枝衣子がイタズリとやらを注文して、唇をにんまりと笑わせる。

「このお店、見かけはあれだけど、お料理は上等よ」

「イタズリというのは」

「標準語ではイタドリ。関東ではスカンポというのかしら」

「土手のスカンポがどうとかいう、あのスカンポか」

「東京では食べないでしょう。でも高知あたりでは一般的なの。春にとれたものを塩漬けにして保存する。そうするとエグ味が抜けて食感がよくなるの。でも漬けすぎると酸味まで抜けてしまうから、そのあたりの加減は難しい」

「君とつき合うのも加減が難しそうだ」

「やっぱり思ったとおり、話が通じる。お酒、追加するでしょう?」

椋はコップ酒を追加し、奇妙に愉快な気分になって、尻を椅子ごと枝衣子に近づける。本当に絡み癖があるのかどうかは知らないが、枝衣子が考えた「ストーリー」にも、不思議に興味がわいてくる。

「おれも商売柄、美少女は腐るほど見てきたけどな。真由美夫人のことは気づかなかった」

「娘の久恵はどうかしら」

「顔立ちはととのっているが口の形に品がない」

「ちゃんと観察してるじゃないの」

「条件反射というか、本能というか、特技というか」

「一昨日の夜、通報を受けて増岡の家に駆けつけたときは、なにも不審に感じなかった。物も盗られていない。無理やり外部から押し入った形跡もない。遺体には争った形跡もないし外傷もない。加えて医者が急性の心不全と宣告した。わたしも事件性なんか考えなかったけれど、でもなにか釈然《しゃくぜん》としない感じが、ずっと付きまとっていたのよね」

「それが夫人と亭主と医者の因縁話か」

「そのことは明日から調べ直す。もちろん小清水さんからの報告がすべて事実だったとしても、だからって増岡の死を殺人とは断定できないけれど」

「真由美夫人の出身は府中。増岡氏や横田医師は？」

「増岡は北海道で大学は東京。横田は真由美と同級だったぐらいだから、府中でしょうね」

「横田医師はどこで開業を」

「西国分寺駅から徒歩で五分ほどの場所みたい。いつからその場所で開業しているのか、増岡夫妻が現住所に転入してきた後なのか先なのか、そのあたりも調べてみる」

「君と話していると三者の因縁話がホラーのように思えてくる」

「わたしが誘導したのよ。もう少し飲んだら本当に絡んであげるから、覚悟しなさいね」

追加の酒が来て、イタドリの炒《いた》め物もカウンター内からさし出され、なんの意味もなく、椋はコップを枝衣子のコップに合わせる。生まれ育った渋谷区に土手なんかないし、スカンポという草も見たことはないが、頭には「土手のスカンポ　ジャワサラサ」とかいうフレーズが浮かんでくる。

「いかが？　サッと炒めて鰹節《オカカ》をかけただけ。炒めすぎると歯ごたえがなくなってしまうから、この炒め方も難しいの」

「親父の世代は道端のタンポポやアザミも食べたというが、終戦直後は東京でもそんなものだったらしい」

「あら、タンポポやアザミの新芽は、今でも天ぷらにすると珍味よ」

「君、おれより年上じゃないよな」

「ご心配なく、あと半年は二十代。もちろん水沢さんの年齢も調べ済み」

「日本酒が久しぶりのせいか、おれのほうが君に絡みたくなってきた」

　イタドリの味はちょっと酸味とエグ味があって、コリッとした食感。それほど大量に食べたい料理ではないが、箸休めにはちょうどいいか。しかし枝衣子は本当に、タンポポやアザミまで食べるのか。

「要するに君は、増岡氏の死を殺人と仮定して、犯人を夫人か医師か、あるいは二人の共謀と睨んでいるわけだよな」

「娘の久恵も怪しいわ」

「どうして」

「口の形が下品だから」

「おいおい」

「久恵の父親は増岡ではなくて、横田医師だとも考えられる」

「そんなことはDNAを……」

「強制捜査をするには〈事件性あり〉というコンセンサスが必要なの。たんなる因縁話では事情聴取も証拠の提出も求められない。そのあたりのことはこれからゆっくり詰めていくわ」

枝衣子が右の目尻をぴくっと震わせ、わざとらしく視線をそらしながら、肩を椋の肩に寄せてくる。

「ねえ水沢さん、駅の向こうに気持ちよく飲めるバーがあるの。食事が済んだら、そのお店で飲み直さない？」

枝衣子にこんなふうに誘われて、これまで断った男がいるのかどうか。気持ちよく飲めるバーとやらでそのあたりの歴史をぜひ確認しよう。

「水沢さん、ひとつ言い訳をしていいかしら」

「もちろん」

「わたしがブランドに詳しいのは窃盗事件の捜査に必要だからで、個人的な趣味ではないのよ」

4

水沢はたぶん目覚めている。布団を顎の下までかきあげ、横向きになって左腕を顔の前に出しているが、寝息にはわざとらしさが感じられる。

枝衣子は十分ほど前に起き出し、コーノのサイフォンを使ってコーヒーを落としてから、一昨日と同じ窓際に腰をおろしている。羽織っているのは水沢のジャンパーだけだから薄目をあければ水沢にも枝衣子の脚は観賞できる。小さい窓には左半分ほど朝日がさし、カーテンの隙間《すきま》からは増岡家のベランダが見渡せる。

階下で物音がし、首をのばすと下の路地が見えて、額の禿げあがった初老男が作業着姿で駅方向へ歩いていく。最初の夜に外階段の前にたむろしていた一階の住人だろう。学生やニートならまだしも、晩年にもさしかかってこんな安アパートに暮らす人間の心境はどんなものか。もっとも間取りは二階と同様だろうから台所とユニットバスはついている。人生なんてしょせんは食べて寝て排泄《はいせつ》するだけ、この狭いアパートでもその用途はまかなえる。

これでいいといえば、いいんでしょうね。

ロイヤルコペンハーゲンのコーヒーカップを口に運びながら、枝衣子は水沢の寝顔と壁や天井を見くらべる。昨夜は夜中近くまで水沢と飲み、自然にこの部屋へたどり着いた。ナンパしたのかされたのかは知らないけれど、枝衣子が成り行きに身を任せたのは学生時代以降、初めてのことだった。

腕で顔が隠れている水沢の寝姿を眺めながら、ガンジス川に生焼けの死体が流れていく光景を、意味もなく思い浮かべる。それは昨夜水沢が話してくれた光景で、ヴァラナシという町には死を待つことだけが目的のインド人が何百何千と蝟集《いしゅう》するという。そして死ねば川岸で火葬され、灰はガンジス川に流される。その火葬には薪《まき》の量によって松・竹・梅のようなランクがあり、最低の梅ランクは生焼けのまま流される。

水沢がその話をしたのは枝衣子が「伝報堂を辞めた理由」を訊ねたからで、答えは意外にも、「分からない」というものだった。伝報堂などという一流企業を辞めるからには仕事上のトラブルか私生活上の大事件か、相当の理由があるのが普通だろうに、水沢は「なかった」という。生まれ育った環境が異なれば価値観も人生観も異なる。それはそうなのだろうが、水沢本人に「分からない」ものが枝衣子に分かるはずはない。

水沢は大学卒業時、親のコネで伝報堂への就職が決まっていたので、半年間、社会見学の旅に出たという。バックパックで世界の古代遺跡を見て歩き、ネパールからインドからギリシャ、エジプトからヨルダン、シリアからトルコ、そこから東南アジアを経て南米に渡り、アマゾンからマチュピチュまで一人旅をした。学生の同じ社会見学でも、環境が異なればスケールも質も異なる。

しかしその旅行中に水沢が思ったのは、世界にはいろんな文明があって、いろんな社会があっていろんな人間が暮らしている、というだけのこと。見聞きした貧困も犯罪も水沢の人生には影響なく、帰国後は予定通り伝報堂に就職した。営業企画部という部署は企業広告全般をコーディネイトするセクションで、テレビコマーシャルなら起用するタレント、音楽や映像のプロデューサーの選択や、ロケ地の手配からバカタレントの人生相談まで、いわゆるナンデモ屋的な職種なのだという。徹夜なんか当たり前だから家へ帰れない日も多く、いつも着替えの下着やシャツを持ち歩く生活だった。だからといって仕事に不満があったわけではなく、同僚ともクライアントとも芸能関係者とも、まずは良好な関係を維持していた。仕事にも私生活にもトラブルのない、順調な人生。そんな水沢の人生をバックパッカー時代に見聞きした光景や出会った人間の記憶が、じわじわと、ボディーブローのように侵蝕《しんしょく》し始めた。ピラニアのいる川に飛び込んで観光客から小銭を恵んでもらうアマゾンの子供。ネパールの山奥で、ひと晩百円で躰を売る女たち。缶ビールが二百円なのに女たちが百円である理由は、缶ビールは自分で歩かないが女たちは歩いてくるからだという。シリアのアレッポで水沢をとり囲み、日本ではリーバイスを買えるのか、日本にはまだ忍者がいるのかなどと質問を浴びせてきた学生たちも、今はほとんど死んでいるだろう。ガンジス川のエピソードもその一環で、なんの根拠も必然もなく、順調な水沢の人生に澱《おり》を残していった。

何かがちがうな。自分の人生はズルかも知れないな。

もちろん水沢にだって、人間が宿命の産物であることは分かっていた。自分も選んで水沢家に生まれたのではない。誰も好きで北朝鮮に生まれるわけではなく、好きで王族に生まれるわけではなく、好きでアフリカやアラブに生まれるわけではない。人生なんか誰の責任でもなく、しかし生まれてしまった以上はアラブ人もネパールの女たちも水沢自身も、その環境のなかで、精一杯に生きるより方法はない。

そんなことは分かっているが、やっぱり、ズルだよな。

特に広告会社なんかで仕事をしていると、ズルの構造が、露骨に見えてくる。アイドルとか言われてもてはやされていても実質はその辺の女子中・高生と同じ。それをプロダクションと広告会社とテレビ局と芸能マスコミが金をかけて、千年に一人のナントカに仕立てる。その理由はアイドル一人でかけた金の何倍、何十倍、何百倍もの資金を回収できるから。企業もそのアイドルを利用して化粧品や電化製品を売りまくり、得た利益でマスコミや政府を左右する。支配の構造も搾取《さくしゅ》の構造も、自由経済圏である限り世界中が同じシステムでできている。政治家も学者もマスコミも、誰もが知っていて誰も指摘しない事実は、経済なんてしょせんはネズミ講であること。利益を得るのはヒエラルキーの上部者だけで、庶民《しょみん》という下部者は永遠に搾取される。そしてこのネズミ講は一度機能し始めると革命が起きても止まらない。

水沢の人生は意図したわけでもないのに、生まれたときから搾取する側だった。なんだか息苦しいな、誰の責任でもないし、水沢一人がもがいても世界は変わらないが、この構造は不愉快だな。自分がこのまま搾取する側で生きていたら、そのうち人生そのものを憎むようにならないか。

水沢が伝報堂を退職したのは、たったそれだけの理由だった。精神分析的には燃え尽き症候群《しょうこうぐん》とか離人症《りじんしょう》とかいうのかも知れないけれど、水沢本人は燃え尽きても人間嫌いにもなっていないという。母方の身内にミミズの研究者や水と空気から永久エネルギーをとり出す実験をしている学者がいるから、「だからな、おれの生き方は、たぶんそういう体質なんだろう」と。

枝衣子はコーヒーを飲みほし、「そういう体質か」と呟いて、肩をすくめる。枝衣子に言わせれば水沢の生き方なんて、たんなる贅沢。だがその子供っぽい贅沢さには、どこか、羨《うらや》ましい感じもある。

水沢を起こして、とりあえず朝の挨拶をするか。でもなんとなくウソ寝の気配もあるし、このままウソ寝をつづけさせてやるほうが、大人の対応か。

腰をあげてコーヒーカップを洗い、バッグから予備の下着をとり出して身に着ける。それから羽織っていた水沢のジャンパーを壁に戻して、壁にかけてある自分のスーツを着る。髪にブラシをいれて口紅ぐらいは塗りたいが、それは駅のトイレでいいだろう。

身支度をととのえ、水沢の寝顔にキスしたい気持ちをおさえてパンプスに足を入れる。ひと晩だけの関係で終わるのか。ひと晩だけの関係で終わらせたいから水沢は寝たふりをしているのか、考えても分からない。昨夜も成り行きに任せたし、これからも成り行きに任せるより仕方ない。

ドアを薄めにあけ、となりの部屋に気配がないことを確認してからいそいで部屋を出る。小清水柚香に目撃されたところで問題はないはずだが、なんとなく自分が犯罪者になったような気がして、階段をおりながら、枝衣子はぺろっと舌を出す。


枝衣子が階段をおりていく足音が聞こえる。コーヒーの香りも知っていたし、布団には今でも枝衣子の残り香《のこりが》がある。朝になったから枝衣子は仕事に出かける。朝になったから、本来なら椋も起き出して、トイレへ行ってコーヒーを飲んで顔を洗って職場へ向かう支度をする。そんなことは分かっているが、この曖昧《あいまい》な無力感が椋の躰を動かさない。最初の居酒屋で飲んだ日本酒がペースを狂わせたか。まさか初デートで枝衣子とこんなことになるとは思わなかったが、もちろんだからって、後悔はない。椋が寝たふりをつづけた理由は、単純に、気まずかったから。一軒目のバーへ行って以降は事件の話などせず、枝衣子に誘導されるまま人生の本音をひき出された。警察官だから尋問《じんもん》が得意なのか、椋が飲みすぎたのか、あるいは椋本人にもどこかに、他者に本音を打ち明けたい願望があったのか。

広告会社を辞めたときの心境なんか、どうせ誰にも分からない。親にも兄姉《きようだい》にも話したことはなく、これからも話そうとは思わない。搾取の構造から逃《のが》れたいなどと話したら、今でもどっぷり搾取する側で生きている親兄姉の人生を否定することになる。

酒のせい、美しい脚のせい、その尋問術のせい。たぶんそれらの総合なのだろうが、どうも昨夜は枝衣子に翻弄《ほんろう》された気がする。自分の人生観も価値観も、しょせんは青臭い理想主義。言葉にしたら顔から火が出るほど恥ずかしい心境なのに、それを昨夜はかんたんに自白した。この情けなさ、自分が子供に返ってしまったような不安感と心地《ここち》よさ。それはけっして、枝衣子が〈いい脚の女だから〉というだけの理由ではないだろう。枝衣子との関係をつづけていけば自分の人生が、どんどん侵食される。踏みとどまるべきか、侵食されるのに任せるべきか。そもそも自分に、迷う資格などあるのか。

考えても分からないことは考えても分からない。とりあえず今はなにをするべきか。もちろんトイレへいって膀胱《ぼうこう》を空にすることで、椋は裸のまま布団から這い出し、躰を何百グラムか軽くする。

躰を起こしてまず気づいたのは、目もあけられないほどの頭痛。ビールと日本酒とウィスキーと枝衣子の唾液《だえき》がコラボしたのだから、この二日酔いは予想できたはず。広告会社時代ならセーブしたろうが、今の暮らしにはその自制も必要ない。学院の講師になってかられまで二人の女子学生を芸能界へ送り込んでいて、椋のコネクションは学院側も期待している。だから一日や二日風邪で休んだところで、かんたんに首は切られない。

学院の総務課へ「今日は風邪で休講」と連絡を入れてから腰にタオルケットを巻きつけ、ちゃぶ台の前に転がる。サイフォンには枝衣子がいれたコーヒーが残っていて、それがまだ香ばしく匂っている。昨夜は枝衣子だって相当飲んだはずなのに、ちゃんと身支度をととのえて仕事に出かけるのだから偉いものだ。やはり噂どおり、土佐女は酒に強いのだろう。

休講の連絡は入れた。しかし時間はまだ九時。頭痛薬を飲んでからもう一度布団にもぐり込んで、惰眠《だみん》をむさぼるか。夢を見れば枝衣子が登場してくれるだろうから、そこでまたセックスのつづきでもするか。しかし咽が砂漠のように渇《かわ》いたから、先に迎え酒のビールを飲むか。そうやって今日はうとうとと二日酔いをつづけ、枝衣子に連絡しようかどうか、一日中悩みつづける。くだらない人生ではあるけれど、そのくだらなさが心地いい。

ドアの外に気配が動き、とんとんとんと、軽く三度ノックされる。返事をする間もなくドアがあき、枝衣子が忘れ物でもしたのかと思ったら、顔を見せたのは隣室のメガネだった。

「水沢さん、ふだんから内鍵を掛けないんですか」

「いやあ、昨夜は忙しくて」

「長期記憶で習慣づけるべきです」

「なんの話だ」

「記憶には短期記憶と長期記憶があるでしょう。意識しなくても躰が自然に反応するのが長期記憶、自転車なんか、何年乗っていなくても乗り方を忘れません」

なにを朝っぱらから、訳の分からないことを。いや、しかしもしかして、柚香は昨夜の「あのときの声」に苦情でも言いにきたのか。

招きもしないのに、勝手に入ってきて、柚香がじろりと椋の風体を値踏みする。メガネが大きいので視線の迫力が倍ほどにもなり、頭痛がまたひどくなる。

「すまん。昨夜は、ちょっと、学生たちと飲みすぎた」

「そんなことは水沢さんの勝手です」

「理解してくれると助かる。それでな、酔うとおれは寝ごとを言ったり、鼾《いびき》をかいたりするらしい」

「そうですね、たまに声が聞こえます」

「申し訳ない。今後は気をつける」

「それぐらいのことでは怒りません。お隣さんのよしみです」

「それならなにを」

「なんです?」

「顔が怒っているように見える」

「もともとこういう顔で、いえ、そうか、徹夜明けだから、目が赤いのかも知れませんね」

また一歩椋に近寄り、寝乱れた布団やちゃぶ台のコーヒーやクズ籠《かご》からこぼれているティシューを、柚香がむっつりと眺めまわす。目が赤いのは徹夜明けのせい。隣人のよしみがあるから「あのときの声」ぐらいでは怒らない。それが事実ならぜひ証明してほしい。

「えーと、それで、用事でも?」

「昨夜は徹夜でした」

「もう聞いた」

「ビールでも飲んで午後までひと寝入り。でも買い置きがないので、水沢さんにご馳走《ちそう》してもらえないかと」

「なーんだ、そんなことか」

ビールはいつもストックしてあるから、隣人のよしみで提供してやれるが、そんなことぐらいでこのメガネ女は朝っぱらから裸の美青年を襲うのか。

「冷蔵庫に入っている。好きなだけ飲んでくれ」

「いただきます」

柚香が腰をかがめて冷蔵庫のドアをあけ、缶ビールをとり出して椋をふり返る。

「水沢さん、美味しそうなチーズがありますよ」

「だから？」

「ビールのつまみにちょうどいいです」

「君のために買っておいた。よかったらつまんでくれ」

教え子の女子学生からプレゼントされたスモークチーズだが、とにかく今は早く、このメガネ女に退去してもらいたい。

柚香がスモークチーズと缶ビールをとり出し、台所に立ってペティナイフを使いはじめる。ジャージの上下で髪は相変わらずのチョン髷、学院の女子学生でももう少し色気がある。

その柚香が薄切りにしたチーズを小皿に並べ、缶ビールも用意して、なぜかちゃぶ台の前に胡坐をかく。

「えーと、どうした、部屋へ戻らないのか」

「わたしの部屋、ベッドがあるから狭いんですよね」

「おれの責任ではない」

「このお部屋のほうが後片付けの手間が省《はぶ》けます」

「あのなあ、その……」

口では「あのときの声」にも怒らないと言ったが、一連の行為はやはり、いやがらせか。見かけはフレンドリーでも実際は陰険《いんけん》という女に、椋は何度か痛い目にあっている。

「柚香くん、見て分からないか」

「なにをです?」

「おれは腰にタオルケットを巻いているだけだぞ」

「寝るときはいつも全裸ですか」

「状況によりけりで、いや、だからな、でもこの状況は、まずいだろう」

「気にしなくていいです。わたしも処女ではありませんから」

ほーう、こんな色気のない女でも、セックスの経験があるのか。

「いや、つまりな、君が気にしなくても、おれのほうが気にするという意味だ」

「ジャンパーでも着ますか」

「ぜひ、頼む」

柚香が腰をあげ、壁にかけてあるジャンパーをとって椋の肩に放る。それからまたちゃぶ台の前に胡坐をかき、缶ビールのプルタブをあけて、くいっと咽に流す。椋のほうはジャンパーを羽織ってジッパーをあげ、ついでにクズ籠からこぼれているティシューを始末する。

「おっと、このスモークチーズ、いけますねえ」

頭痛薬を飲むか迎え酒を飲むかと迷っていたが、この状況では迎え酒で爆睡するより仕方ない。

「柚香くん、おれにもビールを出してくれ」

「残りは三本しかありませんよ」

「もともとおれのビールだ」

「わたしはあと二本いただきます」

「いいから、とにかく、早くよこせ」

なんという女だ。増岡の死んだ夜、外階段でその尻を観賞したときからイヤな予感はしていたが、ここまで攻め込まれるとは。それもこれもみんな、死んだ増岡が悪い。

柚香が冷蔵庫から缶ビールをとり出し、それを受けとって、椋はプルタブをあける。台所の棚にはバーボンもあるから、迎え酒が足らなければそれを飲めばいい。

「水沢さん、学院講師の前は、伝報堂にお勤めだったんですね」

「君もインターネットで検索したのか」

「君もって？」

「だから、そうだ、昨日国分寺の駅で卯月刑事にいき会ってな。少し立ち話をした」

「はーあ、駅で偶然ですか」

「なにか言いたいことがあるのか」

「ありませんよ、それで？」

「君から貴重な情報をもらったと喜んでいた。死んだ増岡氏と夫人と横田という医師、ずいぶん面倒そうな関係だな」

「それですよねえ。ここまでくればもう、殺人事件で間違いありません」

「犯人は夫人か横田医師？」

「単純な人ですねえ。事件の構図はもっと複雑です。これはわたしの推理ですけど、娘の久恵さんは増岡さんの子供ではなくて、夫人と横田医師のあいだにできた子供だと思います。事件の核心は、まさにそれです」

久恵の出自に関しては枝衣子も昨夜、似たような推理を展開していたが、それこそ、それはちょっと、単純すぎないか。

柚香が一本目のビールを飲みほし、ふーっと長く息をついて冷蔵庫から二本目をとり出す。ジャージの腰回りがめくれてパンティーがはみ出し、足のかかとも指もタコだらけ。

「セックス経験あり」というさっきの告白は見栄だろう。

「昨夜ね、政党の国分寺支部へ取材に行って……」

プルタブをあけ、今度は静かにビールを飲んで、柚香がきらっとメガネを光らせる。

「職員の人に具体的な話を聞きました。久恵さんは父親の後継として、市議会議員の椅子を狙っているようです」

「ご苦労なことだ」

「増岡さんが亡くなってご葬儀も済んでいないんですよ。それなのに久恵さんの話は、もう後継のことばかり。支部の人も呆れていました」

「国会議員でも地方議員でも、身内が跡を継ぐのは一般的だと思うが」

「でも増岡さんが当選したのは教員枠です。実績や地盤があったわけではありません」

「しかし、急な補欠選挙では、政党としても候補者は立てにくい」

「甘い、よくそんな認識で、伝報堂に勤めていられましたねえ」

柚香が胡坐の足を組みかえ、スモークチーズを口に運んで、ふんと鼻を上向ける。

「正直に言うと、わたしも知らなかったんですけどね、補欠選挙はないそうです」

「次点の繰り上げ当選か」

「それもなし。考えてみれば田舎の議会なんて、議員が一人や二人足らなくても支障はありませんからね。次回の市長選挙と同時に欠員の選挙をやるそうです」

「それなら久恵が今から策動しても意味はないだろう」

「そこが水沢さん、久恵さんの狡猾《こうかつ》なところです。人のことは悪く言いたくありませんけど、どうもあの人、最初からイヤな感じがしていたんですよねえ」

枝衣子も増岡殺しの犯人は娘の久恵と指摘したが、その根拠は、口の形が下品だから。もちろん枝衣子の発言はただのギャグだけれど、印象や外見で殺人犯にされてしまう久恵も不幸な女だ。

椋はビールを飲みほし、「もう一本」と言いかけてため息をつく。自分の部屋で自分のビールを飲みたいだけなのに、人生というのは不都合にできている。

「柚香くん、台所の棚からバーボンをとってくれ。それからグラスと氷も」

「人使いが荒いですねえ、わたしはカノジョでも奥さんでもないのに」

この女、尻でも叩いてやるか。

柚香が面倒くさそうに腰をあげ、それでも棚からバーボンのボトルをおろして、グラスと氷も用意してくれる。

「水沢さん、なんの話でしたっけ」

「久恵は狡猾で、君は最初からイヤな感じがしていた」

「そうそう、それでね、久恵さんは増岡さんが市議会議員に立候補したときから、もう後継を狙っていた予兆《ふし》があるんです。あのときは気づきませんでしたけど、今から思えば、選挙運動も熱心すぎました」

選挙にも興味はなかったし柚香のゴタクにも興味はないが、二日酔いで頭はもうろうとしているし、迎え酒の肴として、聞いてやるか。それに増岡の死が本当に殺人だとしたら、柚香の取材もどこかで枝衣子の役に立つ。

「水沢さん、タバコはないんですか」

「わたしもずっとやめていたんですけど、昨日一本吸ったら、また吸いたくなって」

「今度は君のために大量のビールとタバコを用意しておこう」

「ぜひお願いします」

「あのなあ」

「はいはい、それでね、増岡さんは選挙中から〈国分寺から日本に革命を〉というブログを立ち上げていて、当選後も活動報告としてブログを継続していました。わたしは昨夜、ずっとそのブログを追跡していたわけです」

「ご苦労だった」

「内容は一般質問の日程報告や保育施設の充実提言なんかの、ありきたりのものですけど、文章の所どころに『かみってる』とか『おしゃかわ』とかの若者用語が使われています」

かみってるは神がかり的な、おしゃかわはお洒落で可愛《かわぃ》いというぐらいの意味で、そういう短縮語は学院内でも耳にする。

「増岡氏も若い有権者向けに無理をしたんだろうな」

「あの顔で？」

「人間は顔で文章を書くんじゃない」

「吸わない」

「文章は顔で書くんです。プロのわたしが断言します」

「ふーん、そういえば、君のブログはレッツゴーなんとかだったか」

「小清水ユーカの、いえ、ともかくね、増岡さんのブログは最初から、ずーっと久恵さんが書いていたんじゃないかと。もう久恵さんはやる気満々、〈復活、給食のおばさん〉なんていうスローガンもバカにしていましたけど、インターネットへの書き込みを見ると意外にもこれが大うけ。ほかの自治体や福祉団体から講演の依頼が殺到していたようです」

「しかし、なあ、だからといって」

グラスの氷をコロンと鳴らし、襲ってくる睡魔に抵抗しながら、椋は欠伸をかみ殺す。

「父親のブログを娘が代筆していたとして、その娘に市議会議員への野心があったとして、それぐらいのことで娘が父親を殺すか」

「久恵さんの父親は横田医師です」

「証拠は?」

「卯月刑事が調べますよ」

「かりにな、枝《え》、えーと、卯月刑事が調べて久恵が横田の子供だと判明したところで、殺人とは決められない」

「三十年間の欺瞞《ぎまん》と不満と怨念《おんねん》、そこに議員の椅子という野望が絡めば人ぐらいかんたんに殺します。久恵さんというのはそういう人です」

「久恵の身辺調査はしたのか」

「それはこれから」

柚香がゆっくりとビールを飲みほし、気持ちよさそうに、長々と息をつく。この柚香も枝衣子も増岡の死をすっかり殺人事件と決めているようだが、実際は、どんなものか。長年都議会議員をしている椋の父親からも、後継争いでの殺人など、聞いたことはない。

椋はグラスにバーボンを足し、また氷をころんと鳴らして、布団の上に肘枕をつく。迎え酒とはよくいったもので、二日酔いの頭痛もなんとなく和《やわ》らいだ気がする。

「水沢さん、最後のビール、いいですか」

「好きにしてくれ。足らなければバーボンも飲めばいい」

「ずいぶん気前がいいですね。昨夜の『あのときの声』なんか、気にしなくてもいいのに」

「本当に、聞こえたのか」

「ハッタリです」

「脅《おど》かすな」

「でも最初にドアをあけたとき、女性の匂いはしましたね。あの匂いは、前にもどこかで……」

「気のせいだ。一昨日君と卯月刑事がこの部屋に来たから、そのときの匂いだろう。卯月刑事も公務員なんだから、もう少し化粧を控えるべきだろうな」

この色気のないメガネ女を相手に、言い訳をする必要がどこにある。そうは思うものの、バーボンのせいか、思考と自制心が混乱する。

柚香が冷蔵庫から最後の缶ビールをとり出し、膝歩きで椋の胸元に近寄る。

「危ないですよ」

「うん？」

「グラス、バーボンがこぼれます」

「どうせおれの部屋で部屋代も三万円だ」

「あら、わたしの部屋は二万八千円です」

「管理費込みで？」

「はい、敷金礼金もゼロでした」

「君の部屋はとなりの家が影になって日当たりが悪い。そのせいかな」

二日酔いで枝衣子の残り香にも酔っていて、この状況で隣室のメガネ女と、なぜ世間話をするのだ。たぶん気分と価値観が混乱して、人生そのものが平和なせいだろう。

「水沢さん、グラス」

柚香が椋の手からグラスをひったくり、バーボンをなめて、こほっと咳をする。

「やっぱり強いお酒は苦手です。昔からずっと、ビールなんですよね」

なんだかよく分からないが、この柚香には世間話の才能がある。

「水沢さん、寝ないでくださいよ。まだお話があります」

柚香がまた膝をすすめ、椋の肩に手をかけて、顔を近づける。

なるほどな。化粧っけがなくてメガネが大きくて小鼻に脂も浮いているが、枝衣子が言ったとおり、よく見れば美人か。だが「セックス経験あり」という発言はやはり見栄だろう。

「わたしが来ているのに、一人で寝るなんて、我儘《わがまま》な人ですねえ」

「柚香くん、よく見れば美人だな」

「目なんか閉じているくせに。それにこのコーヒーは誰がいれたんです？」

「コーヒー？」

「サイフォンに半分残っていて、まだ温かいですよ」

「ああ、えーと、すまん、グラスを返してくれ」

「寝たまま飲むとこぼれます。飲みたければ躰を起こしましょう」

せっかく学院に休講の連絡をして、迎え酒を飲んで枝衣子の夢を見ながら惰眠をむさぼるつもりだったのに、いったい柚香はおれに、なんの恨《うら》みがあるのだ。

「水沢さん、まだお話があります」

「勝手に話せ」

「伝報堂はなぜ辞めたんです？」

「小説家になるために」

「うわあ、本当ですか」

「うそ。名目として親父に言っただけで、小説なんか一行も書いていない」

「書けばいいのに」

「どうして」

「暇そうだから」

「柚香くん、グラスを」

「飲みたければ躰を起こしましょう。でも水沢さん、本当にこのコーヒーは、誰がいれたんです？」

しつこい女だ。しかし女というのはなぜみんな、こんなふうに取調べが上手いのだろう。

※

駅のトイレで髪にブラシを入れ、口紅を塗ってホームへ出る。そこから改札口へ向かいかけたとき、バッグのサイドポケットでケータイが鳴る。

「はい、卯月です」

「おう、金本だ」

考えてみればこの応酬《おうしゅう》はおかしい。固定電話ではないから受信者は枝衣子個人に決まっていて、画面には送信者の氏名が表示される。公衆電話や非通知番号からの電話ではあるまいし、本来ならいちいち「卯月です」「金本だ」と名乗り合う必要はないはずなのに、習慣でつい、おバカな応酬をしてしまう。

「卯月くん、たった今、増岡の娘が怒鳴り込んできたぞ」

「こんな朝っぱらから」

「もう九時を過ぎている」

「申し訳ありません」

「後藤署長のところにも昨夜から、市議会事務局や保守系議員あたりから問い合わせが来ているそうだ」

枝衣子がそのように仕向けているのだから、当然のことだ。

「それで東田久恵は、なんと？」

「父親の死が殺人だなんて、とんでもないと。次の選挙で自分が落選したらどう責任をとるのかと」

「次の選挙に久恵が？」

「よくは知らんが、そんなことをたっぷり喚き散らしていったよ」

「お疲れさま」

「それでなあ、その……」

咳払いをしてから、場所でも移動するように金本が声をひそめる。

「この前は一週間といったが、さすがに焦臭《きなくさ》くなってきた。だから今日明日にでも結論を出してくれんか」

BZDの件や小清水柚香からの情報を合わせて、枝衣子のほうもそのつもりでいたのだから異論はない。

「俺の立場もあるし、そういうことでな、本庁の捜査一課に警察学校時代の同期がいるんで、ちょっと頼んでみた」

「なにを」

「その男は巡査部長だが検視官の資格がある。だから増岡の遺体をちょっと見てくれないかと」

検視官というのは法医学の研修を受けて資格を得た警察官のことで、殺人現場などで検察官の職務を代行する。通常は警部か警視階級が務める職務だが、巡査部長で検視官というのは現場臨場《りんじょう》において相当の実績を残しているのだろう。しかし「ちょっと」でもなんでも、この件に本庁の検視官が出張ってくれるというのなら枝衣子に異論はない。

「そいつの名前は山川六助《やまかわろくすけ》。十時半ぐらいには国分寺の遺体保管施設に着くというから、卯月くんも直接そっちへまわってくれ」

葬祭場に火葬施設が付属しているのか、火葬施設に葬祭場が付属しているのか。たしかに葬儀と火葬はワンセットなのだろうが、葬儀は寺や自宅でおこない、火葬のためだけに遺体を搬入するケースもある。ただ最近は葬祭場で葬儀をおこなってそのまま火葬に附《ふ》す遺族がほとんどで、枝衣子も半年ほど前、病死した国分寺署署員の葬儀でこの施設に来たことがある。

まだ十時半だというのに小平《こだいら》市に近い葬祭場前にはマイクロバスや乗用車が列をなし、敷地内には喪服の集団が三々五々流れ込む。会葬者が二百人三百人という大葬儀もあるし、身内だけでひっそりという葬儀もある。その形態はしょせん生き残った側の都合、そして同時に、死者が送ってきた人生の最終形態でもある。

松・竹・梅か。

ガンジス川の畔《ほとり》でおこなわれるという火葬風景を想像しながら、会葬者を迂回《うかい》して敷地の奥へ向かう。当然ながら遺体の保管施設も葬祭場に付随し、遺体や死体は流れ作業で灰になる。遺体も死体も実態は変わらないが、警察では身元の判明している死者を遺体、判明していない死者を死体と呼び分ける。

日の当たらない狭い通路をすすんでいくと、黄色や紫色の小菊が植わった一画があり、その向こうのベンチで小柄な男が新聞をひらいている。ベンチの横には脚付きの大きい灰皿が据えてあるから、職員たちの喫煙場所なのだろう。

〈関係者以外は立ち入り禁止〉と表示のある通用口のドアをあけようとして、ふとベンチの男が目に入る。グレー系の着古した背広に柄の分からないネクタイ、靴も古くて踵《かかと》がすり切れ、組んだ足からは靴下がたるんで見える。短い髪はもう半白、日灼けした皺顔は施設の清掃員かと思うほどだが、背広の襟には警視庁捜査一課員を証明する赤バッジがついている。

まさか、このしょぼくれた感じのオヤジが、とは思ったが、赤バッジは嘘をつかない。

ベンチの前まで戻り、赤バッジに敬意を表して、ていねいに頭をさげる。

「遅くなって申し訳ありません。国分寺署の卯月です」

山川六助という巡査部長が顔をあげ、老眼鏡を外しながら新聞を折りたたむ。警部補である枝衣子のほうが階級は上だが、本庁捜査一課のベテラン刑事は別格。二十五万人近い全国の現場警察官にとっては神のような存在なのだ。胸の赤バッジだって東京警視庁の一課員だけで、他道府県警察本部の一課員には許されない。そしてもちろんその赤バッジは、枝衣子の目標でもある。

「何年か前に国分寺署が新設されたことは知っていたが……」

山川がメガネを背広の内ポケットに、折りたたんだ新聞をサイドポケットにつっ込みながら、目をしょぼつかせる。

「これまで殺人事件はあったかね」

「いえ、未遂事件が一件だけです」

「とすると、今回の事案がもし殺人なら、所轄としては初めての扱いだなあ。もっとも自殺や病死で処理している殺人も、何件かはあるんだろうが」

日本における年間の殺人発生数は約一千件、実際はその五倍ぐらいだろうと推測もされるが、それを警察官が口に出してどうする。

「で、柚木《ゆずき》さん、これまで殺人現場への臨場経験は？」

「吉祥寺署時代、刑事課の応援で二度ほど」

「そいつはどうせ、胸に刃物が刺さっていたり明らかな暴行痕があったり、最初から殺人と分かるやつだろう」

「はい。ですがわたしの名前は柚木ではなくて、卯月です」

「おっと、こいつは失礼。似た名前の人が……あんた、三年前まで捜査一課《そういち》にいた柚木草《そう》平《へい》という男に面識はあるかね」

「いえ、あいにく」

「知らなきゃあ幸《さいわ》いだ。あんたのような美形が柚木さんに会ったら、どうせ地獄を見る」

なにをごちゃごちゃ、訳の分からないことを。耄碌《もうろく》しているのか、それとも枝衣子を翻弄してこちらの対応能力でも観察しようというのか。

「とにかくなあ、金本にはすべて、あんたから話を聞くようにと言われている」

「はい」

「ホトケの顔を拝《おが》む前に概略を説明してもらえんかね」

山川が尻をベンチの端にずらし、目顔で枝衣子に「となりに座れ」と指示してくる。目の前の花壇には小菊が満開で、そういえば増岡の家でも三本仕立てとかいう菊が七分咲きだった。東京での菊はこれから一週間ぐらいが盛りになる。

枝衣子は山川のとなりに腰をおろし、バッグを膝にのせて脚を組む。山川の背広からはタバコがにおうから、この世代のご多分にもれず愛煙家なのだろう。

「柚木、いや、卯月さん、あんた、昨夜は相当に飲んだらしいなあ」

「はあ、たまたま」

「まあいいさね。無茶ができるのも若いうちだ。あたしなんか最近はビール一本で酔いがまわっちまう」

駅のトイレでは歯も磨《みが》いたし、ウコンも飲んで口臭除去スプレーも使ったが、まだ昨夜の酒がにおうのか。それとも二日酔いで頭がふらつくから、それが表情や態度に出てしまうのか。

「それで、事案の発生は一昨々日《さきおととい》だと聞いたが」

今の人間なら三日前というだろうに、このあたりは山川も古い。

「医師からの通報でした。家人から連絡を受けて駆けつけたときは死亡していたので、法律的には異状死。そのあたりは医師も手順を守っています。当夜のビデオがありますが、ご覧になりますか」

山川が「おう」と言いながら足を組みかえ、どこかから魔法のようにタバコとライターをとり出して火をつける。階級上位者に対してひと言ぐらい断りを入れるべきだろうに、二日酔いを見抜かれている枝衣子は強気にも出られない。

枝衣子は膝のバッグからタブレット端末をとり出し、スイッチを入れて、萩原刑事が撮影した当夜の映像を呼び出す。

「これは通報を受けた所轄の萩原が撮影したものです。わたしと金本課長はそれぞれ、十五分後に到着しました」

「ふーん、なんとまあ、片付いた殺人現場だなあ。住人はずいぶん几帳面な性格だったらしい」

ビデオはまず玄関から階下の事務所、そこから階段をあがり、二階の居間に横たわっている増岡と窓際の横田医師を映し出す。夫人と久恵はすでに階下にいて、横田も遺体からは離れた場所に座っている。これは萩原が枝衣子と金本の到着を待っている時間だろう。一度画像がとまり、その後まず金本、そして枝衣子が登場する。以降は枝衣子も現場にいたから当夜の記憶どおりで、金本の指示で横田が遺体の検死を開始する。ビデオは横田の手元も表情も増岡の死に顔も鮮明に映している。

横田が検死をしていたのは五分ほど、通報の前にその死を確認していたのだから、改めて検死の必要はないと判断したのだろう。

「卯月さん、検死している医者の素性は分かっているのかね」

「近所で開業している町医者で増岡家の主治医です。ただこれは昨日判明したことですが、横田という医師と増岡夫人は中学時代の同級生だったと。加えて死亡した増岡も同じ中学に教員として勤務していたとか。今日はこれからその裏取りをします」

山川が口のなかでなにか呟き、ベンチの背凭《せもた》れにふんぞり返って、ふっとタバコの煙を吹く。

「この医者はホトケのシャツと目蓋をめくっただけで、ろくに検死もしてねえなあ。まあ、町医者なんてのは風邪とインフルエンザの区別もつかないやつがほとんどだがねえ」

「最初から急性心不全と決めていたようです。わたしも金本課長も、特別に疑問は持ちませんでしたが」

「それなのにあんたは血液検査の要求を」

「うまく説明はできないのですが、なにか全体の雰囲気に、イヤな感じが。いくら急性の心不全でも、増岡氏だって死に際は相当に苦しかったはず。涎をたらしたり胸を掻きむしったり座卓を蹴とばしたり。でも座卓は少し動いているだけで、座布団も整然と並んでいます。山川さんもおっしゃったとおり、部屋が片付きすぎているような」

それはビデオを見ながら翌日になって思ったこと。当夜は増岡の死を殺人事件にでっち上げられれば、という下心があっただけで、もちろんそんなことを山川に自白する必要はない。

「そしてこれもまだ判明したばかりですが、増岡氏の血液サンプルからＢＺＤが検出されました」

「ＢＺＤ？　いわゆる、ハルシオンみたいなやつかね」

「商品名は数種類ありますが、医師が一般的に処方する睡眠導入剤ですね。時間の経緯からして、増岡はその睡眠導入剤を午後六時前後に服用しています」

「年寄りは朝が早いから寝るのも早い、というわけでもあるまいになあ」

「夫人と娘も帰宅前でしたし」

「つまり増岡という市議会議員様は、誰かに一服盛られたと？」

「その可能性もあります」

「あんたの推理は、誰かが増岡に睡眠薬を盛って身動きのとれねえようにしてから、ひょいと殺したと」

「それも、可能性です」

「ありがちなストーリーではあるが、さーて、どんなものかなあ。ＢＺＤだって睡眠導入剤だけではなく、精神安定剤としても使われる。そのあたりはまあ、横田という医者を調べてみれば分かるだろうが」

山川が最後の煙を長く吹き、近くに備え付けの灰皿があるのに、自分のポケットから携帯の灰皿をとり出してタバコを消す。なるほど、言われてみればＢＺＤは睡眠導入剤として使われるだけではなくて、精神安定剤の成分にもなっている。山川の指摘は「先入観にとらわれるな」という意味なのだろうが、しかし平凡を絵にかいたような増岡の人生に、精神安定剤が必要だったとも思えない。

「で、警部補さん、ほかにあたしが聞いておくことは」

「増岡夫人の右足は膝から下が義足だそうです」

「ほーう、気の毒に」

「高校生のときに交通事故で。それまでの夫人は府中市でも評判の美少女だったとか。もしその事故がなければ増岡氏と結婚はしなかったろうと」

「そして横田という医者も中学の同級生か。なんだか昔の英国ミステリーのようだなあ」

「さあ、どうですか」

「アガサ・クリスティーの小説なんか、みんなそういう陳腐《ちんぷ》な因縁話だよ。もっともその陳腐さが、あたしには面白いんだけどさ」

このしょぼくれた初老男に小説を読む趣味があるとも思えないが、人は見かけによらないし、なんにせよ、先入観には気をつけよう。

「さて、それじゃあ、ホトケさんの顔を拝もうとするかね。ちょいと早く来たんで受付にはもう話を通してある」

山川が腰をあげ、花壇の菊にちらっと目をやってから、枝衣子を促して通用口のドアをあける。枝衣子もタブレット端末をバッグに戻して山川につづく。この通用口は施設の裏口らしく、前方側の正面には玄関と広い前庭があり、今も遺体を搬送してきたらしい紺色の霊柩車《れいきゅうしゃ》がとまっている。東京都の年間死者数は約十一万一千人だから、単純計算でも毎日毎日、三百人以上が死亡している。

山川が受付の小窓に声をかけると、事務所から白衣を着た若い男が出てきて、枝衣子に黙礼しながら横の階段をのぼり始める。遺体保管施設の職員に白衣が必要なのか、あるいは医学的になにかの資格が必要なのか、そこまでは知らない。

二階について男が〈安置室〉のドアをあけ、装飾も窓もないただ広いだけの部屋へ入る。壁の三方には一メートル四方ほどのステンレス戸が並び、戸の上には201から225までの番号が表示されている。この施設は三階建てでその三階も安置室なら、全体で五十体ほどの保管能力がある。

男が213号の戸前にすすみ、バインダーをひらいて書類と番号を確認し、ストッパーを外して戸をそのまま引き出す。自動的にストレッチャーが出て台は水平に保たれ、内側からは冷気も流れ出す。意外だったのは遺体が白木の棺《ひつぎ》に納まっていることで、そういえばそうねと、枝衣子は口のなかで呟く。事件当夜の判断は病死、増岡家ではすぐ葬儀社を手配し、通夜や葬儀の段取りもととのえていたのだろう。

「増岡誠人さん六十二歳、搬送は昨日の午前十一時三十分。ご確認ください」

男が書類を読みあげて壁際へ移動し、バインダーを小脇に抱えてその場所に待機する。

「なあ係員さん、この部屋も思っていたほど寒くはないが、冷蔵庫の温度は何度だね」

「摂氏《せっし》四度に保たれます。四度で腐敗菌《ふはいきん》の増殖《ぞうしょく》が抑制《よくせい》されますから、家庭用の冷蔵庫と同じです」

「それで名前はやっぱり冷蔵庫かね」

「ほかに呼び方もありませんので」

「冷蔵庫なあ、野菜や魚みてえで、情けねえ気もするなあ」

なにをまたごちゃごちゃ、訳の分からないことを。

「いつも不思議に思うんだがね、卯月さん、火葬場のあれにも名前がついていないんだよ」

「あれとは」

「焼却炉《しょうきゃくろ》、ただ火葬場では焼却炉と呼ばねえ。冷蔵庫はまだ我慢できるとして、焼却炉じゃあまるでゴミだものなあ。火葬場ではあれをたんに釜《かま》とか炉とか呼んでいる。人生の最後に名前もねえ火で焼かれるあたりが、人間の業《ごう》ってやつかなあ」

人間も死んでしまえばただの生ゴミなのだろうが、たしかに〈焼却炉〉では情けない。

「それより山川さん、確認を」

「だがこのホトケには葬儀屋が手をつけちまってる。確認といったって、どこまで確認できるものやら」

愚痴《ぐち》を言いながらも山川が棺に顔を寄せ、蓋についている〈お別れ窓〉という小さい扉をあける。それはちょうど遺体の顔だけが見える大きさで、別れを惜《お》しみたい人間はその窓から遺体と対面する。

「アガサ・クリスティーのミステリーならホトケが別人に変わってるところだが、まさかなあ」

棺内の遺体はたしかに増岡誠人。黒々と染めた髪はきれいに撫でつけられ、目を閉じてやや唇をひらいて、鼻の穴には脱脂綿《だっしめん》が詰められている。首に背広の襟とネクタイが見えるから、当夜のカーディガンではない。

「服装が替えられています。まずいですね」

「遺族が気を遣ったのか、あるいはわざと替えたのか。そのあたりは葬儀屋に確認することだなあ」

「はい」

「顔だけ見てもどうってことはねえが、さーて、係員さん、この蓋をぜんぶ外してくれんかね」

男が寄ってきて蓋の端に手をかけ、枝衣子も手伝って棺から蓋をとり去る。一瞬煙のようなものが立ちのぼったのは、詰められているドライアイスだろう。増岡の遺体は上半身だけ背広とネクタイだが下半身は当夜の替えズボンのまま。両手は腹の上で組み合わされ、その腹周りには大量のドライアイスが配置されている。動物が死ぬとまず内臓が腐敗するから、腹周りをドライアイスで固めた葬儀屋の処理は正しい。

山川が背中を丸めるように棺を一周し、ほっとため息をついてから、老眼鏡をかけて増岡の顔をのぞく。

「最近は死化粧だとかで、男のホトケにもファンデーションを塗る葬儀屋がいるが、こいつはされてねえ」

「そのようですね」

「あんたが現場に到着したのは死後どれほどの時間だね」

「死後硬直が始まっていなかったので、二時間以内かと」

「で、そのときと今と、ホトケの顔に変化はありそうかね」

「特段の変わりはないように」

「頬骨から下あたりが、うっすらと鬱血《うっけつ》してるように見えるが、こいつは髭《ひげ》がのびたせいかなあ。もっとも本当に伸びるわけじゃなく、皮膚が乾燥して髭が押し出されるだけなんだけどよ。男ってのは因果《いんが》な生き物で、死んでからも一昼夜《いっちゅうや》ぐれえは髭がのびつづける」

なにか不審点を発見したのなら、早く言えばいいのに。

山川が背広の胸ポケットからボールペンを抜き出し、その先端で増岡の上唇をめくりあげて、より顔を近づける。

「卯月さん、カメラは？」

「ケータイですが」

「なんでもいいや。とにかくこのボールペンの先を、写真に」

枝衣子は指示されるままケータイをとり出し、山川がボールペンでめくっている増岡の唇内を何枚か接写する。それが済むと山川は鼻孔《びこう》に詰められていた脱脂綿をとり去り、じっとのぞき込んで、また枝衣子に鼻孔の撮影を指示する。一連の行為は検視官としてのノウハウなのだろうが、その様子から、山川がなにかを発見した気配がうかがえる。それを言葉に出さないのは近くにいる係員のせいだろう。

山川が増岡の背広でボールペンの先をぬぐい、老眼鏡を外して、腹の上で組まれている増岡の手に視線を向ける。爪は短く切り揃《そろ》えてあるから、かりに他者と争ってもその爪内に皮膚片や繊維片が残ることはないだろう。

「昔の人間にはたまに、こういう爪の切り方をするやつがいた」

山川が組まれている増岡の両手を離し、また老眼鏡を顔に戻して、半白頭《ごましおあたま》をかしげながら丹念にその手を観察する。

「ほかの指は短く爪を切るのに、小指の爪だけはちょいと長くしておく。卯月さん、その理由は分かるかね」

「お洒落のために」

「このホトケはお洒落が似合う顔じゃないだろう。要するにな、長くした小指の爪を道具にして鼻くそや耳くそをほじったわけさ。あたしも同じことをしてよく女房《かみ》さんに怒られたよ」

この山川に誘われても喫茶店や居酒屋は遠慮しよう。

「手も写真に撮りますか」

「うむ、特に両手の小指を、接写でな」

枝衣子が写真を撮り、山川が棺から離れて、欠伸をしながら老眼鏡を背広の内ポケットに戻す。

「係員さん、あとの始末を頼めるかね。あたしらはこれから緊急の用向きがある」

「はい」

「ただ最初にも断ったとおり、これは警察の捜査だからよ。念を押すまでもないが、遺族にもほかの関係者にも極秘になあ」

男がうなずいて棺に近寄り、山川が枝衣子に顎をしゃくって安置室のドアへ向かう。枝衣子は後始末を男に任せて山川につづき、ドアを押して部屋を出る。山川のほうはもう階段に足をかけていて、年齢のわりには身軽に階下へおりていく。これが課長の金本なら腹の贅肉《ぜいにく》が邪魔をして、足がもつれるところだろう。

一階へおりてから山川は正面玄関へ向かわず、また裏の通用口へすすんで元の花壇前に出る。係員には「緊急の用向き」とか言ったくせに、花壇の菊に目を細めながらベンチに腰をおろす。それからすぐタバコをとり出したところをみると、このタバコが緊急の用向きなのだろう。

タバコの煙なんかどうでもいいが、小指の爪が気になって、枝衣子は離れた位置に腰をおろす。

「さーてね、警部補さん、これからの扱いを、どうしたものかねえ」

晴れわたった秋空に長く煙を吹き、目尻の皺を深くして、山川がうしろ首をさする。枝衣子の呼称を「卯月さん」「あんた」「警部補さん」と変えるのは、なにか意味でもあるのか。

「さっき撮ってもらった写真だが、要点は三つだ。唇裏の傷や入れ歯のずれは、あんたも気づいたろう」

「はい」

「ホトケの遺体がビデオどおりに仰向《あおむ》けだったら、唇の裏にあんな傷はつかねえし、入れ歯だってずれないがね」

「当夜は見落としました」

「責《せ》めてるんじゃないよ。あれだけ部屋がきれいで医者も病死と断言すれば、誰もわざわざ口のなかなんか見ないさね。それに言っちゃ失礼だが、あんたは素人だ」

捜一のベテラン刑事からみれば枝衣子なんかたしかに素人で、山川に指摘されても腹は立たない。

「二つ目はホトケの鼻の穴。老眼だから自信はねえが、糸くずか繊維片か、脱脂綿とは違う異物が詰まっていたような気がする。さっきの写真を見せてくれるかね」

枝衣子はケータイをとり出して画像を呼び出し、増岡の鼻孔部分をアップする。両鼻孔からは鼻毛が二、三本ずつはみ出していて、その右側に一ミリほどの白い糸状のものが、かすかに写っている。白い鼻毛のようにも見えるし、異物のようにも見える。

「人間てなあ目でも鼻でも、ちょいと異物が入れば気になって、放っておけねえもんだがね。もちろんそいつは、生きているときの話だが」

「はい」

「三つめは小指の爪だ。ほかの指はまあ、深爪近くまで切り込まれているが、小指だけは長い。その両方にちょいとした鬱血が見られるだろう」

「はい、かすかですが」

「生体片までは見られねえようだが、鑑識がていねいに調べればなにかが出るかも知れねえ。だがなあ、問題は……」

山川がふっと短く煙を吹き、とり出した携帯の灰皿に吸いさしを収める。

「ホトケが最初から仰向けになっていたかどうか。もしうつ伏せだったら入れ歯もずれようし、畳に落ちていた繊維片を吸い込む可能性もある。死に際の苦しさに胸を搔きむしって、小指の爪をシャツにひっかけたかも知れねえしなあ。そのあたりは確認してあるのかね」

第一発見者の久恵は「居眠りでもしているのか」とゆすってみたと言ったが、そのとき増岡の体勢はどうなっていたのか。てっきり警察が駆けつけたときのままと思い込んでいたが、久恵か真由美夫人か横田医師が遺体を動かした可能性もある。

「申し訳ありません。わたしのミスです」

「ミスは金本の野郎だよ。あいつも平和な職場に長くいて目が翳《かす》んじまった。あんたのほうはちゃんと血液検査の手配をしたんだから、お手柄だがね」

「はい」

「だがまず、発見されたときのホトケがどんな体勢だったか、その確認が必要になる。言うまでもねえが三人の事情聴取はそれぞれ個別になあ」

「山川さんはこの案件を、他殺と？」

「あたしが超能力者に見えるかね。ただまあ、遺体を司法解剖にまわすことが妥当《だとう》だとは思うがね。だがそれはそれで、こんどはまた別の問題が出てくる」

山川が新しいタバコに火をつけ、花壇の菊に向かって長く煙を吹いてから、偉そうに足を組みかえる。金本と同世代だから仕方ないにしても、靴下のたるみぐらいはなんとかならないものか。

「警部補さん、あんた後藤とかいうキャリアの署長に恥をかかせて、課の統合を阻止したいんだって？」

「はあ、いえ、べつに」

まったく、あの金本のタヌキ、そんなことまで山川に打ち明けたのか。いくら旧知の刑事でも一応は本庁の人間で、どこから話が漏れないとも限らない。それとも金本はこの山川という男を、そこまで信用しているのか。

「気持ちは分かるがねえ。以降のことを考えると、そいつは得策と思えんなあ。あんただって本庁への転属を希望しているわけだろう」

それは枝衣子のひそかな狙い、金本にも同僚の誰にも、打ち明けたことはない。昨夜水沢椋には気を許したが、まさか山川も水沢とまで知り合いではないだろう。

「金本が言ってたよ、卯月警部補は国分寺あたりの田舎刑事で終わる人材ではないと。ただ欠点は策略家すぎること。オヤジなんかどうにでも手玉にとれると、自信を持ちすぎていること……あたしならあんたに、ぜひ手玉にとってほしいけどねえ」

皺深い目でにやりと笑い、うまそうにタバコを吹かして、山川が晴れた空を仰ぎみる。それにしても呑気なメタボ親父のような顔をして、金本はそこまで枝衣子の本性を見抜いていたのか。本来なら恐縮《きょうしゅく》するところだが、逆に枝衣子は可笑しくなって、思わず笑ってしまう。

「金本課長にまで見抜かれるなんて、よほどわたしは単純なんでしょうね」

「なんの、あれであいつはなかなかの慧眼《けいがん》なんだよ。昔あたしと新宿中央署にいたころ、本庁の捜一から誘われたぐらいだ。そのとき金本が辞退したので、代わりにあたしがね」

にわかには信じられないが、山川が枝衣子に噓《きん》を言う必要もない。

「あとで分かったことなんだが、金本の女房が筋ジストロフィーという難病にかかってなあ。とにかく十分でも一分でも、長く女房のそばにいてやりてえと。だから本庁どころか小金井署に転属願いを出して、あとはずっと平凡な警官人生さ。人の価値観も生き方も、それぞれだからなあ」

呑気で単純で善良なだけが取り柄のように見える金本の人生に、そんなドラマがあったとは。「人は見かけによらない」という言葉を、これからは座右《ざゆう》の銘《めい》にしよう。

「それで、課長の奥さんは、今？」

「治療法が発達したり新薬が開発されたりで、まだ存命だよ。ただあの病気は完治が難しい。よくもっても……」

ふっと足元に煙を吹き、そのときたるみに気づいたのか、山川が慌てもせずに靴下をたくし上げる。

「まあまあ、そういう事情もあるからよ。あたしとしては金本に、平凡な警官人生を全《まっと》うさせてやりてえわけさ。ここであんたの作戦に巻き込まれると退職時の特進も白紙《パー》になりかねない」

退職時特進とは現役時代の功労に照らして階級をあげることで、結果的に退職金と年金が水増しされる。そのことの是非《ぜひ》はともかく、退職後は難病の夫人に寄り添って盆栽の菊でも育てながら静かに暮らす金本の人生を想像すると、枝衣子は自分の策略に罪の意識を感じる。

「どうだね、ここは大人の分別《ふんべつ》で、後藤という若い署長に花をもたせては？」

「と、おっしゃると？」

「金本とあんたの報告を受けて、署長は最初から事件性ありと判断した。ただ増岡は市議会議員でもあり、慎重を期すために内密の裏付け捜査を指示した。そういうことにすれば署長の顔も立って、あんたも署長に貸しをつくれる。金本も余計な心労から解放されるし、これからの捜査だって順調にすすむ。なあ、ものは考えようだがね」

金本がタヌキなら山川はキツネで、しかしその理屈は正しい。枝衣子も後藤署長に個人的な遺恨《いこん》があるわけではなく、増岡の死を殺人事件に格上げできればそれでいい。山川の言うとおり、後藤署長に花をもたせてやれば本件を国分寺署開設以来初の、正式な殺人事件として捜査できるのだ。

山川がタバコを携帯の灰皿に始末し、意向を確認するような顔で枝衣子のほうへ半白頭をかたむける。

「よろしくお願いします。すべて山川さんにお任せします」

「すべて任されても困るがね。ただ署長と金本にはあたしから話をとおすし、捜一の課長にも了解を得る。だから増岡の遺体保存も司法解剖も、すべて署長の判断ということにする」

「はい」

「捜査本部まではつくらなかろうが、捜一からも誰かが国分寺署へ出向く。今のところ暇なのはあたしだけだから、まあ、あたしが出張ることになるだろうがね」

「はい、お待ちしています」

「所轄開設以来初の殺人事件か。さーて、どんな結果になることやら。だがこれで金本の太鼓腹もいくらかへこむかも知れねえなあ」

増岡の遺体に関して、死亡当夜にその体勢や唇裏の傷や入れ歯の位置や、それに鼻孔の異物や小指の爪に見られる鬱血など、本来は金本か枝衣子が気づくべきこと。山川だって本心では指摘したいのだろうが、それを署長に花をもたせるという手法で曖昧にしてくれるのは、金本への友情か。

まあね、わたしが美貌で手玉にとったことにしておこうと、枝衣子は腰をあげて山川に頭をさげる。山川のほうはまだタバコ休憩をつづけるつもりなのか、ポケットから新聞をとり出して膝にのせる。よく見るとそれはスポーツ新聞で、写真や見出しからは競馬の予想欄らしい。

「お世話になりました。これからもよろしくお願いします」

「なんの、これも給料の内だがね。だがくれぐれも、柚木草平という男には気をつけるようになあ」

相変わらず意味不明な発言だが、捜査に関する手順がととのえばそれでよく、枝衣子はまた頭をさげてきびすを返す。東京もこの辺りまでくれば高層のビルはなく、火葬用の煙突さえ高くそびえて見える。その煙突からは雲の色に似た煙が吐き出され、風のない空にたわみながら紛《まぎ》れていく。

「松・竹・梅、か」

※

美容室の川原明子からは三軒茶屋と聞いたが、町名的には世田谷区《せたがや》上馬《かみうま》。三軒茶屋は最寄《もよ》り駅で東急《とうきゅう》田園都市線に世田谷線が接続し、駅前から下北沢《しもきたざわ》までは商店街がつづいている。友人が近くのアパートに住んでいたので、学生時代には柚香も三度この町を訪ねたことがある。

高速道路下の歩道を駒沢《こまざわ》方向へ歩きながら、それにしてもなあ、一応は若い女で添い寝もしてやったのに、キスもしないとは、なんと無礼な男であることよと、柚香はずれてくるメガネを押しあげる。今朝は水沢の部屋へビールを飲みにいき、〈国分寺市市議会議員殺人事件〉に関する意見交換をしていたのに、水沢のほうが寝てしまった。柚香も一人でビールを飲んでもつまらないし、自分の部屋へ帰るのも面倒くさいので水沢の布団にもぐり込んだ。だからどうということはないのだけれど、となりに健康な若い女体が侵入すれば匂いも伝わるし、体温だって感じるだろうに。それを水沢は鼾をかいたり寝ごとを言ったりしながら爆睡をつづけ、柚香が足を絡めて耳に息を吹きかけてやっても知らん顔。いくら二日酔いの迎え酒だからって、それはないでしょう。もう無礼とか失礼とかのレベルではなく、立派な人権問題ではないか。

腹が立ったので水沢が飲み残したバーボンをあおったら、柚香もダウン。気がついたら三時を過ぎていて、水沢のほうは布団を頭の上までかぶって寝たまま。こいつ、逆レイプでもしてやろうかしら、と思ったがはしたないのでやめて、「お仕事お仕事」と自分に言い聞かせながら三軒茶屋へ出向いてきた。時間はもう五時に近く、高架下の国道ではクルマの渋滞が始まっている。

だけどなあ、やっぱりあのコーヒーは、誰がいれたのかしら。

またメガネがずれて、押しあげたとき、〈東田サイクル〉と描かれた黄色い看板が目に入る。東京ではたまに「よくもまあ、こんな狭い場所にこんな狭いビルを建てたものだ」と思うような建物を見かけるけれど、東田サイクルはまさにそれ。間口はせいぜい三メートルで両隣のビルと隙間が見えないほど壁を接し、化粧タイル張りの壁面が四階までつづいている。サイクル店は一階だけで上階が居住部分らしいが、どの窓も国道と高速道路に面している。国分寺と三軒茶屋では利便性に差があるとしても、こんなビルで暮らすのは拷問ではないのか。もっともそう思うのは柚香が浜松市の郊外で生まれ育ったからで、東京人には東京人の、別な価値観があるのかも知れない。

柚香は商売道具のメッセンジャーバッグを担ぎ直し、すでに照明のついているサイクル店のガラスドアをあける。内にいたのはブルーのつなぎを着た三十歳ぐらいの男で長身痩《そう》躯《く》、長い髪をまとめて背中にたらし、スポーツタイプの赤い自転車を組み立てている。天井からは商品の自転車がワイヤーで吊られ、壁にはロードレースのポスターが貼ってある。

「お邪魔します。東田久恵さんのご主人でしょうか」

男がゆっくりと腰をのばし、眉に段差をつけて首をかしげる。顎がしゃくれ気味で頬骨が高く、額は狭いがまずはハンサムな部類か。

「おたく、マスコミの人？」

「はい、週刊講文のライターです」

柚香はバッグから契約ライターの名刺をとり出し、東田に渡す。契約ライターといってもたまに使い走りをするだけだが、そんなことを素人に告げる義理はない。

「昨日だったかな、一昨日だったかな。やっぱり警察の人が来たよ」

「三十歳ぐらいですらっとしてちょっと美人の？」

「うん、でもありゃあちょっとどころではなくて、ものすごくってレベルだなあ。俺なんか逮捕されたくなったもの」

卯月刑事の美貌は柚香だって認めているが、それを同じ女性を前にして公言する東田も、無神経な男だ。

「その刑事さんと用件は同じです。奥さんの亡くなったお父様の件で、お話をうかがえれば」

東田が両方の手をつなぎの腰にこすりつけ、折りたたみのスチール椅子を広げて柚香にすすめる。

「刑事の彼女も言ってたなあ。事件性も考えられるので、念のために聞き込みをしてるんだとか」

「建前ではそういうことですね。でもわたしが入手した極秘情報では、まず間違いなく、他殺です」

「それは、へーえ、それはまた、なんというか」

東田が深呼吸をするような顔で木製の踏み台に腰をのせ、柚香もすすめられた椅子に腰をおろす。今日はボイスレコーダーも面倒なので、大学ノートとボールペンだけで済ませる。

「で、如何でしょう、ご主人に心当たりのようなものは」

「心当たりって、つまり、殺人の？」

「警察の見解です」

「というと、やっぱり、市議会議員になったことが原因なのかなあ」

「そのあたりを取材しています。こちらにうかがった卯月刑事とは懇意にしていますので、ご心配なく」

「そうなの。あの刑事さん、ケータイ番号は教えてくれなかったなあ」

「必要なら、いえ、それで、如何でしょう」

「なにが」

「心当たり」

「あるわけないよ。俺と久恵、結婚して二年ぐらいだけど、あの家へ行ったのはせいぜい三、四回。なんだか陰気くさい家で、親父さんもお袋さんもろくに喋らなくてさあ、そんな家で酒なんか飲んだって面白くないだろう」

「そうでしょうね。でも一昨日は一応、お通夜だったわけで」

卯月刑事には「離婚調停中」と証言したらしいが、それでもまだ義理の父親、死亡したとなれば顔ぐらい見せるのが常識ではないのか。柚香が東田を訪ねたのも、そのあたりの事情を確認するためなのだ。

「そりゃあもちろん連絡は受けたよ。だけどこっちは一方的に離婚宣言されてるんだぜ。親父さんが死んだぐらいでのこのこ出掛けたら俺の立場がないだろう」

「そういうものですかね。失礼ですが、久恵さんとはどういう経緯で？」

「結婚したかって？」

「差《さ》し支《つか》えがなければ」

「彼女がお客さんで来たわけ」

「自転車を買いに？」

東田がしゃくれた顎に力を入れ、眉間に皺を寄せながらため息をつく。

「あのさあ、俺、バンドやっててさ。週末だけだけど、下北沢《しもきた》のライブハウスに出てるんだ。その店に彼女がお客で来たわけ」

「そうですか、失礼」

たしかにロングの髪を背中にまとめてはいるが、それ以外はたんなる自転車屋のアンチャン。バンドをやっていることを他者に知らせたければ、つなぎの胸に「僕はバンドをやっています」とでも書いておけばいい。

「それで、ライブハウスで知り合って、すぐに結婚を?」

「犬や猫じゃあるまいし、半年ぐらいはつき合ったよ」

「そうですね、失礼。結婚前の久恵さんはなにかお仕事を?」

「中学校の先生」

「はあ? いえ、そうですか」

「先生といっても正規ではなくて、臨時教員とかいうやつ。だから仕事に未練はなかったし、俺と結婚してからは三軒茶屋《さんちゃ》のスナックでバイトしたり。それなのに親父さんの選挙が始まったら向こうへ行きっぱなしで、当選したら今度は離婚がどうのこうの。昨日も電話で早く離婚届に判を捺《お》せとか言ってきて、いくらなんでも勝手すぎるだろう。それがあいつの、性格ではあるんだけどさ」

東田がつなぎの胸ポケットからタバコとライターをとり出し、火をつけてから、天井に向かって長く煙を吹く。夫婦仲や二人の相性は知らないが、久恵の行為はたしかに一方的。ただ久恵にしてみても、知り合った場所がライブハウスで東田もミュージシャンだから魅力的に思えたろうが、結婚生活を始めてみればただの自転車屋。それもこんな国道と高速道路に面した狭いビルでの暮らしでは、たぶん辟易《へきえき》していた。そこへ降って湧《わ》いたような選挙話で結果はめでたく当選、父親の秘書からその後任にという人生設計を描いたとしても不思議はない。それに臨時でもなんでも教員の経験があるとすれば、教員枠議席の条件を満たす可能性もある。

「だけどさあ、小清水さんだっけ？　最初に言った間違いなく他殺とかいうやつ、あれ、本当なの？」

「警察はその見込みで捜査しています」

「信じられないなあ。でも殺人なら、犯人がいるわけだよなあ。もしかしたら俺、疑われているのかなあ」

「動機はありますよね」

「動機って」

「増岡さんが離婚をそそのかして、久恵さんと東田さんの仲を裂《さ》こうとした。だから、この義父《おやじ》さえいなければと」

東田が何ミリか右の眉をもちあげ、頬に薄笑いを浮かべて、ふっと短くタバコの煙を吹く。口調はフレンドリーだが声に抑揚がなく、眼球もあまり動かない。

「そういうストーリーも成り立つわけか。俺、よっぽど怪しく見えるのかなあ」

「警察はあらゆる可能性を考えます。事件当夜、日曜日の午後六時前後のアリバイがあれば話は別ですけどね」

　東田の薄笑いが困惑の表情に変わり、視線が壁や天井に泳いで、サンダル履きの足が胸のほうへひき寄せられる。

「あの日は朝までライブで、あとは一日中家でごろごろ。俺、几帳面な性格だからさ、日曜日は店を休むんだ」

「つまり、アリバイはないと？」

「寝てたかなあ、飲んでたかなあ」

「まずいですね。卯月刑事はああ見えて、警察ではスッポンの枝衣子と言われています。もちろん一度食いついたら放さないという意味、陰湿《いんしつ》にネチネチとどこまでも、しつこく容疑者を追いつめます」

「あの顔で？」

「まだケータイ番号を知りたいですか」

「いやあ、それは、べつに」

「東田さんには動機があってアリバイがない。卯月刑事の性格からして、かなりヤバいですね。もしかしたら今このときも、警察の見張りがついているかも知れませんよ」

東田の手からタバコが床に落ち、一瞬拾いかけたが、首を横にふってサンダルの底で踏みつぶす。表情に動揺はなくても足の動きは神経質で、右手の中指もこまかく膝を叩いている。

「東田さん、もし心配なら、わたしが卯月刑事に確認してあげましょうか」

「確認？　なにを」

「増岡さんの事件で東田さんが容疑者になっているのかどうか」

「うん、そうしてくれると、助かるなあ」

「タバコを一本いただけますか」

「えーと、ああ、もちろん」

東田がタバコの箱とライターをさし出し、柚香は一本抜いて火をつける。このタバコも成り行き、東田を容疑者にしたのも成り行き、卯月刑事を悪者にしてしまったことも成り行き。しかしあの美人刑事を酷評《こくひょう》してやったことには、多少の快感がある。

「卯月刑事とは個人的にも親しくしていますので、情報が入ったらお知らせします」

「うん、それから俺が殺《や》ってないことも、あの刑事さんに」

「伝えておきます。その代わり久恵さんや増岡家のことを、もう少し詳しく聞かせてもら

く。

東田がまたタバコに火をつけ、すっかり暗くなったガラス戸のほうへ、ふっと煙を吹

「詳しくといってもなあ、べつになあ」

えませんか」

「さっきも言ったけど、俺、国分寺にはあまり行かなかったから」

「ご両親の夫婦仲なんかはどうでしょう」

「聞かなかったなあ。そういえば久恵も話さなかった。俺のほうはもちろん、興味がなかったし」

「お母さんの足が不自由なことは」

「それは聞いていたよ。なんか、昔の交通事故とかで」

「ほかには」

「どうかなあ、だって俺と結婚したのは久恵で、親じゃないんだぜ」

「近所で開業している横田医師のことはご存知ですか」

「だれ、それ」

「知らなければ結構です。それで、久恵さんが離婚を求めている理由などは」

「性格が合わないんだとさ。人生の方向性がどうとか、俺には向上心がないとか、とにかく一方的でさあ。こっちは結婚するとき、親父が邪魔だと言われて奥多摩《おくたま》の老人ホームに

まで入れたのに、こういう場合、俺のほうから慰謝料《いしゃりょう》は請求できるかなあ」

東田が踏み台から腰をのばし、組み立て途中の赤い自転車を一周してから、そのサドルをぽんと叩く。この小さいサイクルショップでどれほどの利益があるのかは知らないが、東京は自転車ブームだから、それなりに暮らしは成り立つのか。

「東田さんのほうは久恵さんの性格に関して、どんな感想を？」

「一方的に離婚を迫るような女だぜ。たしかにこっちは高卒で、学歴はないけどさあ。そういう他人の劣等感《れっとうかん》をちくりちくりと刺すような、いわゆる意地の悪い性格ってやつかな。もちろんそんなことは結婚したあとで分かったことだけどさ」

他者の弱みや劣等感をちくりちくりと刺して快感を味わう。そういう人間もこの世にいるが、それはその本人にも劣等感があるから。ふだんは軽蔑《けいべつ》しているのに、さっきは卯月刑事を貶《けな》してしまった。劣等感は他者を傷つけて自分も醜くする。これからは気をつけよう。

柚香はタバコを吸い終わり、東田と同じようにコンクリートの床に捨てて、ウォーキングシューズの底で踏みつぶす。せっかくやめていたのにこの喫煙にも気をつけよう。

外の国道ではクルマの渋滞が激しくなっていて、たまにクラクションの音も聞こえてくる。そういえば大学時代の友人、まだ三軒茶屋のあのアパートに住んでいるかしら、と思いながら腰をあげて東田に頭をさげる。

「お忙しいところをお邪魔しました。おかげで取材がすすみます」

「うん、だけど俺、本当に事件とは関係ないからさ。それだけは忘れないでくれよ」

「はい、卯月刑事にも伝えます」

「あのさあ、小清水さん、俺の出てるライブハウス、下北沢《しもきた》のピンクキャットって店なんだ。今度暇なとき遊びにきてくれよ」

暇なんかいくらでもあるけれど、金はない。それにこの東田という男にはどこか、他人を不愉快にする感じがある。その意味では久恵ともお似合いのカップルなのだろうが、東田のライブなんか金をもらっても見たくない。

「下北沢のピンクキャットですね。近いうちに、必ずうかがいます」

八時を過ぎて研修の婦警は退署しているが、ほかは顔をそろえている。刑事課の一班二班それぞれ五人ずつ全員がデスクにつくのは正月でも例がなく、一応はみな報告書の作成や担当事案の検証をしているように見える。卯月枝衣子も府中の川原明子から得た証言をパソコンに入力し、旧姓広山真由美を中心とした人間関係の図式を睨んでいる。美容室の女主人から得た情報は小清水柚香が知らせてきたものと同様で、あの生意気なフリーライターも結構やるじゃない、と内心で苦笑する。ただ増岡の死が正式に〈事件〉として認証される以上、今後は逆に、その動きを牽制《けんせい》する必要がある。

ドアがひらき、課長の金本と署長の後藤がつづけて入室する。後藤は紺色の背広にペイズリー柄のネクタイをしめ、髪はきっちりと分け目が見える七三の短髪。しもぶくれの顔に目や鼻が全体的に小さく、そのせいで縁なしのメガネが大きく見える。今年の春に結婚したらしいが興味はない。

金本が自分のデスクにつき、後藤も枝衣子が用意しておいた予備の椅子に腰をおろして、課員全員が作業の手をとめる。

「みんな、顔がそろってるところで署長からお話がある。刑事課と生活安全課の統合という話じゃないから、安心して聞いてくれ」

金本のギャグに軽い笑いが漏れたが、すぐに静まり、全員の視線が後藤へ向く。

後藤が眉をひそめて咳払いをし、椅子に座ったまま身をのり出す。

「みなさん、遅くまでご苦労さまです。すでに概略はご存知でしょうが、当署管轄区域で死亡した増岡誠人氏の案件に関して本庁とも相談のうえ、〈事件性あり〉と判断しましたので今後はその線で捜査をすすめていただきます。微妙な案件ですので捜査本部は設けず、建前は〈事件と病死の両面捜査〉になります。明朝から捜一の課員も派遣されますが、主体はあくまでも国分寺署刑事課のみなさんです。本案件のすみやかな解決を期待します」

若いくせに、官僚というのはどうしてこうみんな、演説口調になるのか。それとも後藤は将来、政治家にでも転身するつもりなのか。

「まあ、そういうことだ。殺人事件なんかこの署始まって以来だから、みんな張り切ってくれ。具体的な経緯説明は卯月くんがしてくれる」

金本が表情で枝衣子をうながし、枝衣子は課員全員が視界に入る位置まで椅子を半回転させる。

「経緯説明の前に、たった今入った最新の情報を。署長の指示で増岡誠人氏の遺体は武蔵野医科大学法医学教室へ搬送され、明朝から司法解剖に附される予定になっていますが、予備検視としてCTスキャンにかけたところ、第二頸椎《けいつい》と第三頸椎のあいだに顕著《けんちょ》なずれがみられ、同時に左鎖骨《さこつ》に軽度な剝離《はくり》骨折も認められたと。それ自体が死因ではないとしても、外部から相当の圧力が加わったとみて間違いないそうです。人工呼吸で馬乗りになったときたまにみられる症例のようですが、本案件で人工呼吸の事実はありません」

枝衣子はひと息ついてぬるいコーヒーを口に含み、説明の意図が全員に伝わっていることを確認する。人工呼吸の事実はないのに遺体には馬乗りになられた痕跡がある。その情景を今、課員が頭のなかで想像している。

「萩原くん、みなさんにプリントを」

萩原刑事が席を立ち、事件の概要を記してあるプリントを課員に配り始める。

「詳しいことはそのプリントを見ていただくとして、これまでの経緯をかんたんに説明します。発端《ほったん》は三日前の日曜日、医師からの通報を受けてまず萩原刑事が増岡家に到着し、その十五分後に金本課長とわたしが。一連の状況はビデオ撮影してありますので、後ほど各自のパソコンにダウンロードしてください。概略としてはすぐ医師が検死を始め、急性心不全と診断。遺体に損傷はなく、外部からの侵入も争った形跡もなく、わたしたちも病死であることに異論はありませんでした。ですが翌朝、課長とわたしが署長へ報告にうかがったところ『ビデオに写っている現場の部屋が片付きすぎている』とのご指摘。いくら急性の心不全でも、死の間際はもう少し取り乱すはずではないか、と。部屋の様子は各自後ほど確認していただけますが、さすがに、的《まと》を射《い》たご指摘。ただ状況的にはどこから見ても急性心不全の自然死、増岡氏も国分寺の市議会議員ではありますし、慎重に対処すべきと、わたしと萩原刑事だけで内密に裏取りをしました。結果的にはプリントにあるとおり、死亡した増岡氏、真由美夫人、横田医師、娘の久恵などの関係に不審な点が多く、また増岡氏の遺体からBZDも検出されたことから、後藤署長が司法解剖を決断されました。これまでの経緯は以上です」

後藤に「花をもたせる」演説も少し露骨すぎたかな、とは思ったが、後藤は表情を変えずにどこかに視線を固定し、金本のほうは苦笑をごまかすように頰をさすりつづける。枝衣子もでっち上げが本物の事件になったからには経緯なんかどうでもよく、これからが能力の見せ所と、あらためて気をひきしめる。

「と、まあ、経緯は卯月くんが説明したとおりだ。あとは捜査方針で、これも署長と相談はしてあるが、ついでだから卯月くん、君から発表してくれ。みんなも俺なんかのタヌキ面《づら》に注目するより、卯月くんの奇麗な顔を見たいだろう」

また失笑で課内がざわつき、枝衣子はそれが収まるのを待ってコーヒーを飲みほす。

「それでは僭越ながら、今後の方針を。まず調べるのは増岡、夫人、医師の人間関係です。増岡氏は平凡なだけが取り柄の中学教師だった、とのことですが、それが事実かどうか。幸い黒田さんは地元の出身でもあり、中学時代には増岡と接点もあったそうですので、当時の同僚教師、教え子等、そのあたりへの聞き込みをお願いします。同様に真由美夫人と横田医師の出身地である府中市での聞き込み、夫婦仲や親子仲の調《あら》い直し。事件当日は母と娘で外出して帰宅したのが午後七時半ごろとなっていても、これは本人たちがそう言っているだけ。西国分寺駅の監視カメラに母親と娘の姿が写っている可能性がありますので、それを調べること。なお増岡家の玄関にも防犯カメラがありますが、時刻の記録機能がありませんので分かるのは人の出入りだけです」

確認しなくても課員がプリントをめくったりメモをとったりする気配が伝わってくるので、間をおかずにつづける。

「この防犯カメラの映像も、後ほど各自ダウンロードを。ただわたしも念のためにチェックしましたが、塀《へい》の内側を迂回すれば玄関を避けて直接一階の掃き出し窓から出入りできますし、勝手口のドアも無施錠《むせじょう》のほうが多いとかで、防犯カメラは当てにならないでしょう。当日の映像は母親と娘が外出したあと、午後になってから増岡氏も三時間ほど外出。母親と娘の帰宅以降は医師や萩原くんの到着ですから、そちらはビデオで」

一度言葉を切り「なにかご質問は」という意味で室内を見渡したが、署長と金本と萩原以外はみな、黙々とメモをとりつづける。

「今回の事件、増岡氏の経歴からみて政治絡みの可能性は低いと思いますが、そのあたりは署長にお任せするとして、わたしたちは被害者周辺の人間関係に的を絞るのが妥当でしょう。そこには離婚調停中だという娘の夫も含まれます。ただ犯人が被害者の身近な人間だと仮定すると、指紋や毛髪などの物的証拠は意味がなく、動機やアリバイ等の状況証拠を地道に積みあげるより方法はありません。明日の午前中には裁判所から捜索令状が出ますので、増岡氏のパソコンや携帯電話の押収、それに横田医師へカルテの提出も請求できます。ここまで来るとマスコミに嗅ぎつけられるのは時間の問題ですから、自由に動けるのは一日か二日。捜査対象への人員割りふりは二班の黒田さんと一班の土井さんにお任せしたいのですが、如何でしょう」

黒田と土井がデスク越しに顔を見合わせ、後藤と金本も枝衣子のほうへ「うむ」とうなずく。これでとりあえずの手配は完了、まだなにか見落としもあるような気はするけれど、それは今夜にでも考えればいい。

金本がデスクに手をかけて身をのり出し、課員を見渡して、精一杯に目を見開く。

「そういうことだ。明日の手配が済んだら、今夜のところはみんな引き上げてくれ。卯月くんも言ったとおり自由に動ける時間は短い。ただ今回の事件《ヤマ》は国分寺署刑事課にとっては試金石《しきんせき》、こいつをうまく片付ければ生活安全課との統合なんて噂も、すぐすっ飛んじまう。なあ、そのつもりで頑張《がんば》ってくれ……と、署長のほうからも、なにか」

後藤がネクタイの結び目に手をかけながら腰をあげ、背広の襟をととのえて、腰のうしろに手を組む。

「金本さんの言われたように、たしかに今回の事件は試金石です。課に統合の噂があるかどうかは知りませんが、そんなことには気を遣わず、迅速且《か》つ遺漏のない捜査を期待します。念を押すまでもなく、建前はあくまでも〈事件と病死の両面捜査〉ですから、それを忘れないように。マスコミとの個人的な接触は厳禁、対応はすべて私に任せてください。それでは、解散」

後藤が勝手に解散を宣言し、かたく口を結んで、どこやらに視線を固定させたまま部屋を出ていく。いくらキャリアのお客さんでも署長は署長だから、その姿が消えると課内の空気が瞬間に和《なご》んでくる。ある者はコピー機へ向かい、何人かは萩原をとり囲み、黒田は席を離れて土井のデスクへ歩いていく。土井も黒田も同じような年齢で同じような体形だが、土井のほうは少し髪が薄くなっている。

席を立って、枝衣子は二人に合流する。

「お二人とも、隠していてご免なさい。なにしろ署長の指示だったものですから」

土井と黒田が顔を見合わせ、二人同時に、目尻を皮肉っぽく笑わせる。

「さすがはキャリアのエリート、ビデオだけであそこまで見抜くとは、畏れ入ったなあ」

「人は見かけによりませんからね」

「誰が見抜いたにせよ、そんなことは構わんけどね。こっちは生活安全課の遊軍から解放されて大助かりだ。露出男の追跡なんて、もともと警察の仕事とも思えんしなあ」

そういえばどこかで、若い男がズボンの中身をつまみ出したという事件があったが、その男が捕まったという話は聞かない。

「幸い私は府中の所轄にいたことがあるから、そっちの調べは任せてくれよ」

「捜査対象への人員割りふりはお二人にお願いします」

「だが卯月さん、さっきの話を聞くと、増岡の家へは防犯カメラを避けて、どこからでも侵入できる。不審者の有無など、現場付近への聞き込みも必要だと思うがね」

「人員の手配ができるようでしたら、そちらも」

土井が瞬《まばた》きで了解の意思を示し、机のコピー用紙をトントンと指で突きながら、枝衣子の顔を見あげる。

「それにしてもなあ、この資料には目をとおしたが、卯月さん、一番大事なことが書かれてないだろう」

「と、言うと」

「これまでの感触からして、あんたが誰を犯人《ホシ》と睨んでいるのか」

さすがはたたき上げのベテラン刑事、土井はどこかの所轄で刑事課の経験もあるという。

「みなさんに先入観をもたれても困るので」

「卯月さんの先入観なら大歓迎だよ」

「お二人とも女の勘は嫌いでしょう」

「まあ、聞かなくても大よその見当はつくがね。当日現場に居合わせた三人の誰か、あるいは誰かと誰かの共謀と」

「土井さん、取調べは容疑者に」

「そうは言うが、この横田っていう医者は除外していいだろう。横田が関係しているのなら警察に通報せず、最初から死亡診断書で済ませればいいんだから」

「それなんですよねえ。わたしも考えたんですが、なにかが、釈然としなくて」

「そのなにかとは」

「女の勘は本人にも理解不能ですよ。いずれにしてもわたしはお二人の補佐にまわりますので、明日から、よろしく」

土井や黒田にどんな見当がついているにせよ、枝衣子自身、釈然としないものの正体は分からないのだ。増岡の死に〈事件性あり〉と結論が出たのだってほんの何時間か前で、勘を推理として公言できるのは明日以降だろう。

自分のデスクに戻りかけると、課長の金本が太鼓腹をぽんと叩いて、その小さい目で枝衣子に合図を送ってくる。メタボ体形の呑気そうな顔に本庁から誘われた当時の面影はないが、人は見かけによらない。

金本はすでに帰り支度を始めていて、愛用の古い革鞄《かわかばん》を脇に抱えながら、少し枝衣子のほうに身を寄せてくる。

「卯月くん、けっきょく君の、計画どおりになったなあ」

「本来の軌道に戻っただけですよ。課長だって往年の勘が働いたから、山川さんに検視を依頼したんでしょう」

「うん、それはまあ、君は山川から、なにを聞いたんだね」

「お二人が昔、同じ所轄にいたと。それだけです」

「ふーん、なんでもいいが、実は署長がなあ」

一歩だけ出口へ向かい、ほかの課員から口元が隠れる位置に、金本が枝衣子を招く。

「明日から挨拶廻《まわ》りをするそうだが、俺に同行しろという」

「挨拶廻り？」

「政党の支部やら議会筋やら、防犯協会やら婦人ナントカ連合やら、いろんなところから問い合わせが来ているそうだ。警察内部ではキャリアのエリートだが、対外的にはただの若造、俺を防火壁にしたいらしい」

「体形的にはじゅうぶん、いえ、ご苦労さま」

「だからなあ、現場の指揮は土井に任せるとして、全体の仕切りは君がやってくれ」

「最初からその計画ですよ。土井さんや黒田さんならどうにでも手玉にとれます」

「なんだと？　山川のやつ……」

「課長、三年前まで捜査一課にいた柚木草平という方をご存知ですか」

「柚木？　誰だねそれは」

「さあ、山川さんが、訳の分からないことを」

「俺はずっと所轄暮らしだ。本庁のことなんか知らんよ」

「そうですか。課長世代のオヤジギャグが苦手で、明日から勉強します」

金本がふんと鼻を鳴らして鞄を抱え直し、腹を叩きながらドアへ向かう。金本の退出に気づいた課員がそれぞれに挨拶をし、自分たちも終業の支度を始める。みな口数は少ないが空気に緊張と活気がひろがり、枝衣子の背筋にもうっすらと悪寒《おかん》が這いあがる。でっち上げだろうと計画どおりだろうと、刑事課員が刑事課らしい仕事をすることに、誰も文句はないだろう。

自分のデスクへ戻り、ショルダーバッグのサイドポケットからケータイをとり出して、メモリに登録した水沢椋の番号を選択しかける。ことが思惑通りに運んだお祝いに水沢を呼び出して、と思ったけれど、昨日の今日で、さすがに強引すぎるか。女子高生のような真似《まね》をしたら相手も迷惑だろうし、枝衣子自身も疲れている。まあね、明日に備えて今夜はゆっくり休もうと、枝衣子はケータイをバッグのサイドポケットにおさめる。

5

天気予報では午後から雨となっているが、空の色からして降り出しはもっと早いだろう。住宅街の月極《つきぎ》め駐車場には警視庁の黄色い「立ち入り禁止」のテープが巡らされ、一方通行の道に三台のパトカーが横付けされている。テープの内側には制服警官が二人、それに生活安全課の刑事が六人に刑事課の土井と黒田と萩原の顔がある。

枝衣子は「参ったわね」という何度目かの独りごとを呟き、腕を組みながらブロック塀に肩を寄せる。塀には一から十七までの番号札が貼られているが利用者名の表記はなく、監視カメラもない。朝の九時を過ぎて大半は出払い、今は増岡家の小型セダンを含めた四台が駐《と》まっている。

枝衣子はまた「参ったわね」と呟き、降り出しそうな空とクルマをとり囲む所轄員たちを見くらべる。近隣住人が小型セダンに遺体らしきものを発見したのは八時少し前。出勤に用いようとクルマのドアをあけたとき、ふととなりのセダンに目がいった。運転席側シートが倒れていて、そこに人影のようなものが見える。確認すると倒れたシートには女性が横たわっており、窓を叩いても目を覚まさず。四つのドアもすべて内側からロックされていたので、すぐ状況を一一〇番通報。警視庁の通信指令センターからは国分寺署の生活安全課へ連絡がいき、同時に西国分寺駅前交番から当直の巡査が駆けつけた。巡査は車内に女性と練炭火鉢を発見したが、やはりドアはひらかず。住宅街の駐車場なのでセダンの所有者も付近の住人と見当をつけて、ナンバーを問い合わせると登録者は増岡誠人と判明。増岡は選挙で有名になったので巡査も自宅は知っており、駐車場から百五十メートルほどの距離にある増岡家へ。夫人に事情を説明したが、クルマを運転しない夫人は鍵の所在が分からず。そこで巡査みずから事務所の机を物色し、スペアキーを見つけてまた駐車場へひき返した。そのころには生活安全課から出勤途中の刑事たちが到着しはじめ、スペアキーでセダンのドアを解錠。遅れてやって来た夫人が車内の女を娘の久恵と確認し、遺体も冷たくなっていることから、生活安全課の日村《ひむら》課長が死亡後数時間と推定。遺体の状況や練炭火鉢の存在から自殺で間違いないものの、日村も増岡誠人の死を刑事課が〈事件性あり〉として捜査を始めたことを知っていたので、金本に連絡。枝衣子にはその金本が報《しら》せてくるという手順だったから、現場へ着いたときには九時を過ぎていた。

刑事たちのなかから日村、土井、黒田の三人が十メートルほどの距離を枝衣子のほうへ歩いてくる。萩原は今日もビデオ撮影をつづけ、ほかの署員も指紋採取や掃除機での残留物採集をつづけている。黒田はもともと鑑識係だし、刑事課や生活安全課の刑事は職務上鑑識作業の講習を受けている。

三人が枝衣子の前まで来て、ブロック塀に寄りかかった枝衣子を半円状にとり囲む。日村の階級は警部だが、五十歳を過ぎているから枝衣子の手玉にとられたいのだろう。

「土井と黒田からそっちの状況は聞いたが、こいつはどこからどう見ても自殺だなあ。警察が父親の件を事件性ありと判断したことを知って、逃げ切れないと覚悟したんだろう。つまりはこれで、増岡市議の事件も解決したわけだよ」

解決したというより、解決してしまったというほうが正しい。増岡市議の死をせっかく殺人にまで格上げし、今日は東田久恵を所轄へ呼んで事情聴取をするつもりだったのに、いわゆる「先を越されてしまった」のだ。久恵は枝衣子が思っていた以上に気弱で繊細な人間だったのか。昨日の朝金本のところへ怒鳴り込んだらしいが、その場に居合わせたら久恵の心理状態に気づいたか。もっとも苦情を言われたぐらいで拘束するわけにもいかないから、結果は同じだったか。こうなっては増岡の死もよくて〈被疑者死亡のまま送検〉で、悪くすれば事件そのものが有耶無耶《うやむや》になってしまう。

「日村さん、車内に遺書か、メモのようなものは？」

「見当たらん。バッグのなかも調べたがそれらしいものはない。自宅を捜索すれば、あるいはなにか出てくるかも知れないが」

「ケータイはどうです？」

「それはバッグのなかに。どうするね、生安《うち》で調べてもいいけど、いきがかりもあるから刑事課《そっち》に任せようかね」

「お願いします。久恵のバッグはあとで萩原くんにでも渡してください」

土井が咳払いをして頭を掻き、捜査員たちのほうへ目をやってから枝衣子と日村の顔を見くらべる。

「しかしなあ、とんだ展開になったものだよ。昨日の資料を読んで、俺もこの久恵が臭いと睨んではいたんだが、まさかなあ」

「土井さんから見ても間違いなく自殺だと？」

「クルマのキーはバッグのなかにあったし、最初にドアをあけた巡査によると、一瞬車内から酒が匂ったらしい。どうせ睡眠薬も大量に服用している。顔が紅潮《こうちょう》しているから、死因自体は一酸化炭素《いっさんかたんそ》中毒だろうがなあ」

「あの練炭火鉢は使い込まれていますよね」

「出所は調べるさ。それより卯月さん、昨夜のうちに人員の割りふりをして、今朝から増岡の過去や夫人の府中時代なんかを調べる手配をしたんだが、どうするね。ここまで見えの自殺では、たとえ遺書がなくても久恵の父親殺しは明白だろう」

返事をしかけて、枝衣子は頭のなかでまた「参ったわね」と呟きながら、土井と黒田の顔を見くらべる。国分寺署創設以来初の殺人事件の捜査とあって、昨夜は刑事課員全体が気力を充実させていたのに、一夜あけるとあっけなく幕引き。黒田と土井の表情にも落胆が見える。

「金本課長からは、なにか指示が？」

「今のところはなにも。署長のお供をして桜田門《さくらだもん》に出向くらしいよ」

昨夜の話では「挨拶廻り」で金本が後藤署長の防火壁を務める予定だったらしいが、それはお役ご免。しかし本庁でどういう結論になるにせよ、事件の〈仕切り〉はまだ枝衣子に任されている。

「正式に結論が出るまでは予定通り捜査をつづけたいのですが、土井さんと黒田さんは如何ですか」

「俺のほうに異論はないが、黒田は？」

「今日のところはそれより仕方ないだろう。ひとつ救われるのはこの自殺が事情聴取の前だったことだなあ。これが署にひっ張ったあとだったら警察の横暴とか人権無視だとか、またマスコミに叩かれたよ」

救いといえば救いだが、容疑者に逃げられてしまっては意味がない。

「それではとりあえず、捜査は予定通りに。日村さん、遺体の扱いはどうなります？」

「通常ここまで明白な自殺だと、即時遺族へひき渡すんだがね。このケースではアルコールや薬物の検査も必要だろうし、そっちの結論が出るまで保管施設に搬送しておこうかね」

法律では人間に死を宣告できるのは医師のみとなっているが、それもケースによる。手続き上必要とあれば保管施設に医師を派遣すればそれで済む。昨日は父親の遺体が施設から医科大学へ移され、かわりに今日は娘が収容される。これが同じ番号の冷蔵庫だったら、不謹慎《ふきんしん》ではあるけれど笑える。

「もしかしたら司法解剖が必要になるかも知れないので、遺体は保管施設へ」

「分かった。そのように手配する」

「クルマの扱いは？」

「殺人事件ならともかく、鑑識作業が済んだらカバーをかけておくよ」

「よろしくお願いします。夫人は今、自宅でしょうか」

「うちの者が家へ送っていった。娘の身元を確認させたとき、一瞬だけ気を失いかけたが、なかなか気丈な奥さんでなあ。婦警をつけてやるといっても一人にしてくれと。無理に押しつけるわけにもいかず、ちょうど近所のナントカいう女が顔を出したので、任せてきたという」

　近所のナントカいう女に見当はついたが黙殺する。

「自殺ではあっても、増岡夫人から事情を聞かなくてはなりません。それも刑事課《こちら》に任せてもらえますか」

「かえって助かるよ。状況的には娘が父親を殺したうえでの自殺、そんなとき一人残った奥さんから話を聞くのは辛いからなあ。ついでに報告書もそっちで書いてもらえるかね」

「おひき受けします。わたしはこれから増岡の家へ。土井さんと黒田さんは署長と金本課長が本庁から戻ってくるまで、昨夜の予定通りにお願いします」

「萩原も増岡の家へやろうかね」

「その必要はないでしょう。女だけのほうが夫人も話しやすいでしょうし」

「卯月さん、令状はないが、パソコンやらなにやら久恵の私物を預かる必要がある。その旨《むね》をあの奥さんに伝えてくれ」

「分かりました。こんな展開になって刑事課のみんなも混乱するでしょうけれど、万事、よろしく」

　腕組みを解き、寄りかかっていたブロック塀から肩を離して、枝衣子は駐車場から一方通行の道へ向かう。本当は「混乱」ではなく「落胆」と言いたかったが、それでは人間の死に対して不敬になってしまう。雨は降りそうで降らず、駐車場の外にはちらほら野次馬が集《つど》い、犬を連れた年寄りがプラスチックの糞取り容器を持っていく。いつもはこの駐車場も犬の散歩圏内なのだろう。

駐車場から二、三分歩くともう増岡家の前へつき、足をとめて向かいのアパートを見あげる。水沢の部屋は窓もカーテンも閉まっているから、すでに出勤か。いくら貧乏だからってもう少しお洒落なカーテンにすればいいものを、そのうちプレゼントしてやろうか。でもそういう出しゃばった真似は、水沢の趣味に合わないか。

思考を事件に切りかえ、あらためて増岡の家を眺める。築三十年ほどらしいが古びた感じはなく、樹木は少ないが庭もよく手入れされている。周囲の住宅はほとんどカーポートを備えているのに、増岡家にはそれがない。てっきりクルマに乗らない家族かと思っていたが、この郊外ではさすがにクルマのない生活は不便なのだろう。しかし真由美夫人は運転しないというし、夫と娘に死なれて、これから夫人は一人この家で、どうやって暮らしていくのか。

外から掃き出し窓があいているのが見えたので、玄関へはまわらず、直接庭へすすむ。デスクの配置は議員事務所のときと変わらず、ソファの位置もそのままで、そのソファには真由美が横になっている。部屋とキッチンの境あたりには案の定小清水柚香の顔があり、事務所側の椅子にはもう一人、髪の薄い初老男が座っている。水沢や柚香と同じアパートの、中村という男か。そういえば増岡の選挙も手伝ったというし、二十年以上も向かいのアパートに住んでいれば懇意にもなっているだろう。

枝衣子が声をかけると、真由美が身を起こし、柚香も椅子から腰をあげる。

「ご愁傷さまです。こんなときにお邪魔するのも心苦しいのですが、仕事ですので、失礼します」

パンプスを脱ぎ、部屋へ入って、真由美、柚香、中村にそれぞれ目礼する。真由美は髪こそ乱れているが薄く化粧をしていて、ベージュ色のスラックスにゆったりとした茶色のセーターに身を包んでいる。

中村が腰をあげ、ひとつため息をついてから、真由美に伏し目がちな会釈を送る。

「奥さん、気を落とすなと言っても無理でしょうけどね。とにかく、気を落とさないように。男手が必要になったらとなりの河合くんにも手伝わせるから、遠慮なく、声をね。今日のところは仕事があるので、失礼」

中村が枝衣子に頭をさげて玄関へ歩き、その空いた椅子に枝衣子が腰をおろす。増岡が死んだ夜に座った椅子と同じ位置で、向かいのソファも同じ。ただそのソファに久恵の姿はない。

柚香がキッチンから顔を出して、枝衣子のデスクにコーヒーのカップをおく。他人の家なのにずいぶん勝手なことをする女だが、夫人も咎《とが》める様子はない。親戚とは縁の薄い生活らしいから、夫人も柚香程度の他人が気楽なのかも知れない。

その柚香が元の椅子に戻り、事情はすべて承知している、という顔で枝衣子のほうへメガネを光らせる。中村だって状況を憚って席を外したというのに、柚香はやる気満々。ジャーナリストなら警察の事情聴取に部外者が立ち会えないことぐらい知っているだろうに、すっかり部内者のような顔をしているのだから始末が悪い。

さて、このメガネ女をどうするか。警察権力で追い出すのはかんたんだが、最初は枝衣子のほうが利用したのだ。実質的にも事件は解決してしまったわけで、あとは久恵の自殺に関する報告書を提出するだけ。警察としても暴力的な捜査や取調べをしたわけではなく、倫理的にも法律的にも、世間から非難される惧《おそ》れはない。それに枝衣子自身、もう気が抜けてしまって、柚香の存在に頓着《とんちゃく》してやる気力もない。

そういえば昨日の朝も水沢の部屋でコーヒーを飲んだな、と思いながら、皮肉な気分で柚香のいれてくれたコーヒーに口をつける。

「奥さん、まだお気持ちの整理はつかないでしょうが、自殺の場合でも背景捜査をしなくてはなりません。難しいとは思いますが、お話を」

夫人の口元がひきしまり、肩全体で、大きく息がつかれる。こういうケースでは「警察が娘を殺した」とか喚き散らす遺族もいるが、夫人にその気配はない。もしかしたら混乱して、まだ状況を把握できていないのか。

「刑事さん、前のとき、お名前をうかがいましたかしら」

「久恵さんには名刺を渡しました。国分寺署の卯月といいます」

「そうですか。卯月さん、主人にひきつづき娘までご迷惑をおかけして、お詫《わ》びの仕様もありません。久恵が自殺したということは、主人の死にも関わっていたはず。そのことは理解しておりますので、お気遣いなく」

常識的にはその通り。ただ今の時点でその常識を口に出せる人間が、どれほどいるものなのか。十六歳のときに両親と右足を失い、そして今、夫と娘を失い、しかも夫を殺したのが実の娘だなどという現実に、どれほどの人間が耐えられるのか。

しかし仕事である以上、枝衣子も久恵の自殺に結論を出す必要がある。

「如何でしょう、遺書かメモか、なにか自殺の理由が分かるようなものを、久恵さんは残していたでしょうか」

「いいえ、なにも。さっき柚香さんにも探してもらいましたけれど、それらしいものは、なにもないようです」

おい、小娘、捜査妨害ですよ。

「のちほど別の捜査員がうかがって、久恵さんの私物や書類などをお預かりします。そのなかでなにか発見できるかも知れません。どうかご協力を」

夫人がうなずき、ハンカチを握りしめて、また口元に力を入れる。外見は病弱で内気な専業主婦でも、実際は相当に気丈なのだろう。

枝衣子は最初の夜と同じように黒表紙の手帳をとり出し、脚を組んでボールペンを構える。

「奥さんもクルマをご覧になったでしょうが、現場の状況から自殺であることに間違いはありません。久恵さんの様子など、特に昨夜の様子などに、変わったことは」

「みんなあとになって思うことですよ。主人の死に他殺とかいう噂が流れたようで、それを聞いてからはもう、落ち込んだり苛《いら》ついたりのくり返し。もともとそういう性格ではありましたけれど、でも、まさかねえ」

「で、昨夜は」

「食事を済ませたのが八時ぐらいでしたか。私は二階へあがってテレビを見て、十時ぐらいには床《とこ》に就きました。寝る前に布団のなかで小説を読むのが趣味なもので、毎日そのような。そのあと久恵がどうしたのかは分かりません。ふだんは遅くまでパソコンに向かっていたようです。主人がやり残した仕事のあと始末もあったでしょうし、自分の、これからのことなども」

「久恵さんがご主人の後任を目指していたという噂もありますが」

「直接久恵から聞いてはいませんが、電話の様子などから、あるいはそんなこともねえ」

「お酒のほうはだいぶ？」

夫人が眉をひそめて口を曲げ、小さく首を横にふりながら、ため息をつく。

「特に主人が亡くなってからは増えましてねえ。朝起きるとウィスキーのビンが空になっているようなことも。気をつけるようにと言ったところで、聞く子ではなし」

「睡眠薬なども？」

「それもねえ、増えていたようです。お医者から出されている私の分まで飲んだりして。主人の葬儀でも済めば落ち着くだろうと、あまり口出しはしませんでしたが。それが昨日の正午《ひる》を過ぎたころでしたか、どこかから主人の遺体が大学病院へ移されるという電話がきて、ちょっとしたパニックに」

「どこかから、というのは」

「聞きませんでした。解剖がどうとかで、もう昼間からお酒を。警察や政党の支部をのしったり喚いたり、私がなだめて落ち着かせて、そうしたら今度は夕方まで部屋へひき籠《こ》もって口もきかないようなことに。それでも夕食のときは気分も良くなったようで、主人の葬儀が済んだら二人でハワイにでも旅行しようかと、そんな話もしていたんですけどねえ」

昨日山川巡査部長は遺体の保管施設で、係員に「遺族にも関係者にも極秘に」と念を押したはずで、増岡の遺体が武蔵野医科大学へ移送されることなど、誰が久恵に知らせたのか。山川本人のはずはなく、金本が当然の連絡事項として知らせてしまったのか。あるいは係員が「極秘」を「警察の捜査」という部分に勘違いをして、移送自体は遺族に知らせるべきと判断したのか。しかし増岡の司法解剖はいずれ通知しなくてはならず、これも結果的には同じことだったろう。自殺自体は明白なのでこれ以上の追及も不本意だが、ここで放棄したら一生田舎警察の刑事課員で終わってしまう。

「クルマのなかにあった練炭火鉢ですが、入手経路など、奥さんに心当たりがおありでしょうか」

「物置から持ち出したものでしょうね。主人は秋になると庭でサンマを焼きたがる人で、煙がご近所迷惑になるから、私はイヤでしたけれど。ただ今年は選挙のごたごたで、一度も庭でサンマを焼きませんでしたねえ」

自殺に使われた練炭火鉢が使い込まれていたのは、そのせいか。物置に火鉢や練炭が収納されていることは久恵も知っていたはずだから、すべての理屈が合っている。物置はホームセンターで売っているような既製品で、たぶん鍵もかけていないだろう。今は引き戸の前に三本仕立てとかいう菊の大鉢がおかれているが、遠くからでもその葉がしおれて見える。

「小清水さん、差し出がましいようだけど、お庭の菊にお水をあげてくれないかしら。なんだか枯れてしまいそう」

柚香が腰をあげて庭へ首をのばし、メガネを押しあげながら台所へ向かう。このあたりはマメな性格らしく、すぐ薬缶《やかん》に水を汲《く》んで庭へ出ていく。

その柚香の様子を、目を細めて、夫人がじっと見守る。

「すっかり忘れていましたよ。このゴタゴタつづきで、なにもかも、狂ってしまって」

増岡の死以降の混乱は枝衣子にも想像はつくが、菊はなにかの賞をとるほどの逸品《いっぴん》。亡き夫の形見でもあり、いくらゴタゴタがつづいたからといって水をやるぐらいの時間はあったろうに。

「奥さん、慰《なぐさ》めにはならないでしょうが、ご主人の死も他殺と決まったわけではありません。久恵さんにしても精神的な疲労や混乱がかさなって、発作《ほっさ》的に死を選んだだけなのかも。特にお酒がかさなると、人間は突発的なうつ病を発症するものですから」

夫人が庭から枝衣子に視線を戻し、ハンカチを握り直しながら、軽くうなずく。枝衣子の台詞《せりふ》がいくら陳腐でも、その可能性がまるでゼロとは言い切れない。もちろん枝衣子は自分の言葉など、信じてはいないが。

柚香が庭から戻ってきてちらっと枝衣子のカップをのぞき、表情で「おかわりは」と聞いてくる。朝食もとらずに現場へ駆けつけたので、枝衣子も表情で「お願い」と合図を送る。柚香も図々しいが、考えてみると枝衣子も図々しい。

柚香が薬缶と枝衣子のカップをもって台所へ行き、すぐ新しいコーヒーを運んでくる。

「卯月刑事、わたしもひとつだけ増岡さんに聞きたいことがあるんですけど、いいでしょうかね」

図々しい女だ。

「いいけど、ここで聞いたことは口外無用よ。もし漏らしたら罪になる場合もあるので、そのつもりで」

柚香が机の端に腰を寄せ、ジャージの両袖をたくし上げて腕を組む。柚香と枝衣子の応酬は当然顔見知りのものだが、夫人はそれをどう思っているのか。

「増岡さん、失礼なことは分かっていますけど、もしかして久恵さんは、お医者の横田先生とのあいだにできた子供では？」

コーヒーが口のなかで逆流しそうになったが、枝衣子は小さく咳払いをして、なんとか我慢する。夫人も目を見開き、口をあけて、二度も三度も、枝衣子と柚香の顔を見くらべる。

夫人が笑いだしたのはその直後。ハンカチを口に当て、不自由だという右足までふるわせて、くつくつと笑いつづける。その仕草には不自然なほど屈託《くったく》がなく、声からも暗さが消えている。

「卯月さん、警察は私と横田先生の関係を知っているのかしら」

「一応は」

「そうなの、そんなことまで。調べるのが警察のお仕事なんでしょうけれど、聞いてくれれば最初からお話ししましたのに。たしかにねえ、彼は中学時代の同級生で……」

ハンカチを折り返し、髪を両手で梳きあげて、夫人が枝衣子の肩越しに庭へ視線を向ける。

「昔から勉強のできた人ですから、お医者になったこと自体には驚きませんでしたよ。でもこの家で顔を合わせたときは、それはもう、腰が抜けるぐらい。久恵が五歳か六歳ぐらいのときでしたか、急に熱を出しましてね。夜中でしたけど横田医院の場所は知っていましたし、電話番号を調べて往診をお願いできないかと。お医者はすぐに来てくれて、そうしたらその先生が上条《かみじょう》くんだったわけですの。あとで聞いたら医学部を卒業したあと婿養子に入って、横田医院を継いだんだとか。とにかくそんなご縁でねえ、私は足の関係もあって府中の病院へ通っていたんですけど、以降はずっと横田医院に。ですから久恵の父親がどうとか、まして不倫がどうとか、そんな関係はいっさいありません。必要なら横田先生にもお聞きになればいいでしょう」

また笑いそうになり、夫人がハンカチで口を押さえて、今度は深呼吸のように息をととのえる。「最初から聞け」と言われて「はいそれでは」と聞けるような問題ではなかったが、横田との関係は夫人の説明どおりだろう。ただその関係を説明する夫人の口調も表情も、冷静すぎる。

「増岡さん、もうひとつ」

ひとつだけ、というから許したものの、この新米ジャーナリストは図々しすぎないか。

「久恵さんは自転車屋の東田さんに離婚を迫っていたとか。もしかしたらそれは、亡くなったご主人の意向だったのでは？」

夫人が膝の位置を柚香のほうへ向け、小首をかしげながら、視線を壁のどこかへ漂《ただよ》わせる。

「どうでしょうねえ、主人はもともと、彼との結婚には反対でしたけれど。だからって強制して言うことを聞く久恵でもなかったはずですし」

「ご主人が市議会議員に当選したことと、関係はありませんか」

「私は選挙にも主人の仕事にも……」

言いかけて夫人が言葉を呑み、壁に漂わせていた視線を枝衣子のほうへ向ける。

「もしかしたら、その、いえね、これは結婚後に分かったことなんですが、東田の佳孝《よしたか》さんにはマリファナの所持と使用で、逮捕歴があったんだとか。そのことを久恵が主人にまで打ち明けていたかどうかは、知りませんけれど」

東田という久恵の亭主に事情聴取したとき、マリファナ云々の件は気配にも出さなかった。事実か否かは調べれば分かることだが、父親が市議会議員に当選し、かつその後釜《あとがま》を狙っていた久恵にしてみれば致命傷にもなりかねない。一日も早く離婚したかったのは当然で、しかし警察が父親の死を殺人として捜査し始めたら、久恵の野望はその時点で潰《つい》えてしまう。

柚香が枝衣子に「事情聴取は終了」というようにうなずいて見せ、机から腰を離して台所へ向かう。生意気な小娘だが、質問の要旨は的を射ている。

「奥さん、ことの成り行き上、ご主人の死に関しても質問しなくてはなりません。お辛いでしょうがご容赦《ようしゃ》ください」

夫人がうなずき、その動揺のない表情を確認しながら、枝衣子は事務所の様子を見まわす。机やコピー機の配置は前回と同じだが、壁に貼ってあった〈国分寺から日本に革命を〉という増岡のポスターは消えている。

「まず、ご主人が亡くなった日曜日の状況を、お聞きしたいのですが」

柚香が台所から戻ってきて夫人にコップの水を渡し、夫人が口をつけて、もう一度枝衣子にうなずく。

「奥さんと久恵さんが銀座からこのご自宅へ帰ってきたのが、七時半ごろ。そのあとすぐ、二階へ？」

「ご存知でしょうが、私は足が不自由でしてねえ。日常の生活に不都合はありませんけれど、長時間の外出になると、ちょっと疲れが。ですからあの日も、帰宅後はこのソファで」

「つまり二階へあがったのは久恵さん一人？」

「はい。でもそのあとすぐ、久恵の大声が聞こえて」

「すぐというのは具体的に、どれほどの時間だったでしょう」

夫人がまた水を口に含み、遠くを見るような視線を天井へ向ける。

「どうでしたか。なにしろぐったり疲れて二、三分か、あるいは五分ぐらいうとうとしたかも知れませんけれど、正確な時間は分かりかねます」

そのとき増岡はＢＺＤで眠っていたか朦朧《もうろう》としていたはずだから二、三分どころか、顔に座布団でも当てて馬乗りになれば一分で圧殺できる。ＢＺＤも同居していた久恵なら、父親が手をつけそうな飲食物にいくらでも混入させておける。本庁の山川からは遺体発見時の体勢を確認しろと指摘されたが、その必要はないだろう。

「久恵さんの大声を聞いて奥さんは二階へあがられた。そのときの部屋の様子は如何でしたか。わたしたちが駆けつける前に、片付けたようなことは？」

「私は手をつけておりません。たぶん久恵も、ですが、その、パソコンのスイッチだけは私が切りました」

「スイッチを、なぜ」

「それはその、見てはいけないような映像が。もう映像はとまってリストだけの表示になっていましたけれど、それでもねえ。横田先生をお呼びしたのに、まさかああいう画面をそのままにしておくわけにも参りませんでしょう」

ああいう映像か、なるほど。その映像がどういう種類のものであるか見当はつくが、そんなことはパソコンを押収すれば分かることだ。

「奥さんがパソコンのスイッチを切った以外、部屋はそのままに？」

「はい。気が動転して、私はただ座っておりました」

「救急車ではなく、横田医師に連絡した理由は？」

「どうでしょう、すべて久恵が判断したことなので」

久恵は事件当夜、今枝衣子の目の前にあるソファに座って「横田先生が警察を呼ぶとは思わなかった」と証言したはずで、結局それが一番の誤算だったのだろう。通報を受けて駆けつけたのが枝衣子ではなく、ほかの課員だったらやはり久恵の完全犯罪は成立した。たんなる偶然とはいえ、天網恢々疎《てんもうかいかいそ》にして漏らさずという陳腐なことわざが、ふと頭に浮かぶ。

「もうひとつ些細《ささい》なことですが、ご主人はあの日の午後、三時間ほど外出されています。行先に心当たりはおありですか」

「それは、たぶん、競馬ではないかしら」

「競馬？」

「私はまったく興味がありませんので、よく聞いてはおりませんでしたけれど、たしか朝、そんなようなことを」

「そうですか、競馬ですか」

「菊作り以外は趣味もないような人でしたからねえ。競馬も夢中になっていたわけではなくて、大きいレースのとき四、五千円ほど馬券を買うぐらい。その競馬も選挙以来ご無沙汰《ぶさた》でしたけれど、あの日はナントカ賞という大きいレースがあるとかで、久しぶりに馬券がどうとか言っておりましたよ」

妻と娘の外出、その後に増岡本人の外出と帰宅、妻と娘の帰宅と横田医師の到着。それで時系列の説明はつき、事件当日の各自行動パターンも説明できる。あとは久恵の犯行動機だが、もしかしたら子供時代に父親から虐待《ぎやくたい》でもされていたか。

質問を発しかけ、枝衣子は躊躇《ちゆうちよ》して、コーヒーに口をつける。たとえ増岡父娘にDV問題があったとしても、今さら暴《あば》いてなんの意味がある。母親も娘の父親殺しを暗黙に認めているのだから、あとは淡々《たんたん》と供述調書を作成すればいい。

コーヒーを飲みほし、カップをデスクにおいて、枝衣子は腰をあげる。

「大変なときに失礼な質問もしましたが、仕事ですのでお許しください。のちほど別の刑事がうかがったときも、ご協力を」

夫人が腰をあげかけ、その腰をすぐに戻して、下から枝衣子を見あげる。

「あのう、久恵の遺体は、これから？」

「市の保管施設へ搬送されます。その後の日程はまだ決まっておりません。ご主人のご遺体も含めて、決まりましたらご連絡します。当分はお辛いでしょうが、お気をたしかに」

夫人に深く頭をさげ、柚香にも軽く会釈をして掃き出し窓へ歩く。慰めやお悔やみをいくら並べても意味はなく、夫人にしても聞きたくはないだろう。これからの夫人には夫と娘の葬式を同時に出すという、実務的な試練が待っている。増岡の葬儀は政党の支部が仕切る手はずになっていたらしいが、他殺でしかも犯人が娘という事実が公表されたら、どう対応するのか。

パンプスに足をいれて庭へおり、スチール製の物置まで歩いて引き戸に手をかける。案の定鍵はかかっておらず、なかには段ボール箱やプラスチックケースが山積みになっている。一角には五、六個の練炭が紐でくくられていて、となりにはちょうど火鉢が置いてあった程度の隙間がある。久恵がこの物置から練炭と火鉢を持ち出したことは間違いないだろう。

戸を閉め、歩きかけて菊に目をとめる。三本仕立てというのは一本の茎《くき》を三叉《みつまた》に分かれさせた育て方のようで、その三輪が今にも満開になりそうなほどの大きさになっている。柚香が水をやったのに葉はまだしおれたままで、花弁にもどこか勢いがない。ただ枯れきってはいないから、さっきの水で命はとり留めるだろう。

「だけど、それにしても、参ったわね」

真由美夫人の手から空になったコップを受けとり、卯月刑事が使ったカップと一緒に台所へ運ぶ。コーヒーは自分のためにいれたものだが卯月に提供してしまったので、柚香は新しくコーヒーメーカーをセットする。シンクには昨夜使ったものらしい食器もあり、まとめて洗い物にとりかかる。

今朝起きてアパートの窓をあけたのは八時半に近いころ。ちょうど制服警官が増岡家の門を入っていくところで、当然柚香はその経緯を注視した。警官は五分もしないうちに飛び出していき、少し遅れて増岡夫人も駆けだした。ふだんはその歩様に不自然さは見られないものの、駆け出すとやはりぎこちなくなり、その異常さに柚香も部屋を飛び出した。夫人を追っていくとすぐ駐車場について、なかには三、四人の刑事らしい男たち。しかし駐車場の入り口にはすでに黄色いテープが巡らされて、夫人に近づくことはできず。立ち番の制服警官に事情を聞いても答えはなかったが、クルマをとり囲んでいる男たちの様子からある程度の察しはついた。

そのうち夫人が倒れそうになり、一人の警官に支えられて自宅へ戻っていった。駅とは反対方向なのでそこに駐車場のあることは知らなかったし、増岡家がクルマを所有していることも知らなかった。だが刑事たちがのぞいているクルマが増岡家のものであることは明白で、柚香は勇躍《ゆうやく》増岡家へひき返した。そのときアパートから出てきた中村に事情を説明し、二人で増岡家を訪ねた。夫人はもうソファに座って刑事らしい男と話をしていたが、柚香が「懇意にしている近所の者だ」と自己紹介すると、刑事は「よろしく」と言って返っていった。

　柚香と中村はとりあえず夫人を横にさせ、ただ首を横にふるだけの夫人から、それでもなんとか久恵の死を聞き出した。夫人に分かるのはそれが「自殺らしい」ということだけでほかは要領を得ず。遺書でもないかと事務机や久恵の部屋を探したが見当たらず、コーヒーを用意したとき庭から顔を見せたのが卯月刑事だった。卯月が事情聴取に柚香の立会いを許したのは友情と信頼のたまもの、あの女刑事も冷淡そうな顔をして、なかなか信義にあつい人だ。

　いつだったかは「スッポンの枝衣子」なんて言ってしまって、ごめんね。なにしろ久恵の自殺は柚香にとって、足が震えるほどのスクープなのだ。

　洗い物を済ませ、新しくいれたコーヒーをもって事務所へ戻る。夫人はソファに身を横たえていて、薄く目を閉じている。

「増岡さん、二階へ行って寝《やす》みますか」

「眠いわけではないの。ただ躰に力が入らないだけ。あとで別の刑事さんも見えるらしいから、それまでは起きていないと」

「そうですね。早く済ませてくれればいいのに」

「柚香さん、迷惑をかけてしまって、ご免なさい」

「気にしなくていいですよ。どうせ暇ですから」

暇だから増岡家の問題に首をつっ込んでいる、という表現が不適切だったことを反省し、柚香はカップをデスクにおいて玄関わきの小部屋へ歩く。選挙前までは増岡の書斎だったというが、選挙が始まって以降は久恵の居室として使われていた。そこにはスチールの簡易ベッドがあり、久恵の衣類や寝具もある。

ベッドから羽布団をとりあげ、事務所へ戻って夫人の身にかけてやる。それほど寒くはないだろうが今日は天気が悪くて、空気にも重苦しい湿気がある。

「ありがとう。ただお隣の人というだけなのに、何からなにまで、本当に、ありがとう」

どうせ暇ですから、という言葉はつつしみ、椅子に腰をのせてコーヒーを飲む。ドリップしているときから香りのよさには気づいていたが、この豆はキリマンジャロだろう。

「増岡さん、大きなお世話でしょうけど、ご主人やご親戚への連絡は？」

「主人は、だって、もう」

「そうではなくて、久恵さんの」

夫人がほっと息をつき、目をあけて、羽布団を肩の上までかきあげる。

「そうね、すっかり忘れていたわ。主人が死んだときさえ顔を見せなかった人だけど、一応は久恵の夫だし、知らせないわけにもいかないでしょうねえ」

「わたしでよければかわりに」

「ええ、でも、今日は誰にも会いたくないの。今夜ひと晩だけでも一人でゆっくり休みたい」

「ご親戚とか久恵さんの友達とか、あとで名前を言ってくれればわたしが連絡しますよ。どこかに名簿もあるはずだし」

「お願いするわ。本当は自分でしなくてはならないことなのに、今はとにかく、気力がわかないの」

美容室の川原明子に事情を聞いているから、夫人の身内に見当はつく。増岡の親戚もみんな北海道だというし、たとえ久恵の死を知らせたところで急遽駆けつけるような人間はいないだろう。駆けつけたところで久恵の遺体があるわけでもなく、しかし知らせるだけは知らせなくては、あとで夫人が非難される。

「なにもかもねえ、みんなあの選挙のせいなんですよ。あんなことに関わらなければ、今ごろは主人と二人、菊の手入れでもしていたものをねえ。その机もファクス機もコピー機も、見るのもイヤ。早く捨ててしまいたいわ」

柚香の知っている限り、夫人と増岡や久恵の仲がそれほど良かったようにも思えないが、それでも夫婦と親子。久恵だって生きていれば母親の面倒ぐらいはみたろうし、日常生活に不自由もさせなかったろう。この家に一人残されて、夫人はこれから、どうやって暮らしていくのか。

「増岡さん、事務所の整理ぐらいかんたんですよ。リサイクルショップに売ればいいだけのことです」

「でも、警察の捜査が」

「家宅捜索が済めば向こうの仕事は終わりです。いくら警察でも他人の財産に手はつけられません。駐車場のあのクルマだって、売ろうと捨てようと増岡さんの自由ですよ」

「そうなの。私、そういうことには疎《うと》くてねえ。これから頑張らなくてはと思うけれど、なにから手をつけていいのか、まるで分からないの」

柚香にも自分の性格に関して、ほんの少しだけ出しゃばりだという自覚はあるけれど、物事には成り行きもある。どこからどう見ても夫人に実務能力があるとは思えず、助けてくれる身内もない。袖すり合うも他生《たしょう》の縁《えん》、義を見てせざるは勇無きなり。ここはボランティアからのいきがかりでひと肌脱ぐより仕方ないか。それになんといっても柚香には、週刊講文での大スクープが待っているのだ。

早く部屋へ戻って記事の構成を考えたいところだが、警察の事情聴取が終わるまではつき添ってやろうと、柚香はメガネを押しあげる。

「さっき中村さんも言っていましたけどね。家の片付けでも葬儀の手配でも、なんでも手伝いますよ。でも河合くんは家に入れないほうがいいです」

「河合くんというのは」

「アパートの人。ヘンな宗教に嵌まってるみたいで、気持ち悪いの。あれなら水沢さんのほうがいくらかましです」

「ご免なさい。水沢さんという方も存知あげないの」

「となりの部屋の人で、もうとんでもない女たらし。そのくせわたしが、いえ、でも見かけよりはいい人だし、机や家具を動かすぐらいなら役に立ちます」

「あなたのアパート、面白そうな人たちばかりねえ。なんだかみなさんが羨ましい」

中学時代はもう地元のアイドルだったという夫人の半生を思い描き、さすがに柚香も、気持ちが暗くなる。夫人は選挙さえなければ、と言うが、そのもっと昔の交通事故さえなければ、まるで別な人生になっていたろうに。

そうか、久恵の死を水沢に知らせなくては、と思いかけ、しかし知らせてどうなる、と考え直す。夫人とは直接の面識もなさそうだし、呼び出したところでせいぜいビールを飲むぐらい。家の片付けは手伝わせるにしても、事件そのものは今夜にでも教えてやればいい。

夫人が少し身をよじり、枕代わりのクッションに頰を押しつけて、眉間に皺を寄せながら事務所内を見渡す。

「机も電話もそのスタンドもコピー機も、なにもかも、今すぐにでも捨ててしまいたい」

今すぐに、というのも極端だが、柚香にも夫人の気持ちは理解できる。

「リサイクルショップの買い取り額なんて嘘みたいに安いですけど、それでよければ手配します」

「お金の問題ではないの。早く気持ちの整理をつけたいのよ。事務所を元の居間に戻して、元の生活に戻りたいの」

「そうですね、それがいいかも知れませんね。リサイクルショップは調べておきます」

「ありがとう。まさか柚香さんに、ここまでお世話になるとは思わなかったわ。あなたのように元気で優しい娘がいたら、私の人生も楽しかったでしょうにねえ」

柚香だって半分はスープの下心で、しかし半分は本物の心意気。人間の気持ちなんてそういうふうに、混沌《こんとん》としたものなのだ。

「増岡さん、考えたら、朝食がまだでしょう」

「ええ、でも、まるで食欲が」

「スープぐらい飲んだほうがいいですよ。わたしがつくります。なにかお腹に入れたほうが気持ちも落ち着きますからね」

「そこまでお世話になっては……」

「わたしも朝食がまだなんです。かんたんにつくって二人で食べましょう」

ちょっと図々しいか、とは思ったけれど、警察が来るまではつき添うつもりだし、現実問題として空腹にはさからえない。

柚香はコーヒーカップをもって腰をあげ、そうだね、事務所をぜんぶ片付けて居間にしたほうが暮らしやすいだろうね、と思いながら台所へ向かう。増岡家の台所はもう、勝手知ったるもの。パンケースに食パンはあるし、冷蔵庫には卵やハムぐらいは入っている。野菜や肉か魚を見繕《みつくろ》えばスープもつくれて、サンドイッチもつくれる。一瞬頭のなかに、このまま「家賃無料《ただ》の居候《いそうろう》に」という名案もひらめいたが、さすがにねえ、いくらなんでもそれは、図々しすぎるよね。

6

ピザなんかデリバリーかテイクアウトが定番だろうに、枝衣子は生地《きじ》の段階から自分で焼くという。

「薄力粉と強力粉とでは、どこがどう違うんだ」

「同じ小麦でも種類が違うのよ。強力粉はグルテンが多いから粘《ねば》り気《け》が出るの。好みの問題ではあるけれど、わたしは薄力粉の割合を多くする」

「おれもピザ生地は粘らないほうがいい」

「ねえ、お願いだから、向こうへ行ってくれない？　見られていると落ち着かないの。外付けＨＤＤに映画が入っているわ。操作の仕方は分かるでしょう」

ピザ生地を混ぜながら枝衣子が椋の顔をひと睨みし、唇を笑わせて、肩をすくめる。薄力粉と強力粉を合わせて塩とイースト菌をふりかけ、それを温水でこねてから直接スキレットに成形する。イースト菌はしばらく発酵《はっこう》させ、底面を焼いてからベーコン、生ハム、玉ネギ、チーズをたっぷりトッピングしてオーブンで焼きあげる。トマトまで加えると甘みが出てしまうので、枝衣子の特製ピザでは使わないのだという。

水沢椋は肩をすくめ返してから、リビングに戻って綴《つづ》れ織《お》りのラグマットに腰をおろす。枝衣子のマンションはJRの三鷹駅から徒歩十分弱の場所にあって、ベランダへ出ると東南方向に井《い》の頭《かしら》公園の森が見渡せる。二十畳ほどのリビングキッチンに寝室が二つあるから夫婦に子供一人ぐらいならじゅうぶん暮らせる間取りだろうに、枝衣子は一人暮らしで、しかもローンを組んですでに購入済みなのだという。

枝衣子から電話がきて「今夜は一緒にピザを食べたい」と言われたとき、椋は理由を聞かずに承諾《しょうだく》した。待ち合わせたのは三鷹駅の南口で午後八時、どこかにうまいピザ屋でもあるのだろうと思っていたが、枝衣子はすでにスーパーのレジ袋を持っていてそのまま自宅のマンションへ案内された。途中で東田久恵の自殺は聞かされたものの、それ以上の説明はなく、椋も詮索《せんさく》はしていない。昨夜は撮影現場での研修があり、学生をテレビ局へ引率《いんそつ》したのでアパートに帰ったのは夜中すぎ。久恵の自殺は初耳だったが、枝衣子だってなにかの屈託があるから誘ったのだろうし、話したければ話せばいいし、話したくなければ話さなくてもいい。

椋は出されている缶ビールに口をつけ、リモコンを操作してテレビをつける。リビングにはソファも立ち机もなく、向かいの壁には中型テレビと書棚、その横にはロータイプの書き物机にパソコンがおかれている。猫か室内犬ぐらいは飼えそうな広さだが、ベランダの近くに大鉢のカポックがおかれているだけでポスターもない。この部屋へついてから枝衣子はすぐ寝室でワンピースの部屋着に着替え、椋に缶ビールを出してからピザ作りを始めている。

テレビの画面を録画ストックに切りかえると十五本ぐらいのリストがあって、椋はピーター・セラーズの『チャンス』を選んで再生させる。ずいぶん昔の映画だが、知的障害のある初老庭師があわやアメリカの大統領に、というお馬鹿なストーリーが洒落ている。テレビの二時間ミステリーを枝衣子は「くだらない」と言ったくせに、刑事ドラマを三本も録画しているところが笑える。

枝衣子がガラスの小皿と缶ビールを持ってきて、椋の向かいに腰をおろす。ショートの髪をうしろにまとめたから首筋が美しく、ルーズなワンピースが躰の動きを優雅に見せる。

「わたしが自分で漬けたの。ピザが焼けるまでもう少し待ってね」

小皿にはナスとカブの漬け物が盛られていて、爪楊枝《つまようじ》が二本立っている。

「ナスの紫色が素晴らしいな。でも、自分で漬けたというのは？」

「糠床《ぬかどこ》をつくってあるのよ。上京してからいくつも市販の糠漬けを試したけど、みんな口に合わない。それで実家から種糠を送らせて、自分で糠床をつくったの」

「美人で脚が奇麗というだけでもルール違反なのに、糠味噌《みそ》まで自分で？」

「今はギャグを聞く気分ではないの。おとなしく召しあがれ？」

枝衣子が悪ガキを咎めるような目で口元に力を入れ、缶ビールのプルタブをあけて、ほっと息をつく。安アパートでの貧乏暮らしにも慣れたはずなのに、こういうまともな部屋で自家製の糠漬けまで出されると気分が落ち着いてしまう。

「あら、『チャンス』ね。わたしもこの映画、大好きよ」

「公開当時は流行《はや》らなかったらしい。日本人は高級な馬鹿ばかしさが苦手なんだろう」

この映画は何度も見ているから、字幕なんか読まなくてもストーリーは分かる。それは枝衣子も同じだろう。

「水沢さん、ひとつ聞いていい？」

「うん、君は糠漬けの天才だ」

「ありがとう。でもそのことではなくて、一昨日の朝のこと。本当は目を覚ましていたんでしょう？」

昼過ぎまで意識がなかった、と答えかけ、椋は無意味な抵抗になんの意味があるのか、と思い直す。ギャグや皮肉でごまかす椋の本心なんか、どうせ枝衣子には見透かされる。

「ひどい二日酔いだったけど、目は覚めていた」

「なぜ寝たふりを？」

「恥ずかしくてさ」

「わたしとの関係が？」

「まさか。うまく説明できないんだけど、なんというか、自分が中学生ぐらいの子供に戻ってしまったような、情けないというか、要するに、恥ずかしかった」

枝衣子が顎をつんと突き出して、テーブルに片肘をのせ、ビールの缶をゆっくりと口へ運ぶ。

「そういえばね、中学生のとき、クラスに水沢さんに似た不良がいたわ。勉強が嫌いで喧嘩ばかりして、わたしは優等生のグループだったから近寄らなかったけど、なぜかずっと彼のことが気になっていた。人間はない物ねだりをする生き物ね」

「その不良は、今？」

「暴力団に入って殺されたとかいう噂。噂だから、実際のところは分からないけれど」

暴力団ほどではないにしても、椋も社会の規範から外れた生き方をしているのだから、似たようなものだ。枝衣子の言うとおり、人間はない物ねだりをする生き物なのだろう。

「それより、増岡の娘がどうとかいう話は、聞かなくていいのか」

「もちろんたっぷり聞かせてあげる。ピザが焼けたらワインを出して朝まで絡むつもり。覚悟しなさいね」

「最初にアパートの路地で君を見かけたときから覚悟はしている。どうせ明日は土曜日だしな」

言葉を出しかけ、しかし枝衣子は口の端に力を入れただけで、ビールの缶をテーブルにおく。キッチンのほうからはかすかにベーコンの焼ける匂いが流れてくる。

枝衣子が腰をあげてキッチンへ向かい、椋はビールに口をつけて、ナスとカブの漬け物に手をつける。母親も糠漬けなんか市販品で済ませていたし、この三十二年の人生で自家製の糠漬けを食べるのは、もしかしたら、初めてではないのか。国分寺の居酒屋で食べたスカンポも初めてだったし、枝衣子はタンポポやアザミの新芽も天ぷらにするというから、それもいつかは食べることになるかも知れない。

テレビを見ていても手持無沙汰なので、椋も腰をあげてキッチンへ向かう。

「食器でも運ぼうか」

「そうね、棚にあるものを適当に」

小鉢や皿類もすべて二、三枚ずつ程度で、数が少ないからあまり来客のない部屋なのだろう。箸や湯呑にも男用らしい物はない。

小皿と箸類を適当に運び、またキッチンへ戻って枝衣子の手元をのぞく。青アスパラガスにブロッコリースプラウトを添えて生春巻きをつくっているが、長ネギの髭切もアレンジされている。

「参ったね」

「え?」

「美人で脚が奇麗で……」

「そこまで。あまり言われると皮肉に聞こえるわ」

「だけどなあ、自家製のピザに自家製の糠漬けに生春巻きまで自分でつくる。今までよく独身でいられたな」

「男性に対して点数が辛いの。でもあなたのように、点数のつけようのない人は初めてよ」

「優等生だから不良が珍しいか」

「たぶんね。それより今の『参ったね』という言葉、わたしも昨日から何度も使っていたの。理由をこれから聞かせてあげるからワインとグラスをテーブルに出してくれる?」

椋は「はいはい」と返事をし、冷蔵庫から白ワインを抜いて食器棚にグラスを探す。ワイングラスはないから、ロックグラスでいいのだろう。

椋がテーブルをセットすると、枝衣子がワインオープナーと生春巻きを運んできて、つづけてピザもスキレットのまま出してくる。ベーコンやチーズがたっぷりのってガーリックとバジルがかすかに匂い、視覚と嗅覚《きゆうかく》が上品に食欲をそそってくる。

椋は「参ったね」という台詞を自重し、ワインをあけて二つのグラスに注《つ》ぐ。冷蔵庫にはまだ何本かイタリアンワインが入っていたから、通販かなにかでとり寄せたのだろう。

「スキレットが熱いから気をつけてね。とり分けてあげましょうか」

「君なあ」

「なあに？」

「いや、あの路地で会ってから一週間もたっていないのに、なんだか、世界が変わってしまった」

グラスを重ね、生春巻き、ピザ、カブの糠漬けと、少しずつ賞味する。すべてが完璧で目の前の枝衣子も完璧、この場面で「参ったね」という言葉以外に、どんな感想がある。

枝衣子がひと切れピザをつまみ、自分の味付けに満足したような顔で、ウムとうなずく。

「忘れないうちに話しておくけど、小清水さんにあなたから、もう事件には関わらないようにと釘を刺してもらえるかしら」

「どうしておれが」

「彼女はあなたの言うことなら聞くでしょう」

「たんに部屋がとなりというだけだ」

「それでもいいの。記事にする場合でも、警察の正式な見解が出るまでは待つようにと」

椋だって一昨日の朝、柚香が布団にもぐり込んできたことぐらいは知っていたが、わざと寝たふりをつづけた。半端な人生にも節度はある。

「詮索するつもりはないけど、増岡の娘が自殺したということは、つまり？」

「もっと詮索して」

「うん、だから」

「父親殺しの犯人は娘の久恵だった。彼女は病死で済むとたかをくくっていた。父親の死はどこからどう見ても病死だったし、疑っていたのはわたしぐらい」

「君はキャリアアップのために殺人の可能性をまき散らした。つまり久恵を自殺に追い込んだのは君だから、自責の念にかられている」

「あなたってなかみは子供ね」

「悪かったな。どうせ君にはなんでも見抜かれる」

枝衣子がワインを口に含んで、くすっと笑い、膝立ちで椋のとなりに場所を移してくる。香水やコロンではない枝衣子の匂いが椋を包み、記憶のなかに枝衣子の肌がよみがえる。

「わたしはあなたほど感傷的ではないの。せっかく課長や署長を動かして、警察も〈事件性あり〉の捜査を始める矢先だった。それなのに久恵は〈自殺〉で逃げ切ってしまった。

わたしはいなかったけど、一昨日は所轄へ抗議に来たという。今から思えば警察の動きを探りに来たんでしょうね」

「警察は増岡の死を正式に他殺と？」

「建前は病死と殺人の両面捜査。でも本庁の専門家が遺体を検証して事件性ありと判断した。昨日は司法解剖も始める予定だったの」

「久恵が父親の市議を殺した動機は」

「そこが面倒なのよね。家族間の軋轢《あつれき》や葛藤《かっとう》は外から見えにくい。子供のころああだったとかこうだったとか、虐待があったとかなかったとか。あるいはたんに、外出から帰ってきたら父親がポルノを見ていたので、カッとなったとか」

「なんだ、それ」

「死ぬ直前に増岡市議はインターネットで、見てはいけない映像を見ていたらしいの。パソコンのスイッチは夫人が切ったというけれど」

「女房と娘の留守にこっそり、インターネットでポルノか。ある意味では微笑ましい」

「いずれにしても久恵の父親殺しは、『はい、これです』という明確な動機は提出しにくい。もしかしたら病死で片付けられるかも知れないわ」

「しかしそれでは逆に、娘の久恵が自殺した理由を説明できなくなる」

「理由なんかどうにでもつくれるわ。選挙で激変した生活のストレス、父親の死に対する絶望、飲酒や睡眠薬の多量摂取《せっしゅ》による衝動的な自殺願望。実際に夫人の証言でも、最近の久恵はパニック状態だったという」

「そのパニックで久恵は君から逃げ切った」

「だから腹が立つの。死んだ人間にまで腹を立てるなんて、自分で思っているよりわたし、粘着気質なのかも知れないわ」

枝衣子が肩を椋の肩に寄せ、ワインを口に運びながら、自嘲《じちょう》的にため息をつく。枝衣子の落胆は理解できるし、久恵に対する怒りも理解できる。

「久恵は遺書かなにかで、君や警察を非難しているのか」

「遺書は見つかっていない。パソコンはまだ解析中だけど、ケータイの録音機能には警察や政党の支部に対して、バカだの無能だの死ねだの、もう悪口雑言《あっこうぞうごん》を喚き散らしている。完全に心神耗弱《しんしんこうじゃく》状態ね」

「昔からよくある嫌がらせ自殺のようにも見えるが」

「昔からよくある？」

「江戸時代にもそういう自殺はよくあった。たとえば、旗本の子供が二人で遊んでいて、一方がいたずらで相手の脇差《わきざし》をとりあげ、そのまま自分の屋敷へ逃げ込んで門を閉めてしまった。脇差をとられたほうは自分の屋敷へ戻って、どこかから刀を見つけて相手の屋敷へひき返し、門前で割腹《かっぷく》自殺をした。今でも子供が『AとBにいじめられるので生きていけない』とかいう遺書を残して自殺するだろう。それと同じ理屈だ。自分の命を絶って相手に永遠のプレッシャーをかけつづける。自殺してしまえば、世間は必ず自分に同情し、いじめたという子供やその親や学校を非難する。一種の呪いみたいなもので、自分の命で他者に嫌がらせをする人間は意外に多い。かりにの話だが、自殺した子供が卑劣《ひれつ》な性格だったと知っていても、関係者はその事実を口に出せない。君だってもう、久恵の行為や人格を非難できないだろう」

「だからあなたにはたっぷり愚痴を聞かせてあげる」

「自家製のピザと生春巻きと糠漬けにはそれだけの価値があるさ。加えてその奇麗な顔と脚なら、じゅうぶんにおつりがくる」

枝衣子が肩で椋の胸を突き、声に出して笑いながら、両膝を胸のほうへひき寄せる。テレビからはピーター・セラーズがとぼけた顔で、羨ましそうに枝衣子と椋を見つめてくる。

「だけどな、今と昔のちがいは、腹を切った旗本の子供とその親も処罰されたことだ。子供といえども武士にあるまじき卑劣なおこない、というのが理由だった。時代によって価値観は変わるし、どちらが正解なのかは、おれにも分からないけどな」

どちらが正解なのかは分からない、とは言ってみたものの、実際には分かっている。枝衣子が苦労してせっかく殺人を立件しようとした矢先に「逃げ切ってしまった」久恵の卑《ひ》怯《きょう》さにも腹が立つ。しかしもちろんそれは、久恵の死が本物の自殺であれば、の話だが。

「久恵の死はたしかに、一見は昔からある嫌がらせ自殺らしいけど、状況は？」

「クルマのなかでの練炭自殺」

「増岡の家にクルマはないだろう」

「裏のほうに月極めの駐車場を借りていたの。名義はまだ増岡議員だったけれど」

「練炭自殺なあ。古いというか、流行りというか」

「練炭も火鉢も自宅の物置から持ち出したもの。死亡推定時刻は夜中のいつか。血中から多量のアルコールと睡眠薬が検出されるはずだし、ドアはすべて内側からロックされていた。ベテランの捜査員たちも、どこからどう見ても自殺で間違いないという」

「どこからどう見ても、か。増岡も当初は、どこからどう見ても病死だった。二つの死には『どこからどう見ても』という部分が共通している」

「それは、たまたま」

「君自身は百パーセント、久恵の死を自殺だと思うのか」

枝衣子がグラスを口につけたまま首をかしげ、横から椋の顔をのぞいて、少し目を細める。

「自殺に間違いはないとは思うけれど、釈然としない部分も、なくはないのよねえ」

「たとえば」

「菊が枯れかけていたの」

「菊？」

「増岡議員が丹精《たんせい》込めていた菊を、夫人は枯らそうとしていた。故意かどうかは分からないけれど」

「おれの部屋からも菊の大鉢が見えたかな」

「夫人の様子もね、娘の死で憔悴《しょうすい》しているのは事実、でも同時に肩の荷をおろしたような、なんとなく解放されたような、そんな感じがするの。ただそれはわたしの受けた印象で、夫人の本心までは分からない」

「君とメガネが言っていた、久恵の父親は横田とかいう医者説は」

「夫人は笑って否定したわ。中学時代の同級生が偶然、横田医院に婿養子に入っていただけみたい」

「夫人の説明では、だろう」

「そうだけど、あなた、まさか？」

「君やメガネは最初から増岡氏の死を疑っていて、そこに娘の自殺。ストーリー的には逃げ切れないと覚悟した久恵がみずから命を絶ったように見えるから、理屈が通ってしまう。だけどおれは君に惚《ほ》れてしまっただけの、たんなる第三者だ。そういう部外者から見ると、久恵の自殺は話がうますぎる気がする」

「あなた、今、さらっとなにか言ったでしょう」

「どうだかな。ピーター・セラーズの台詞じゃないか」

「映画は字幕スーパーよ」

「君は頭のなかに自動翻訳機をもっている」

「往生際《おうじょうぎわ》の悪い人ねえ。でもいいわ。今夜はしつこくネチネチ攻めて、しっかり自白させてあげる」

枝衣子が二つのグラスにワインをあけ、空のボトルをもってキッチンへ歩く。ルーズなワンピースが脹脛《ふくらはぎ》のあたりで優雅にゆれ、ベランダには上がっていたはずの雨音がよみがえる。

「水沢さん、寒かったら窓を閉めて」

「これぐらいがちょうどいい。君の部屋は雨の音までお洒落だ」

「芸術学院ではないのよ。そういうクサイ台詞は講義のときにしましょうね」

戻ってきて、新しいボトルを椋にわたし、枝衣子がまた肩の接する位置に腰をおろす。夏になれば枝衣子の部屋着もショートパンツに替わるのだろうが、今からそんなことを期待してどうする。

「わたしもね、頭のなかでは可能性を検討しているの。でも久恵の死を他殺と考えるのは、難しいのよねえ」

「久恵という娘には旦那がいるだろう」

「父親の選挙以来完全別居ね。久恵がしつこく離婚を迫っていた理由は東田という夫にマリファナでの逮捕歴があったから。父親が議員になって、まして久恵はその後釜を狙っていた。夫がマリファナ男では都合が悪いでしょう」

「別れるの別れないの、死ぬだの殺すだの、案外そんな単純な事件かも知れないな」

「そうねえ、調べ直してみようかしら。でもクルマの鍵はすべて内側からロックされていたのよ」

「クルマの種類は」

「わたし、詳しくないの」

「今の鍵にはイモビライザーという電子回路が組み込まれている。キーとクルマ側のIDコードが合わなければドアも開閉しないし、エンジンもかからない。だがそのキーだって四、五万円で複製できる。少し古いリモコンキーでも理屈は同じ。もっと古いアナログキーだったとしても、たとえばあらかじめキーをロックして外側から強くドアを押せば鍵はかかってしまう」

「つまり、クルマのドアがすべて内側からロックされていたとしても、乗っていたのが久恵一人とは限らない」

「うん、まるで君は刑事のようだ」

「あなたのほうこそ、事件に関心はなかったはずでしょう」

「このピザとワインだぞ。それに今夜はひと晩じゅう、君に絡まれていたい」

枝衣子が膝と肩を寄せてきて、顎を椋の肩にのせ、グラスをあけてワインを催促《さいそく》する。前回よりその酔いが早いのは、自分の部屋だという安心感があるのだろう。

新しいボトルをあけて、椋が二つのグラスにワインをつぐ。

「素人のおれが口を出すのも僭越だけど、やっぱりどうも、釈然としないな」

「そうなのよねえ。わたしとしてはせめて〈被疑者死亡のまま送検〉という線にまでもっていきたいけれど、久恵には事情聴取もしていなかった。増岡議員の遺体には頸椎のずれや鎖骨の骨折なんかもあって、他者からの圧迫が疑われる。でもそれも、死に際にもがいたものと解釈できなくもない。殺人を立件するためには犯人の自白が欲しかったけど、久恵から自供をとるのは不可能になってしまった」

「犯人が久恵ではないとしたら」

「だって、あのとき、あの家には……夫人の障害は前にも話したでしょう。あなたの言いたいことは分かるけど、それは無理よ」

「どうして」

「常識的に考えて無理ですもの」

「夫人の供述は？」

「外出から帰って疲れたので、一階のソファで何分かうとうと。その間に久恵が二階へあがっていって、議員の遺体を発見したと」

「夫人がそう話しただけだろう。もう誰もそのことを証明できない。ソファでうとうとしたのは夫人ではなくて、久恵のほうだったとしたら」

「可能性もあるけど、やはり無理よ」

「父親の死後、他殺の噂が広がれば、当然久恵は母親に疑いをもつ。なにかを目撃したか、殺人の証拠を握った可能性もある」

「だから夫人が娘の久恵まで？」

「久恵の死が自殺ではなくて殺人だとしたら、今のストーリーに整合性がでる」

「そうかも知れないけれど、そこまでは、ちょっとねえ」

枝衣子が尻をずらして距離をとり、目を細めたり鼻を曲げたりしながら椋の顔をのぞく。ファンデーションが剝《は》げかけたせいか、左の頰に小さいニキビが浮いて見える。

「面白いストーリーだけど、夫人はクルマを運転できないのよ。足に障害のある夫人が久恵を担いで、練炭や火鉢まで駐車場へ運ぶのは無理でしょう」

「そこは君の好きな二時間ミステリーで、なんとかならないか」

「わたしの好きな？」

「刑事ドラマを三本も録画してある」

「あなたねえ」

枝衣子の拳《こぶし》がのびて、つんつんと椋の胸を突き、また尻がとなりへ戻ってくる。推理談義なんかやめて今すぐ枝衣子を押し倒してしまいたいが、ワインはまだたっぷり残っている。

「おれも無理は承知だけどな。マンガみたいなトリックも嫌いだし、実際の殺人なんて相手の顔が気に食わないとか、レイプしようとしたら騒がれたとか、そんなものがほとんどだろう。だけど増岡夫人がクルマを運転できないというのも、もしかしたら夫人がそう言ってるだけかも知れない。あるいは共犯者か事後に夫人を助けた人間がいたら、クルマへの細工なんかどうにでもなる」

「どうしても夫人を犯人にしたいわけ？」

「君に絡まれる余地を残したいんだ。増岡の家に興味はなかったけど、こうやって事件がつづくと、あの家はなにかが不審《おか》しかった気がする」

「そうなのよね。わたしも最初に増岡家へ入ったときから、なにかがおかしい気はしたけど、そのなにかが分からないの」

「生活感かも知れない」

「生活感？」

「選挙が始まってからは人の出入りも多くなった。だけどそれまでは、なんというか、人が住んでいるのかいないのか、ちょっと分からないような家だった。おれの部屋から見えるのは二階のベランダと庭ぐらいだが、それでも生活感がなさすぎる。何十年も同じ家に暮らしていればたとえ整理整頓《せいとん》好きな家庭でも、もっと人生の澱が溜まってくる。あの家にはその澱がない気がする」

「人生の澱ねえ」

枝衣子が腰をあげ、ちょっと首をかしげながらベランダの窓を閉めにいく。映画が終ったので椋はリモコンでテレビのスイッチを切る。

「曖昧で難しい表現だけど、分かるような気もするわ」

窓とカーテンを閉め、戻ってきて、枝衣子が残っていたピザを平らげる。

「あの家、一階は議員の事務所だから雑然としているけれど、階段から上は家具にも調度にも、あなたの言う澱みたいなものが感じられなかった」

「北朝鮮のスパイが夫婦を装って潜入していたのかな」

「ヘタな謀略映画は嫌いよ」

「今のは冗談だ。ただ、なんとなく、明治維新の悲劇を思い出した」

枝衣子の肩がゆれ、それが壊れた振り子のように、こつんこつんと椋の肩を打つ。言葉や口調に乱れはないが、視線はどこかぼんやりしている。久恵の自殺騒動で相当に緊張したはずだから、今日は疲れているのだろう。

「ねえ、明治維新の悲劇って？」

「眠いんじゃないのか」

「眠ったらあなたに絡めないでしょう。それにあなたの蘊蓄《うんちく》を聞いていると、不思議に心が落ち着くの」

「安上がりな女だな」

「逆よ、請求書を見たらびっくりするわ。それで明治維新の話は？」

椋はグラスにワインを足してから、残っていた生春巻きを平らげる。ピザも小ぶりだったし、あとで冷蔵庫を掻きまわして枝衣子に夜食でもつくってやるか。

「明治維新では幕府が倒れて、武士と商人の立場が逆転した。それまでは商人なんか、たとえ三井《みつい》や鴻池《こうのいけ》でも家に玄関をつくれなかった。武家への出入りも玄関は使えず、みんな裏口からだった」

「いつか教室で先生の講義を聞いてみたいわ」

「君も暇があったらアイドルになるといい」

「わたしは今でも国分寺署のアイドルよ。オヤジ連中を手玉にとっているの」

枝衣子がにんまりと笑ってグラスをさし出し、椋がそのグラスにワインをつぐ。

「それでな、明治維新では旗本が没落。逆に商人連中は明治政府と結託して大儲《おおもう》け。それまでは裏口からしか出入りできなかった商人が、没落した旗本の妻女や娘を金で買い漁《あさ》った。いくら生きるためとはいえ、卑《いや》しい商人に金で買われた女たちの悲哀《ひあい》に想像はつく。増岡氏と夫人の関係もちょうど、旗本のお姫様と……」

「はい、そこまで」

ふと枝衣子が肩を離し、背筋をのばして、立てた人差し指で椋の口をふさいでくる。ぼんやりしていた目も焦点《しょうてん》を結んで、唇がかすかにひらかれる。

「ねえ、少し寒くない？」

「うん、いくらか」

「お風呂で温まってから、ベッドのなかでゆっくり蘊蓄のつづきを聞くというアイデアは、どうかしら」

「おれの三十二年の人生で、最高のグッド・アイデアだな」

「ワインもまだたくさんあるわ。それから、時間もね」

枝衣子が腰をあげ、椋のほうへ手をのばし、椋もその手をとって腰をあげる。

「弟が上京したときに着るパジャマがあるから、それを貸してあげる」

本物の弟か、と言葉に出しかけて、もちろん自重する。そういうクサイ台詞は学院の女子学生あたりを相手に使えばいい。

「バスルームはこの奥よ。湯温は自動設定にしてあるわ」

「君は？」

「ワインの肴にチーズとサラミを用意する。すぐ行くから先に入っていて」

枝衣子が椋の背中を押し、自分はキッチンへ入って冷蔵庫をあける。枝衣子の横顔はハミングでもしているような感じで、これが幾日か前アパートへ聞き込みに来た冷淡な刑事と同じ女なのかと、不思議な気分になる。枝衣子がここまで心をひらいたのはたんなる気まぐれで、事件が片付けばまた元の非情な女刑事に戻ってしまうのかも知れないが、そんなことは椋のほうが覚悟をしておけばいい。東田久恵の死で内心には相当の屈託があるはずだから、今夜は枝衣子の気が済むまで「愚痴」を聞いてやろう。

そうか、枝衣子にだって弟ぐらいいるよな。

どうでもいい独りごとを言いながら、椋は洗面所へ向かい、明かりをつけて鏡を見る。頰と顎には無精ひげが浮き、髪もぼさぼさ。コンビニで髭剃《ひげそ》りぐらい買って来ればよかったな、とは思ったものの、今さら仕方ない。

服を脱いで籐《とう》製の脱衣籠《だついかご》に始末し、鏡に映っている脂肪《しぼう》のつき始めた腹を、椋は意識してへこませてみる。

「参ったね」

7

真由美夫人が掃き出し窓の端に腰掛けて、ふりそそぐ庭の陽射しに目を細めている。ブロック塀側に意味のないヤツデが植わっているだけで、あとは物置と菊の鉢だけ。眺めたところで面白い庭でもないだろうに、この家で暮らしてきた歴史と夫や娘の死に対して、なにかの感慨《かんがい》があるのだろう。物置の屋根にはスズメがとまり、そのスズメがバイクのエンジン音で晴れた空へ散っていく。

小清水柚香はソファの前にすえたデコラのテーブルに頬杖《ほおづえ》をつき、リサイクルショップに売り払う物品リストをチェックしながら茶を飲んでいる。一昨日は卯月刑事が帰ってから二時間後ぐらいに三人の刑事が来て、二台のパソコンと段ボール箱二つ分の書類を押収していった。柚香は刑事に、クルマや机類を処分しても問題のないことを確認し、昨日はリサイクルショップを呼んで二脚の事務机と椅子、ファクス機、久恵の使っていた簡易ベッド、それからついでにアパートで使っている自分のベッドの売却を手配した。夫人はプリンターも不要と言ったが「これは使うかも知れない」と提言して残すことに。柚香のプリンターは調子が悪いので、あとで貰《もら》おうと思ったのだ。そのリサイクルショップが物品の引き取りにくるのは午後の一時、机だけでも庭に出せれば一階も片付くのに、柚香一人で動かせるのは椅子ぐらい。中村に手伝わせようと思って声をかけたが外出していて、それに水沢なんか昨夜も一昨日も顔さえ見せなかった。たまに庭へ出てアパートの二階を確認しても水沢の部屋はカーテンが閉まったまま。電話をするとどうせ水沢は「柚香はおれに惚れている」とか自惚れるだろうから、それは我慢している。

机に残っていた文房具類は段ボール箱に始末したし、問題は二階の座卓とテレビなのよねと、茶をすすってからうなぎパイをかじる。今朝は増岡家の洗濯をしてついでに自分も洗濯機を使わせてもらい、二階のベランダに干してから駅前のスーパーへ買い物に出た。夫人からは「三日分ぐらいの食料品を」と一万円を渡され、肉、魚、野菜、総菜などを調達した。そのとき菓子売り場に浜松名物の〈うなぎパイ〉があったので、つい買ってしまったのだ。他人のお金で自分のお菓子なんて、とは思ったけれど、柚香一人で食べるわけではなし、夫人にもちゃんと茶請《ちゃう》けとして出してある。

水沢でも中村でも、とにかく誰か帰ってこないかな。男手があれば机やベッドを庭に出して、二階から座卓とテレビをおろせる。夫人は久恵の使っていた部屋を自分の寝室にしたいといい、事務所を居間に戻せば階段の上り下りも少なくて済む。そうなれば二階の部屋は空くわけで、一昨日ひらめいた名案も案外現実味をおびてくるか。いやいや、それでは他人の不幸につけ込むようだし、いくら貧乏だからって人間には節度が必要だよね。でももしいつか、夫人のほうから「部屋代なんかいらないから同居を」と申し込んできたら、そのときは真摯《しんし》に対応しよう。

またうなぎパイをかじり、茶を飲んで、夫人のうしろ姿を眺める。昨日まではさすがに、夕方までほとんどソファに横たわっていたけれど、今朝柚香が訪ねたときは自分でコーヒーをいれていた。そのときの感想は「なんて奇麗な奥さんなのかしら」というもの。服装はいつもと同じようなスラックスとセーターなのに、横髪をうしろに流したせいか顔立ちの良さが際立っていた。雰囲気にも解放感のようなものがあって、口調からも疲労が消えていた。夫人だって卯月刑事との会話から、娘の久恵が父親殺しの犯人であることは知っている。内心には相当の葛藤があるはずなのに、言葉にも表情にも出さない。本質的に愚痴や泣き言が嫌いな性格なのかも知れない。

柚香も内心は、野次馬根性で、夫人の心境や認識を聞いてみたいのだ。経済的に問題はないのか、家のローンは済んでいるのか、市議は生命保険に入っていたのか、障害年金は支給されるのか。もともと贅沢な暮らしではなさそうだし、家のローンがなければ夫人一人、暮らしは成り立つか。よくよくお金に困ればこの家を売って、駅の近くに便利なマンションでも借りればいい。

まったくね、他人のことなんだから放っておけばいいのに、この天性のジャーナリスト魂《だましい》がどうしてもお節介《せっかい》を焼きたがる。つき合う男も柚香のそういう性格を最初は「可愛い」と言ってくれるのだが、時間がたつとウザッタイとかシツコイとかいって敬遠される。今回もスクープが狙いなのだから夫人に入れ込みすぎるのはまずい。そうはいっても一昨日の電話を思い出すと、やはり夫人の身が心配になってしまう。

一昨日は夫人と相談し、代理人として柚香が何人かに久恵の死を知らせた。美容室の川原明子も「びっくり仰天」していたが、葬儀は未定と告げると「決まったらまた連絡を」と返事をしただけ。ほかの親戚も似たようなもので、自転車屋の東田なんか「葬式はそっちで勝手に出せ。死ぬと分かっていれば生命保険に入っておくべきだった」とまで言い放った。あんな男のライブなんか、たとえ仕事だったとしても、金輪際行ってやるものか。

台所へ立って急須にポットの湯をつぎ、掃き出し窓まで歩いて夫人の湯呑に茶をたす。それから夫人のとなりに腰をおろし、殺風景な庭に目をやる。

「いいお天気ですね。洗濯物がよく乾きます」

「そうねえ。この家でいい事と言ったら、二階のベランダに日が当たることぐらいかしら。自分がこの家で三十年も暮らしたなんて、なんだか信じられない感じがするわ」

夫人の口調も表情も穏やかで、その言葉にどんな意味があるのかは分からない。もっともまだ気持ちの整理はついていないだろうから、なかば放心状態なのか。盆においてある菓子鉢にも手はつけていない。

「増岡さん、うなぎパイは食べたほうがいいですよ。本物のうなぎエキスが入っているから疲れたときは元気が出ます」

夫人が目を細めて、にっこりと笑い、それでも菓子鉢には手を出さずに首を横にふる。残してはもったいないので、柚香は自分で食べることにする。

「あのね、大きなお世話だとは思いますけど、お墓はどうするんですか」

「お墓？　そうねえ、それも考えなくてはならないわねえ。いろんなことを考えなくてはならないのに、私、昨夜は推理小説を読みながら眠ってしまったわ」

「それがいいですよ。考えても仕方ないことは仕方ないし、物事は時間が解決してくれます」

そうはいっても葬儀が済めば議員と久恵の遺骨は残るわけで、好きでも嫌いでも、実務的な処理が待っている。

「ご主人の出身が北海道ですから、向こうにお墓はありますよね」

「そうでしょうねえ。でも私、主人の実家には行ったことがないの。あちらでは牧場をやっているらしいけれど」

結婚相手の実家に一度も行ったことがない、という状況も不自然だが、たしかに北海道は遠いし夫人には障害がある。しかしこんなに美人の奥さんなら、旦那さんだって北海道の親戚や友達に見せびらかしたかったろうに。そういえば選挙期間中も通夜の日も、増岡市議の友人というのは一人も見かけなかった。

「柚香さん、お墓って、何円《いくら》ぐらいするものなのかしら」

「規模や立地によりますけど、富士山の麓《ふもと》あたりでも百万円はするでしょうね。都内にはロッカー式のお墓もあります」

「なんでもよく知っているお嬢さんねえ。柚香さんがそばにいてくれて、本当に私、心強いわ」

それなら無料の居候を、という発言は、もちろん慎《つつし》む。

「今は散骨もできます。法律的に微妙なところもありますけど、支援する組織を取材したことがあるの」

「散骨というのはお骨を海や山に捨ててしまうこと？」

「考え方の問題ですよ。捨てるのか、自然に帰してやるのか、価値観は人それぞれです」

「散骨ねえ。広い海なんか、気持ちいいでしょうねえ。私なら死んだあと、ぜひ海に戻してもらいたいわ」

夫人が湯呑をとりあげて、遠くの空に海の風景を重ねるような表情で静かに息をつく。目尻に皺があって頬や首筋に歳相応のたるみは見えるけれど、それを修正すれば目元のきりっとしたアイドル顔。今だってエステに通って化粧をしてファッションをコーディネイトすれば、女性誌の中年モデルぐらいはじゅうぶん務まる。ただそれには、ハイヒールが必要になるが。

「それから、これも大きなお世話ですけど、クルマどうします？」

「クルマって」

「裏の駐車場においてある」

「ああ、あのクルマね、どうしたらいいかしら」

「もう誰も乗らないでしょう」

「私、昔大きい事故に遭《あ》ったせいか、クルマなんか見るのもイヤなの」

「それなら早く処分したほうがいいですよ。もう古いし、毎月毎月、駐車場代がもったいないです」

「本当になんでもよく気がつく……柚香さん、あなたにお願いできる義理ではないけれど、主人と娘のお葬式が済むまで、相談にのってもらえるかしら」

「ええ、もちろん」

「あとで必ずお礼をします」

「いえ、そんな」

「とにかくお葬式の日取りだけは早く決めたいわ。それが決まらないとほかのことが、なにも決められませんものねえ」

「わたしね、卯月刑事とはちょっと知り合いなの。もちろん仕事の関係で」

「そんな気はしていましたけれど」

「だからあとで、それとなく聞いてみます。ご遺体がいつ戻されるのか、押収されたケータイやパソコンはいつ返却されるのか」

「ケータイもパソコンも、私は使わないの。使い方も分からないし」

「これからは必要になりますよ。今は食料品でも日用品でも、なんでもインターネットで購入できます。使い方はわたしが教えてあげます」

「パソコンねえ。自分があんなものに関わるなんて、考えてもみなかった」

「フェイスブックやツイッターを始めればお友達も増えますよ。久恵さんのケータイは新しいスマートフォンですから、買えば高いです。使用者名義を変更してそのまま使ったほうがずっと得です」

夫人がため息をつきながら茶をすすり、口元を笑わせて、落ちてきた横髪を手櫛《てぐし》で梳きあげる。その仕草は優雅で上品、昨日までの夫人とは別人ではないかと、一瞬疑いたくなる。

「ねえ柚香さん、あなたには、私が主人や娘の死を悲しんでいないように見えるでしょう」

「気持ちの表現は人それぞれです」

「悲しいのか悲しくないのか、実をいうと、私にも分からないのよねえ」

夫人が自分の言葉に自分でうなずき、ちょっと肩をすくめて、目尻の皺を深くする。

「この三十年間の私は抜《ぬ》け殻《がら》だったの。主人と結婚するとき、人間として、してはいけない妥協をしてしまった。だから主人のほうは逆にこの三十年間、魂の抜けた私という躰と暮らしていたの。そういう主人の人生は、幸せだったのかしらね」

夫人の口調に抑揚はなく、物置の前におかれた菊のほうへ目を細めているだけで、それ以外に表情はない。

「私は主人に、この暮らしが幸せなのかどうか、一度も聞かなかった。主人のほうも聞かなかった。すぐに久恵が生まれて、それからは舞台の上で家族という芝居を演じていたようなもの。喧嘩もせず確執《かくしつ》もなく、毎日毎日、淡々と平凡な食卓を囲んでいただけ。そんな主人の人生が幸せだったのかどうか、聞いてみたい気もするのよねえ」

死んだ増岡の人生が幸せだったのかどうか。柚香は美容室の川原明子から概略を聞いただけだから、実際のことは分からない。でも美術品愛好家なんかはその壺《つぼ》や絵画を所有しているだけで満足を感じるというし、増岡にとっての夫人は本来自分の手には入らなかったはずの、貴重な美術品だった可能性もある。その美術品を外側から愛《め》でるだけの人生が幸せだったのかどうか、そんなことは本人にしか分からない。

「考え方の問題ですよ。わたしなんか単純な人間ですからね。過ぎたことはすぐ忘れます。奥さんだってまだ若いし、これからいくらでも楽しい人生が待っています」

「そうねえ、あなたと話していると、本当に元気が出る。お葬式が済んだら一緒に旅行でも……」

そのときブロック塀の向こうに水沢の顔が見えて、うなぎパイをくわえたまま、柚香は手をふって腰をあげる。

公営アパート街を抜けていくだけの遊歩道だが、なぜか西国分寺史跡通りという名称がついている。水沢椋はコンビニで買った一ダースの缶ビールをぶらさげ、ふりそそぐ陽射しを眺めながら史跡通りを福寿荘へ向かっている。土曜日のせいか父親が子供を三輪車に乗せていたり、スケートボードを走らせる小学生がいたりする。

ふらついているわけでもないのに、足がもつれた気がして歩幅を調節する。枝衣子には「このまま寝ていなさい」と言われたが、一般常識としてそうもいかず、報告書を作成するために出勤するという枝衣子と一緒に三鷹のマンションを出てきた。国分寺の警察署はJR国分寺駅のほうが近いらしく、枝衣子は中央線を国分寺駅で降りていった。どちらからも「この次は」などという言葉は出さず、聞くこともなく、しかしお互いに目の表情で「この次」が限りなく近いことは分かっていた。二人とも三十歳前後だからいい大人のはずなのに、枝衣子は椋を初恋にのぼせた中学生のような気分にさせてしまう。

明日は日曜日だし、早く部屋へ帰ってビールを飲んで、それから枝衣子が持たせてくれたキュウリとニンジンの糠漬けを肴にバーボンを飲んで、あとは布団にくるまってうとうとと枝衣子の夢を見る。この世にこれ以上贅沢な週末があるというのなら、誰かに教えてもらいたい。

史跡通りから多喜窪通りを越え、アパートのある一方通行の路地へ入る。一週間前は奇跡の天皇賞に、この路地での奇跡の出会い。枝衣子か椋が一、二分遅れていたら、そして椋がふり返って枝衣子の脚をじっと観察していなかったら、今の椋がキュウリとニンジンの糠漬けを持っていたかどうか。あのときは「女の体形を一瞬で見抜く才能」にどんな意味があるのか、と自嘲したが、ちゃんと、こんなふうに、素晴らしい意味があったのだ。

少し歩いてアパートの前についたとき、どこかから唸《うな》り声のようなものが聞こえる。首を巡らすと増岡家の塀向こうに柚香の顔があって、口になにかくわえたまま手をふっている。服装は今日も定番のジャージ、チョン髷に黒縁の大きいメガネも相変わらずで、椋は思わずため息をついてしまう。隣人だから顔を合わせるのは仕方ないにしても、いつだったか裸で寝ている椋の布団にもぐり込んできたことを、柚香は覚えていないのか。

手招きをしながらブロック塀の前まで歩いてきて、何秒か口をもぐもぐと動かしてから、柚香が肩で大きく息をつく。

「危なかった。うなぎパイを咽に詰まらせるところでした」

「朝から元気だな」

「もう昼です」

「さわやかで天気のいい土曜日はこれぐらいの時間でも朝という」

「どうでもいいですけど、二日間もどこをほっつき歩いていたんです？　大事な話があってずっと待っていたのに」

「君がおれに大事な話があることを、おれは知らなかった」

「そういう屁理屈《へりくつ》を言うのは中年の証拠です。もっと素直になりましょう」

「あのなあ、ビールを早く冷蔵庫に入れないと、ぬるくなってしまう」

柚香がブロック塀の縁《ふち》に手をかけ、背伸びをするように椋の手元をのぞいてヘタなウィンクをする。

「どうした、目にゴミでも入ったか」

「そうじゃなくて、もう少し近くへ」

「これ以上近づくと君に惚れてしまいそうだ」

「面倒な人ですねえ。とにかく、ちょっと」

顎をつき出して柚香が三メートルほど玄関側へ移動し、仕方なく椋も塀をはさんで場所をかえる。昨夜は久恵の自殺に関して枝衣子と蘊蓄をかたむけ合ったのに、帰ってくるまで、すっかり忘れていた。それに増岡の家だって夫人が掃き出し窓の前に腰をおろしているだけで、柚香以外に人の気配がない。自殺という死に方に問題はあっても、ふつうなら親戚や知人が集まるのではないのか。

「実はね、驚かないでくださいよ。一昨日、お嬢さんの久恵さんが自殺したんです」

「そうらしいな、卯月刑事から聞いた」

「はあ？」

「さっき乗ってきた電車でたまたま一緒になった」

「たまたま、電車で？」

「昨夜は学生たちと吉祥寺で飲んでしまってな。若いやつらは限度を知らなくて、困ったもんだ」

「いつかもどこかで、たまたま卯月刑事と会いませんでしたか」

「言われてみればそうだな。なにかの事件で、もしかしたら彼女はおれを尾行しているのかも知れない」

「なにかの事件って」

「知るか。教え子がマリファナを吸っているとか、おれの親父がゼネコンから賄賂《わいろ》をもらっているとか、なにかあるのかも知れない」

「そうですかねえ、なんだか怪しいですねえ」

柚香がちんまりした鼻を左右に曲げ、メガネを押しあげながら、また背伸びをする。

「水沢さん、糠漬けの匂いがしますよ」

「うん、ああ、昨日の飲み屋であまりにも美味かったから、もらってきた」

「吉祥寺のどこの飲み屋です？」

「君には関係ない。そういえば卯月刑事が、君に伝言をしてくれと」

「飲み屋さんで？」

「電車でだ。それでな、もう事件には関わらないように、記事を書く場合でも警察から正式な見解が出たあとにするようにと」

「記事はもう昨日から書き始めています。それに自殺のことだって昨日の三多摩《さんたま》版に出ています」

「だから、それは……」

　枝衣子の家にあった新聞にも東田久恵の自殺記事は出ていたが、それは表面的なマスコミ発表で記事自体も五、六行の短いものだった。

「正式見解というのは、たぶん、自殺の経緯や理由まで含めたものだろう」

「書くか書かないか、書いた記事をいつ週刊誌に持ち込むか、それはわたしの勝手です」

「卯月刑事の立場を考えろ。君がフライング記事を書いたら捜査に支障が出る」

「わたしにだって立場はあります。肝心《かんじん》なのは自殺の理由で……」

　離れているから声は夫人に聞こえないはずなのに、柚香が塀の間から手をのばして椋のジャケットをひき寄せる。

「いいですか水沢さん、この時点で久恵さんが自殺したということは、久恵さんがお父さんの死にも関係していることの証拠なんですよ。こんなおいしいネタを外したらジャーナリストの沽券《こけん》にかかわります」

「君、ジャーナリストだったのか」

「そんなことは最初から、いえ、ですからね、わたしだって勝負に出たいんです。『まさかあの人が』とかいうコメントを集めてまわる仕事から、卒業したいんです」

「気持ちは分かるが、なにしろ卯月刑事が、あれやこれやで、だから、そのことを考慮してくれ」

枝衣子は昨夜「被疑者死亡のまま送検」にしたいと言ったが、実際には増岡は病死、久恵のほうも心労による自殺で決着させる公算が大きいという。そんなとき柚香の暴露《ばくろ》記事が出たら警察のメンツは丸つぶれ、枝衣子の仕事にだって支障が出る。しかし、そうはいっても、柚香の気持ちも理解できる。

「なあ柚香くん、おれが君に別のスクープを提供したら、この件の発表を待ってくれるか」

「水沢さんが別のスクープを？」

「日本人なら誰でも知っている有名女優と、若手国会議員のW不倫だ」

「ダ、W不倫？」

「増岡と久恵の死も大事件だろうが、しょせんは田舎の市議会議員とその娘。記事にしたところでみんなすぐ忘れる。それに比べるとこのW不倫は社会的な影響が大きいし、テレビのワイドショーにもとりあげられる。うまくすれば君もスター記者になれるぞ」

柚香の口がぽかんとあき、メガネがずれて、その近視の目が倍ほどにも大きくなる。男と女がどこで何をしようと興味はないし、その暴露も下品だとは思うけれど、この状況では仕方ない。

「水沢さん、今の話、本当ですか」

「前の仕事ではそういう、くだらない秘密も知ってしまう」

「本当に、本当に、本当に」

「しつこい女だなあ。おれが君に嘘を言ったところで、なにも得はないだろう」

「信じていいんですね」

「おれと君の仲だ。しっかり信じてくれ」

「わたしと水沢さんは……」

柚香がメガネを押しあげ、いっそう塀に顔を寄せて、息がかかるほどの近さから椋の顔を見つめる。そのうち突然、なにか思い出したように、塀から手を離して一メートルほど飛びさがる。

「えーと、そうですね、信じることにします」

「ネタの裏取りは君のほうでするんだぞ」

「当然ですよ。裏が取れたらわたしだけのスクープではなく、週刊講文の大スクープです」

「こっちの件は？」

「もちろんペンディングにします。それで、女優と政治家の名前は」

「今夜にでもゆっくり話してやる。とにかく今は部屋へ帰って、早く休みたい」

ブロック塀から離れ、アパートへの階段に向かいかけた椋を、柚香がサンダルを鳴らして追いかけてくる。

「ちょっと、ちょっと、勝手な人ですねえ。まだ用は済んでいませんよ」

「向こうから人が歩いてくる。知らない人間には別れ話で喧嘩しているように見えるぞ」

「ですから、ちょっと、ちゃんと戻ってくださいよ」

柚香が椋の肘に手をかけて玄関口のほうへ歩き、抵抗する間もなく、庭へひき込まれてしまう。少し力を入れれば柚香の手ぐらいふり払えるが、今日は天気がよくてさわやかで、それになんといっても躰のなかにはまだ、枝衣子の余韻《よいん》がある。

「夜遊びをしていたバツに、ちょっとだけ手伝いましょう」

「なんの話だ」

「机を庭へ出したいんです」

「勝手に出せばいいだろう」

「一人で動かせれば水沢さんに頼みませんよ。この道をはさんでおとなり同士、増岡さんに義理があるでしょう」

増岡に義理なんかないし、柚香にもうんざりだが、この状況をやり過ごせば蠱惑《こわく》的で贅沢な週末が待っている。

柚香に背中を押され、仕方なく掃き出し窓の前まで進む。

「増岡さん、おとなりの水沢さんです。家具の移動を手伝ってくれます」

ここに至っては仕方なく、椋は増岡夫人に挨拶をする。遠くから見るとあか抜けないただの中年婦人だが、なるほど枝衣子の指摘どおり、顔立ちは怖いほどととのっている。昨夜は枝衣子を相手に〈夫人犯人説〉を開陳《かいちん》したものの、それは可能性を言っただけで、椋も本気でこの夫人が夫と娘を殺したと思ったわけではない。知っているのは昔の交通事故と結婚の経緯ぐらいだから、それだけで判断するのは無理がある。

柚香が椋の手からビールと糠漬けの袋をひったくり、サンダルを脱いで部屋へ入っていく。

「おい、そのビールは」

「冷蔵庫に入れておきましょうね。部屋の片付けが済むころは飲みごろになりますよ」

「しかし……」

「机と椅子を庭に出して二階からテレビと座卓をおろします。そうすれば元の居間に戻りますから、三人でゆっくり昼食《おひる》を食べられます」

「三人で？」

「食材は買ってあります。わたしが焼きそばでもつくります」

「あのなあ」

「遠慮しなくていいですよ。手伝ってくれるお礼です」

そのまま柚香は奥の台所へ歩いていき、椋は呆気《あっけ》にとられて、思わず夫人の顔を見る。柚香は選挙や通夜を手伝って夫人と親しくなっているにしても、他人の家でそこまで勝手な真似をしていいのか。しかし夫人のほうも唇を微笑ませているだけで、柚香の行為に異議は唱えない。

「増岡さん、少しのあいだ台所にいてください。かんたんに片付けてしまいます」

柚香に声をかけられ、夫人が腰をあげて奥へ歩いていき、かわって柚香が戻ってくる。

椋は夫人の歩様を観察していたが、少し右肩の揺れが大きいかな、という程度だから、日常生活に困るほどではないだろう。

柚香が壁際のスチールデスクに手をかけ、メガネをずらしながら窓の前まで押してくる。

「向こう側を支えてください。半分ぐらい押し出します」

「あのなあ、だけど、なぜ庭に？」

「リサイクルショップの人が回収に来ます」

「それなら業者に任せればいい」

「まだ二時間もあります。水沢さんも食事はゆっくりしたいでしょう」

「おれは、べつに」

反論をさせず、柚香がデスクを押し出し、仕方なく椋は窓から出た側の両角に手をかける。それを確認して柚香が庭のサンダルに足をおろし、デスクを持ちあげたまま二人でブロック塀の前へ運ぶ。大した重さでもないが躰に力が入らないのは枝衣子と過ごした夜のせいだろう。

「机がもう一台と、あとは椅子と折りたたみのスチールベッドと小物です。かんたんでしょう」

かんたんと言うわりに柚香の顔は上気していて、鼻の頭には汗も浮いて見える。華奢《きやしや》な体形で首も指も細いから、実際は力仕事に向かない体質なのだろう。

柚香が窓へ戻っていき、椋も戻って二台目のデスクを待ち、同じ手順でブロック塀の前へ運ぶ。二脚の事務椅子は椋が一人で抱えあげ、ファクス機や蛍光灯スタンドもそれぞれデスクの上に積む。しばらくすると柚香が奥から折りたたんだスチールの簡易ベッドを押してきて、それをまた二人でブロック塀の前へ運ぶ。作業自体はかんたんで汗もかかないが、自分が増岡の家でなぜデスクやベッドを運んでいるのか、理由が分からない。本来なら柚香の強引さに腹も立つだろうに、初恋にのぼせた中学生には世界のすべてが平和に見えてしまう。

「増岡さん、ソファはどの位置がいいでしょうね」

夫人が台所と居間の境ぐらいに立って、右頬に手をかけながら何秒か部屋内を見まわす。

「玄関側の壁際ではないかしら。そこなら少し日も当たるし」

「そうするとテレビは向かい側ですね。分かりました。掃除機をかけますから、水沢さんは二階を見てきてください」

「なんだと？」

「二階ですよ。さっきも言ったでしょう。テレビとテレビ台と座卓を下へおろします。男性ならたぶん一人で運べます」

ゲンコツでもくれてやろうかと思ったが、夫人も同調するように微笑んでいるし、それになんといってもビールと糠漬けを人質にとられている。椋は仕方なく靴を脱ぎ、部屋へあがって玄関方向に歩く。どこにでもある典型的な建売住宅で、階段はせまくて暗く、しかし踏段の角にはていねいに滑り止めがついている。

階段をのぼりきり、二階の部屋をのぞいて、そういえばこの部屋が事件の発端なんだなと、あらためて枝衣子の説明を思い出す。八畳の和室に折りたたみ脚の座卓が据えてあり、あとは茶簞笥と三十インチほどのテレビとテレビ台だけ。洗濯物のひるがえるベランダがつづいているから生活感らしいものもあるが、それを除くと置物もカレンダーもなく、気のせいか埃《ほこり》の気配もない。ベランダと対面する側には襖《ふすま》で仕切られた別室があり、そこは四畳半の和室で、几帳面にたたまれた寝具に和箪笥に壁全面の押し入れ。部屋の隅には四枚の座布団がきっちり積まれていて、北側の窓は雨戸でも閉じてあるのか、光もさし込まない。〈人生の澱〉というのは感覚の問題だから正解はないけれど、この部屋には空気自体に匂いがない。そのくせベランダの洗濯物に派手なパンティーが交じっているのはなぜだろう。

増岡の死亡時にはパソコンや湯呑ぐらいはおかれていたのだろうが、今は座卓になにもなく、ベランダの手摺に反射した陽光がちらちらと影をさすだけ。増岡が倒れていたのはどのあたりか。帰宅した夫人と娘の久恵は、どちらが先に階段をあがってきたのか。夫人が先なら増岡を圧殺する時間はあったにしても、階下で顔を合わせたあの物静かな夫人に、そこまでの度胸があるかどうか。もっとも言い争いの途中で発作的に、という事件はいくらでもある。まして死亡時の増岡はインターネットでポルノを見ていたらしいから、夫人にしてみれば亭主の浮気現場に踏み込んだようなものだろう。それに久恵の練炭自殺だって、協力者がいれば、夫人にも偽装はできる。

だが枝衣子の言うとおり、やはりこの推理は無理筋か。殺人者が顔に「私が犯人です」と書いているわけではないけれど、あの清楚《せいそ》で上品で気弱そうな夫人に、殺人は似合わないか。

考えたところで結論が出るわけでもなく、椋は座卓の天板をこつんと叩いてみる。音からして一枚板ではなくて合板、脚も折り脚だし、たためば一人で階下へおろせる。テレビのほうも三十インチほどの液晶だから大した重量ではなく、これも楽勝。さっさと片付けて冷蔵庫からビールと糠漬けを奪還し、柚香がなんと言おうと、アパートへひきあげてやろう。

座卓を寝かせて四本の脚をたたみ、部屋の隅に立てかけてテレビの始末に移る。DVDやHDDの録画機器はなく、合板のテレビ台に中型テレビが埃もなくおかれている。映画もテレビ番組もインターネットで見られるとはいっても、一般家庭ならDVDの再生装置ぐらい接続するのではないか。このあたりも増岡の家は生活感に欠けている。

テレビを台ごと少し手前にひき、その重量を確認してコンセントからプラグを抜く。台とテレビを個別に運べば一人で階下におろせるし、階段を二人で運ぶのはかえって危険だろう。

一階がどこまで片付いたか、念のために階段をおりてみる。柚香はまだ掃除機をかけているがソファは壁際に移っていて、夫人が腰をおろしている。手順的には向かいの壁際にまずテレビ台をおき、それからテレビをセットして最後に座卓をソファの前にすえる。もともとはこの部屋が居間だったらしいから、それで台所との行き来もスムーズになる。

まずテレビ台を運ぼうと、二階へ戻る。テレビを台からおろしてその台を抱えあげ、階段のほうへ向かいかけて椋の足がとまる。テレビ台の裏はさすがにいくらかの埃も見えるが、それよりも壁に差してある三叉のコンセントが気になる。古い家だから壁のコンセントは二口、だからこそ二叉や三叉の外付けコンセントでプラグの差込み口を多くする。しかしさっき椋が抜いたテレビのプラグは一本だけで、ほかに電化製品はない。とすると、この部屋では、用もない三叉コンセントが遊んでいたことになる。

抱えていたテレビ台をおろし、片膝をついて壁のコンセントを点検する。今はテレビだけでも、以前はなにか別の電化製品を接続していたものか。無頓着な家なら使わなくなった三叉コンセントを壁に差したままにしておくことはあるにしても、増岡の家は生活感がないほど整理整頓されている。そんな家で用もない外付けコンセントを放置しておくことは、不自然ではないか。かりにほかの電化製品を使うにしても、差込み口はもうひとつ空いている。

三叉コンセントを壁から抜き、前後左右、裏表をひっくり返して刻印を調べる。こういう小さい器具にも必ずメーカー名や製造番号が刻印されているもので、だがこの三叉コンセントにはそれがない。そして椋は何年か前にも似たようなコンセントを見たことがある。

コンセントを壁に差し戻し、胡坐をかいてテレビ台に寄りかかる。何年か前というのは、ある新人女優から「なんとなく盗聴されているような気がするので、所属事務所には内緒で調べてほしい」と頼まれたときのこと。売り出し中の新人女優なので調査会社に依頼するわけにもいかず、仕方なく秋葉原《あきはばら》で盗聴電波発見器を買ってきた。そうやって調べてみると女優が懸念したとおり、ワンルームマンションの壁に三叉コンセントを模した盗聴器が仕掛けられていた。けっきょくその騒動は女優のマネージャーが男性関係を監視するために仕掛けたものと判明し、椋の仕事は終了。女優と事務所にどういう経緯があったのかは知らないが、直後からその女優はテレビに出なくなった。

しかしそれは芸能界の話で、こんな一般家庭に盗聴器なんか、誰が仕掛ける。中国からの輸入品なら無商標の三叉コンセントぐらいあるかも知れず、盗聴器云々は杞憂《きゆう》か。だが考えてみれば死んだ増岡は国分寺市の市議会議員、都議会議員の父親からも事務所に盗聴器を仕掛けたの仕掛けられたのという話を聞いたことがある。

今壁に差してあるコンセントは、たんに放置されただけの、変哲もない三叉コンセントなのか。分解して調べれば分かることで、たんなるコンセントだったらそれまで。しかしもし、盗聴器だったら、どうする。

難しいのは盗聴器だった場合の始末で、当然ながら仕掛けた人間と今現在電波を受信している人間がいる。壁から抜いたり分解したりすれば相手側にこちらが「気づいた」と知られてしまい、もうそこで追跡は不可能になる。以前に使った盗聴電波発見器はどこへやったか。たぶん実家のどこかにあるのだろうが、そんなもののために実家へは戻れない。千円程度の発見器もあるけれど、それはＷｉ《ワイ》－Ｆｉ《ファイ》の電波も拾ってしまうから使い物にならず。それにもしこれが盗聴器だったら、理屈から考えて、二階だけではなくて一階のどこかにも仕掛けられている。

暑くはないのに、なんとなく額に汗がにじむ気がして、ハンカチで額と首筋をおさえる。勘としては限りなく盗聴器だとは思うが、証拠はない。夫人に告げればパニックを起こすだろうし、柚香が知ったら却《かえ》って話が面倒になる。たとえ盗聴器であってももう夫人の一人暮らし、これからは盗聴したところで聞こえるのはどうせ柚香のお喋りぐらい。それならこのまま知らん顔をして、予定通りビールと糠漬けの奪還にとりかかるか。しかし現実問題として、この家ではこの一週間に、増岡と娘が死んでいる。

ここはやはり枝衣子に任せるべきか。だが警察を出動させて、結果的にただの三叉コンセントだったらどうする。「いやあ、ごめんごめん」で済むのかどうか。

今日はせっかく優雅で贅沢な週末を満喫《まんきつ》するつもりだったのに、なんの因果でここまでの面倒に巻き込まれるのか。

階段にとんとんと足音がして柚香が顔を出し、肩で息をつきながらメガネを押しあげる。

「一階の掃除は終わりましたよ。なにをしてるんです？」

「ちょっと疲れて休んでいた」

「大して働いてもいないのに、贅沢な人ですねえ」

「そうは言うが、二日酔いでもあるし」

「まずそのテレビ台からおろしましょう」

「おれもそう思っていた」

柚香がメガネの向こうから椋の顔を睨み、ふんと鼻を鳴らして、テレビ台に手をかける。

「なーんだ、軽いじゃないですか。これぐらいならわたし一人でも運べますよ」

「それなら最初から一人で運べ」

「怒ることはないでしょう。夜遊びで朝帰りをしたのは水沢さんじゃないですか」

「おれは、べつに、そういう」

「テレビ台はわたしが運びます。水沢さんはテレビのほうを」

柚香がテレビ台を抱えあげ、ひと息ついてから、オ、オとかヨ、ヨとか言いながら階段をおりていく。この小娘に悩みがあるのかどうか、いつか聞いてみよう。

椋は腰をあげ、テレビに手をかけながら、しかし「参ったね」という独りごとは封印する。

テレビドラマの刑事たちはいつも聞き込みか捜査会議か取調べをしていて、書類仕事はしない。だが実際の刑事には報告書などの事務処理が多く、まして刑事課は人間の生死等、重要案件を扱う比率が高いから文章能力を問われる。単語の選択や文脈の適不適で有罪になるべきところが無罪になったり、またその逆もあるからだ。これが生活安全課なら、痴漢や露出男を逮捕したときの動機欄に「性欲をおさえられなかったから」と書けばいい。しかし刑事課で殺人者を逮捕した場合、動機が「人を殺したい欲求をおさえられなかったから」では精神疾患《しっかん》で無罪になってしまう。刑事課員にはそういった文章作成能力のほかにも逮捕術、射撃訓練、一般教養や社会観察力などが要求されるから、花形部署でありながら希望者は少ない。給料が同じなら警察官だって、仕事は楽なほうがいい。

卯月枝衣子は東田久恵の自殺関連報告書を作成しながら、壁の時計と金本のデスクを見くらべる。いつもはそこで新聞を読んでいる金本の姿がないのは、土曜日が理由ではない。増岡市議とその娘の死に関する捜査方針がどうなっているのか、まだ連絡が来ないのだ。課長の金本と署長の後藤が本庁へ出向き、昨夜のうちには結論が出るはずだった。増岡は病死で娘の久恵は心労による自殺、たぶんそうなるだろうとは思うのだが、昼近くになっても金本は戻ってこない。その状況に「もしかしたら捜査継続も」とつい期待してしまう。

枝衣子だって本来は非番の土曜日、一日中水沢の蘊蓄を聞いてワインを飲んでベッドに転がってビデオを見てまた一緒に風呂に入ってとか、そんな過ごし方をしたかった。それでもやはり本庁での経過が気にかかり、当直の黒田に確認したらまだ結論が出ていないという。仕事は仕事、私生活は私生活、割り切ろうと思っても気分が落ち着かず、報告書の作成を名目に出勤してきた。それにいくら男に惚れたからって、仕事に手を抜いたら本庁の赤バッジは目指せない。

枝衣子と同様に出勤しているのは当直の黒田と、〈自分都合〉の萩原。一班の土井も署内で見かけたからどこかにいるはずで、あとの課員はオフ。増岡関連の捜査が続行されていれば土、日返上のフル回転だったろうに、久恵に死なれてしまっては誰だって気が抜ける。それでも土井が出勤しているのは枝衣子と同じで、本庁の経過が気になるからだろう。

仕事に集中しよう、と思いながらもパソコンの画面に水沢の顔が浮かんできて、なんとなくため息をついてしまう。「夕方までには戻るから部屋で待っているように」と言ったのに、水沢は一般常識がどうとかでアパートへ帰っていった。それが本当に一般常識なのか、水沢が薄情なだけなのか、よく分からない。所轄のオヤジ連中ならどうにでも手玉にとれるけれど、男性全般と特定の男とでは心の動きが異なる。

どうしようかな、夕方にはワインでも買って、あの可愛らしいアパートを訪ねてみようかな、と思ったときケータイが鳴る。

「やあ、仕事中に申し訳ない。今、話せるかな」

相手は水沢で、このあたりの超能力も、水沢はほかの男と異なる。人の目を憚る必要もないのに、枝衣子はつい声をひそめてしまう。

「大丈夫よ。ちゃんとアパートへ帰れた？」

「もちろん帰れた。ただアパートの前でメガネに捕まって、今やっと、ビールと君の糠漬けをとり返したところだ」

「なんのこと？」

「話せば長くなるんだが、帰ったらあのメガネに、無理やり増岡の家へひき込まれた」

「あなた、小清水さんのことをメガネと呼ぶのはやめなさいね。彼女だってちゃんと可愛いんですから」

「あいつが可愛いかどうかは、いや、そんなことはどうでもいいんだが、増岡の家で家具の移動を手伝わされて……」

電話の向こうで水沢が軽く息をつき、それから迷いのあるような口調で、言葉をつづける。

「君、あの家に盗聴器が仕掛けられていると言ったら、ヘンだと思うか」

「増岡家に盗聴器？」

「気のせいかも知れないし、ただ、どうも、様子からして、盗聴器のように思える。昔からよくある三叉コンセントタイプなんだが」

「でも、どうして、あの家に」

「まるで分からない。夫人に言うと不安になるだろうし、メガネに言ったら話が面倒になる。おれの勘違いだったらそれまで、だがもし盗聴器だったとすると、勝手に処理するわけにもいかない。君に知らせて、ただのコンセントでした、となったら恥をかかせる。それで迷ったんだが、放っておくのも気分が悪い。警察として正式に、ということではなく、君個人として対処できないか」

「盗聴器かどうか、確認するだけならどうにでも」

「うん、確認できればそれでいい。盗聴したところでどうせもう、聞こえるのはメガネのお喋りぐらいだ」

「水沢さん、メガネは禁止よ」

「本人には言わないさ。記事の件はおれがストップをかけて彼女も納得した。それは安心してくれ」

「ありがとう。仕事が終わったらそちらへまわってみるわ。あなたはずっとアパートに？」

「君の糠漬けを肴にバーボンを飲み始めたところだ。人生が贅沢すぎて、なんだか怖い気がする」

それではまたあとで、と言って電話を切り、肩をすくめながらケータイをバッグに戻す。セレブの家族に囲まれて伝報堂に勤めていれば収入も交友関係もずっと贅沢だったろうに、あの安アパートで枝衣子の糠漬けを食べながらバーボンを飲むことが、水沢にとっては怖いほどの贅沢だという。人の価値観はそれぞれ、生き方もそれぞれ。それにしても不良というのは魅力的な生き物だ。

しかし増岡の家に盗聴器とは、どういうことだろう。素人の水沢が「思える」というだけだから、勘違いの可能性は大いにある。だが水沢の前職は大手の広告会社、大企業や芸能界の裏工作にも精通しているはずだし、こういうシビアな問題で冗談を言う性格でもない。市議会議員選挙があったから盗聴器も考えられなくはないが、水沢の言ったとおりもう住人は夫人だけ。確認も急ぐ必要はないだろう。

部屋のドアがあいて、金本が帰ってきたかと期待したが、入ってきたのは一班班長の土井。胸の前に段ボール箱を抱え、そのまま枝衣子のデスクへ歩いてくる。

「クルマに積んだまま忘れていた。とりあえず卯月さんに預けておくよ」

土井がデスクに段ボール箱をおき、枝衣子はその段ボール箱と土井の顔を見くらべる。

「ほら、部下たちが聞き込みをした先の供述書だよ。増岡の元教え子だの元同僚だった教師だの、二十人近くから話を聞いている」

「そうだったわね。忘れていたわ」

「夫人と増岡が在籍した中学の卒業アルバムも入っている。それから、西国分寺駅の監視カメラ映像。俺もかんたんにチェックしてみたけど、先週の日曜日、夫人と娘が改札を出てきたのは午後七時過ぎ、増岡も四時半に改札を出ているから時系列は資料にあったとおりだ。ただ増岡という男に関しては、なんというか……」

二人の会話でも聞こえたのか、黒田が首を巡らして席を立ってくる。

「土井さんのほうも摑《つか》みどころがなかったんだろう」

「そういうことだ。同僚だったことがある教師に話を聞けたんだが、職員室でも職員会議でも、まず発言はなし。授業中に生徒が騒ごうと喧嘩をしようと、まったくの無関心。だからといって体罰を加えたり生徒を差別するわけではないから、落ち度ということもなく、学校側でも持て余していたそうだ。似たような話はほかの刑事も聞き込んでいるよ」

黒田がうなずきながら椅子をひき寄せ、額に浮いた脂を手の甲でこすりとる。

「こっちも話は似たようなものでね。普通の教師ならクラス担任だの学年主任だの、それに部活の顧問《こもん》なんかもやるんだが、増岡は拒否したそうだ。奥さんの躰が不自由なのでその世話のために、という理由を主張されると、学校側も強制できなかったという」

「うん、でもまあ、その『奥さんの世話』という部分だけは正しいようだ。駅前のスーパーで増岡本人が、よく食料品や日用品の買い物をしている。近所の住人も増岡がベランダに布団を干すところを見かけているし、外出もほとんど、奥さん一人ではさせなかったそうだ」

家事も買い物もマメにこなし、仕事なんかそっちのけで妻の躰をいたわる。表面的には愛情あふれる夫婦関係のようにも見えるが、夫人の側からすれば、どうだったのか。拉致《らち》監禁《かんきん》というほどではないにしても、カゴの鳥状態だった可能性もある。

「だからってなあ、増岡の行為が犯罪だったというわけでもなし」

土井が枝衣子とデスクの段ボール箱を見くらべ、その視線を黒田のほうへ向ける。

「課長からは、なにか?」

「俺もさっき電話を入れてみたんだがね。ケータイがつながらない。まさか署長に電話するわけにもなあ」

「捜査は継続か打ち切りか、二つに一つだぜ。なぜこんなに時間がかかるんだ」

「俺に聞かれても困るよ。もしかしたら刑事課と生活安全課の統合話でもしてるのかなあ」

そのときまたドアがあいて、今度は待っていた課長の金本がのっそりと太鼓腹をつき入れる。金本は部屋へ入ったところで足をとめ、枝衣子と土井と黒田と萩原しかいない刑事部屋を、十秒ほど黙って眺めまわす。それから首を横にふりながら歩いてきて、自分のデスクへはつかず、そばの空いているデスクによっこらしょと腰をのせる。

「どうした、当直は黒田だけのはずだろう」

「一日に一度は課長のお顔を拝見しないと、食事が咽を通らなくて」

「口説かれても俺には女房子供がいる。もっとも倅《せがれ》の嫁に、ということなら考えてやるけどなあ」

全員が軽く笑ったのはたんなる愛想《あいそ》で、金本の表情が暗いことは部屋へ入ってきたときから分かっている。まさか昨夜から徹夜だったわけでもないだろうが、肉のついた頬や目蓋もやつれているように見える。

「まあ、ナンだ、結論から言ってしまうと、増岡は病死。娘の久恵は心神耗弱による練炭自殺と、その線で決着した。みんなに無駄骨を折らせてしまって、申し訳ない」

予想はしていたことなので、たいして落胆はしないが、それでも枝衣子の肩からは力が抜けてしまう。

「ただひとつだけ弁解しておくと、この結論もかんたんに出たわけじゃない。実はなあ、後藤署長が思っていた以上に粘ってくれた。昨夜は本庁の一課長を押し返して、とにかく増岡と久恵の司法解剖をしろと。結論を出すのは司法解剖をして、疑いを晴らしてからにすべきと」

そのときは萩原も近くまで来ていて、全員がそれぞれ、お互いの顔を見くらべる。あのキャリア署長にそこまでの根性があったとは、枝衣子を含めて、誰も思ってはいなかったろう。

「それで昨夜は、まあ、解剖をするのしないの、そんな押し問答《もんどう》で時間が過ぎてしまってなあ。今朝からもう一度談判のやり直しだった。そうしたらこれが、どうも、官房副長官から横槍《よこやり》が入ったらしい」

官房副長官といえば内閣の要職、公安警察あたりから出向している人間のはずで、増岡が所属していた革新系の政党とは対立する。

「課長、その、横槍というのは？」

「詳しくは分からん。ただ後藤署長が別室に呼ばれて、それとなく仄《ほの》めかされたらしい。それで談判は終了。警察もしょせんはお役所だから、政府の意向には逆らえん」

「でも、増岡は、革新系だったのに」

「政治は裏でいろんな取引をする。保守でも革新と通じている政治家はいるし、票や金の貸し借りもある。どっちみち国分寺の市議会議員ぐらい、放っておけということだろう」

金本が確認するように一人一人の顔をのぞき、最後にほっと息をついて、尻をデスクからおろす。これで増岡父娘の死は正式に病死と自殺に決定、たとえ小清水柚香あたりが週刊誌に疑惑を書き立てたところで、証拠もなければ証人もいない。

土井と黒田と萩原がそれぞれのデスクへ戻っていき、金本だけが足をとめて、少し枝衣子のほうへ身をかがめる。

「山川がなあ、君と一緒に仕事ができなくて、残念だと言っていたよ」

「こちらも」

「あいつも捜査継続を主張してくれたんだ。だがまあ、さっき言ったような事情で、上司《うえ》に押し切られた」

「仕方ありません。あの家に一人残された増岡夫人のことを思うと、これが正解なのかも知れません」

「今回は大山鳴動《たいざんめいどう》してネズミも動かず。しかし山川はこの次もあるから、気を落とさないようにと」

「ありがとうございます。課長からも山川さんに、よろしくお伝えください」

金本がぽんと枝衣子の肩を叩いてデスクへ歩いていき、枝衣子は「この次も」と口のなかで呟いて、肩をすくめる。少なくとも山川の目にはとまったようだし、細いながらも本庁捜査一課との糸はつながった。金本も最初からそのつもりで山川に会わせてくれたらしいから、呑気なメタボ親父のわりには洒落た計《はか》らいをする。来年の退官時には奮発《ふんぱつ》して、豪華なガーデニングセットでもプレゼントしよう。

書きかけていた報告書も急ぐわけではなし、これからワインを買って椋のアパートを訪ねて、あの狭い部屋で学生気分の週末でも楽しんでやるか。となりの部屋に柚香がいたら物音や「あのときの声」にも注意しなくてはならないけれど、それもスリルがあって、かえって興奮する。

枝衣子がパソコンのスイッチを切ったとき、部屋のドアがあいて、今度は生活安全課の日村課長が顔を出す。

「ほーう、刑事課は幹部全員、ご出勤かね」

「どうした日村、例の露出男でも捕まえたか」

「生安《うち》もそれほど暇じゃないですよ。あれは地域課に任せました。それより今、成分分析機関から連絡が来ましてね。金本さんのほうにも関係があるので」

自分のデスクまで戻っていた金本が、腰をおろさず、立ったまま日村をふり返る。

「こっちにも関係が？」

「東田久恵の血液ですよ。アルコールと睡眠薬の検査を依頼していました」

「そうか、忘れていた」

「昨夜から本庁へ詰めていたようですが、結論は？」

「予定通りだ。あれやこれや揉めたが、今さら言っても仕方ない。だから久恵の件は通常の自殺ということで、日村のほうで処理してくれ」

「それなんですがね、この血液検査結果が……」

日村が耳のうしろあたりをぽりぽりと掻き、上着のポケットからメモ用紙をとり出しながら、何歩か部屋の中央へ寄ってくる。

「アルコールの血中濃度は〇・二五パーセントで、ウィスキーにしたらボトル半分程度。

BZDもハルシオン換算で三錠ほどだというから、これもまあ予想したとおり。ですがこの……」

自分で書いたメモを顔から遠ざけるのだから、日村の老眼も相当に進んでいる。

「プロゲステロンとかいうホルモンの数値が、異常に高いんだとか」

「なんだその、プロ……」

「黄体《おうたい》ホルモンだと言ってましたが、私にもよく分からない。それで念のためにヒト絨《じゅう》毛《もう》性ゴナドトロピンとかいうのを調べてみたら、これが検出されたと」

「日村、今夜酒を飲ませてやるから、分かりやすく言ってくれ」

「要するにね、このヒト絨毛性ゴナドトロピンは通称をhCGとかいうそうで、女性が妊娠したときだけ胎盤《たいばん》で生成されるホルモンなんだとか。逆にいうと妊娠していないとhCGは検出されないそうです」

「まわりくどい言い方をしやがる。要するにその、いや、ちょっと待て、そのナントカが検出されたということは、つまり、おいおい、本当かよ」

天井を仰いでぐるっと目を巡らし、一度腰をおろしてすぐまた腰をあげ、ゲップでも我慢するように腹をさすりながら、金本が枝衣子のほうへ戻ってくる。土井も黒田も萩原も顔をあげ、日村と一緒に集まってくる。本来なら課長のデスクを囲むべきだろうに、オヤジ連中はなぜか枝衣子のデスクを囲みたがる。

「卯月くん、今の話は本当かね」

「その質問はセクハラですよ」

「そう言われても、俺たちには分からんもの」

「わたしにだって分かりません。ですが市販の妊娠検査薬もhCGの有無を確認する薬品です。陽性反応が出たのなら、まず間違いないでしょう」

妊娠の経験はなくとも、女性のもつべき一般常識として、枝衣子だってプロゲステロンやhCGぐらいは知っている。昨夜もその前も安全日ではあったけれど、これからはコンドームも必要だな、と思うと、なんとなく顔が赤くなる。

金本がさっきのデスクにまたでかい尻をのせ、ぽんぽんと腹を叩いて、枝衣子たちの顔を見まわす。

「東田久恵が妊娠していたとなると、今回の事件は、どういうことになるんだ」

どういうことになるのか。父親殺しの犯人と思われていた久恵が自殺し、もう立件は不可能。このまま病死と自殺で片付くはずだったのに、そこへ久恵の妊娠が判明した。なにか重大な要素であることは間違いないのだろうが、それではそのなにかというのは、なんだろう。

「日村、久恵は妊娠してどれぐらいになる」

「そこまでは分かりません。クルマのなかで遺体を見たときも気づかなかった。土井と黒田はどうだ」

土井と黒田が同時に首を横にふり、聞かれてもいないのに、萩原も首を横にふる。萩原は最後までビデオ撮影をつづけていたから、腹のふくらみがあれば気づいたはず。枝衣子だって久恵に会ったとき、まるで兆候《ちょうこう》は感じなかった。

「妊娠週数は超音波診断で判定できますが、せいぜい三カ月以下でしょう」

「久恵本人に自覚はあったと思うか」

「わたしに聞かないでください」

「課長ね、うちの女房は二カ月のとき乳首が、いや、つまり、体調があれやこれやで、三カ月なら当然自覚はあったと思いますよ」

「面倒なことだが、そうなると、一応は確かめねばならんなあ。誰か産婦人科の医者に知り合いはいないか」

黒田が額の脂を手の甲でこすりながら、首をかしげて目尻の皺を深くする。

「女房がかかっている産婦人科がありますよ。それがだめでも私は地元だから、どうにでも手配できます」

「それなら黒田に任せる。土曜日で申し訳ないようだが、今日中になんとかしてくれ」

「当直はどうします？」

「俺が代わってやる。どうせくたびれてデスクから動けんさ」

「課長、念のために、胎児からDNAのサンプルを採取しましょう」

金本が一瞬息を呑み、つづけて全員の視線が、無言で枝衣子の顔に集まる。

「かりに妊娠三カ月だったとすると、東田夫婦は別居中でした。胎児の父親が東田だという保証はありません」

「いや、そうは言うが」

全員の視線が枝衣子の顔から、金本の顔へ移る。

「増岡は病死で娘は自殺、たとえ娘が妊娠していたところでこの結論は変わらん。どうせ本庁の意向には逆らえないんだから、胎児の父親が誰だろうと警察の関知するところではないだろう」

「所轄に殺人捜査の権限はありませんから、これは本庁の決定通り増岡の死は病死で仕方ありません。ですが自殺は所轄の管掌《かんしょう》事項で本庁も口を出せないはず。久恵の自殺はいまだに動機が曖昧、そのあたりをていねいに解明してやるのも、警察としての市民サービスだと思いますが」

「卯月くんなあ、君はいつもそういう……」

金本がデスクから尻をおろし、二、三歩自分のデスクへ歩いて、また元の場所に戻ってくる。行ったり来たりで金本も忙しいが、いちいち金本と枝衣子に視線を往復させる土井たちも、ご苦労なことだ。

と?」

「要するに君は、自殺の動機や背景をきっちり究明して、増岡夫人を安心させてやりたい

「ご指摘のとおりです」

「ほかに思惑はないよなあ」

「警察官としての職務を良心的に遂行《すいこう》したいだけです。結果的に、もし増岡の死に疑問が出てきたとしても、それは結果論ですから」

「捜査は久恵の自殺に限定する?」

「限定させます」

「君っていう女は、いや、だが自殺は生安の扱いだ。日村はどうする?」

「異論はありませんよ。私はもともと金本さんの後任を狙っています」

「おいおい、本人のいる前で、物騒なことを言いやがる」

「だって国分寺署刑事課長の椅子を、あいつやあいつに渡すわけにはいかないでしょう」

刑事たちが声を出さずに苦笑し、金本もうんざりした顔でぽんぽんと腹を叩く。刑事たちには「あいつやあいつ」で理解できるのだろうが、枝衣子には分からない。こんな小さい所轄にも派閥《はばつ》はあり、特に警察は男社会だから女性警官は員数外《いんずう》。そういう警察体質に怒りを感じる女性警官もいれば、枝衣子のように割り切る刑事もいる。

「まあ、ナンだな、日村が了解してくれるのなら、こちらは生安への遊軍という形にしよ

う。いずれにしても今日は土曜日だ。産婦人科とDNAの手配だけして、あとは休んでくれ」

金本がデスクから尻をおろし、自分の席へ歩いて、今度は本当に腰をおろす。日村も部屋から出ていきかけたが、立っていって枝衣子が声をかける。

「日村さん、増岡家で押収したパソコンから、なにか出ましたか」

「二台とも新しくてね、データはせいぜいここ半年分ほどだよ。久恵のパソコンは市議会の議事録や父親の代筆をしたブログ記事ばかりで、個人的なデータはほとんどないし、遺書もなかった。ただ増岡のほうは……」

日村が何歩か戻ってきて眉間に皺を寄せ、口の端を不愉快そうにゆがめる。

「USBに記録してさっきの段ボール箱に入れてあるが、言われていた通り、大量のなにがね。それもみんなセーラー服物ばかりだ。ソープランドのネエちゃんにセーラー服を着せたようなものもあるけど、まずは厳選されている。なぜそこまでセーラー服にこだわるのかと思ったら、夫人の中学生時代がセーラー服だった。卒業アルバムの写真がそうなっている」

それは日村の推測だが、増岡のセーラー服趣味が夫人の中学時代に理由があることは、たぶん事実だろう。増岡にとってセーラー服を着た夫人の美しさは強烈で、その女神のようなイメージを何十年も抱きつづけていた。怖いほどの執着《しゅうちゃく》であり、気の毒なほどの恋心でもある。

「日村さん、パソコンを夫人に返却する前に、その映像を消去できませんか」

「法律的にはもう夫人のパソコンだからなあ。こっちで弄《いじ》るわけにもいかない。だが夫人はパスワードも知らないと言っていたから、閲覧はできないだろう」

「そうですか。彼女の目に触れなければそれでいいですけどね」

増岡夫人がパソコンを扱えるかどうかは知らないが、今は違法なソフトが世界的に横行している。あるいは小清水柚香あたりが出しゃばって増岡のパソコンを解析したら、セーラー服物も表に出てしまう可能性がある。

しかし、それは、夫人の問題か。

「まあとにかく卯月さん、月曜日にまた、土井や黒田たちと相談しよう」

「はい、次期刑事課長、よろしくお願いします」

日村が口をあけ、その口をにやっと笑わせて、うしろ向きに手をふりながらドアへ歩く。

「あいつやあいつ」が誰のことかは知らないけれど、日村なら土井や黒田とも気が合っているようだし、刑事課へ横滑りしてきても不都合はないだろう。

その土井と黒田が連れ立って部屋を出ていき、枝衣子はデスクへ戻って段ボール箱の蓋をあける。一番上にはビニール袋に入れられた三つのUSBメモリ、それぞれに「増岡誠人」「東田久恵」「西国分寺駅」とタグが貼ってある。増岡と久恵のメモリはパソコンのデータだが、もうひとつは駅の監視カメラ映像だろう。

三つのメモリを抽斗《ひきだし》に保管し、段ボール箱から古い卒業アルバムをとり出す。表紙には「要返却」とタグがあり、人名も記されているからそれがアルバムの持ち主だろう。三十数年前のものだが汚れや傷はなく、ていねいにビニールのカバーまでついている。その中央あたりに付箋《ふせん》がついていて、ひらいてみると三年二組。生徒が自分たちでつくるクラスアルバムではなくて、学校としての正式な卒業記念写真らしい。

ページをめくってみると全体で六クラス、ひとクラスに五十人前後の生徒がいるから当時は一学年に三百人もの生徒がいた計算になる。地域や時代にもよるだろうが、枝衣子が卒業した中学なんか学校全体でも生徒は百人ほどだった。

ページを三年二組に戻し、女子生徒がセーラー服であることを確認する。そして探すまでもなく、もう写真のほうが主張するように、一瞬で広山真由美の顔が目に入る。小さい写真でも周囲の女子とは完璧にものがちがっていて、オーラまで発している。何万人か何十万人かに一人ぐらいはこういう美少女もいるもので、「中学時代から地元のアイドル」と言った川原明子の証言もうなずける。このまま事故がなければ府中どころか、日本のアイドルにもなっていたかも知れない。もっともアイドルや女優になったところで、それが幸せとは限らないが。卒業写真の下には整列順に生徒の氏名が記されているから、のちに横田と姓をかえる上条少年の顔も見分けられるが、増岡の姿はない。

アルバムをひらいたまま、枝衣子は少し椅子をひき、三十数年前の写真を遠くから眺める。広山真由美の美貌は錯覚《さっかく》や思い込みではなく、あきらかに別格。ちょっと顎をあげた感じで両の眉に段差をつけ、見方によっては周囲を小馬鹿にしているような印象も受ける。中学生とはいえ、これだけ美しければ不遜《ふそん》にもなったろうし、川原明子の証言によれば実際にも女王様気取りだったという。

旗本のお姫様、か。

独りごとを言ってアルバムを閉じ、抽斗にしまって頬杖をつく。増岡市議の死んだ夜、枝衣子が駆けつけたときの夫人はもう一階のソファに座っていて、ほとんど顔をあげずにハンカチを握りしめていた。そのときの気弱で内気な印象があり、以降は障害の情報もあって、「あの夫人に人なんか殺せるはずがない」という先入観をもたなかったか。水沢が「夫人にも殺人は可能だ」と言ったときも枝衣子は否定したが、それだって根拠があったわけではなく、ただの先入観。写真の美しくて高慢《こうまん》そうな少女がそのまま成長していたら、果たしてどんな印象になったか。遺体保管施設で山川巡査部長に会ったとき、「人は見かけによらない」という言葉を座右の銘にしようと決めたのに、相変わらず枝衣子は先入観にとらわれている。自転車屋の東田だって、「こんなチャラチャラした兄ちゃんに周到な殺人は無理」と思い込んでしまったけれど、久恵の妊娠を知ったら、そして子供の父親が自分でないことを知っていたら、久恵を殺す動機は大いにある。

金本が読んでいた新聞から顔をあげ、電話の受話器をとりあげながら枝衣子のほうへ首をのばす。

「卯月くん、蕎麦の出前をとるけど、つき合うかね」

「いえ、所用がありますので」

金本がふんと鼻を鳴らして蕎麦屋に注文を始め、枝衣子は席を立って金本のデスクへ歩く。

「ほーう、新蕎麦かあ、そいつはいいなあ。うむ、いつも通り三枚頼む」

受話器をおいた金本に腰を寄せ、枝衣子はとびきりのウィンクをサービスする。

「課長、横田医師への裁判所令状は、まだお手元ですよね」

「そりゃまあ、執行《しっこう》する必要もなくなったし、裁判所へ戻すにしても月曜日だ」

「わたしに預からせてください」

「あんなものをなにに……いや、だって、あの令状は増岡市議の死に関するもので、久恵の自殺案件は含まれていないぞ」

「それを誰が横田医師に教えるんです」

「誰がといったって、まさか、卯月くん」

金本がぽっちゃり肉のついた手で顔をこすりあげ、遠くの席にいる萩原と枝衣子の顔を、何度か見くらべる。

「よくも君はまあ、俺の寿命をちぢめてくれるなあ。こっちは昨夜だってろくに寝ていないというのに」

太鼓腹をつき出して大きく息をつき、それでも首筋をさすりながら、金本が抽斗から茶封筒をとり出す。

「どっちみち来年は定年だ。多少本庁に睨まれたところで年金が止められることもないだろう」

金本が苦笑と一緒に枝衣子へ茶封筒を渡し、デスクに両肘をついて、白髪交じりの眉をひそめる。

「それに今回の案件、増岡市議が死んだとき、俺がていねいに検視をしていれば済んだことかも知れん。久恵が父親を手に掛けたかどうかまでは分からないが、拘束していれば命はあった可能性もある。ある意味では俺の不始末を君が尻拭《しりぬぐ》いしているわけで、内心では申し訳なく思っている」

そこまで言われるとちょっと泣けるが、金本も若いころは敏腕《びんわん》だったというし、今回の事件でくすぶっていた刑事魂に火がついたのだろう。退官時にはガーデニングセットプラス、シャンパンを奮発してやろう。

金本に頭をさげ、茶封筒を上着のポケットにおさめながら萩原の席へ歩く。なんの仕事をしているのかは知らないが、パソコンにはびっしりと文字が並んでいる。

「萩原くん、横田医院の場所は分かる？」

「確認してあります。府中街道から少し入ったところで、昔からの開業医らしく、裏が住居です。家族構成は奥さんに大学生の長男に高校生の長女。奥さんは国分寺市青少年健全育成会の役員です」

このあたりは萩原も抜かりのない性格だが、警察官として有能かどうかは分からない。

「土曜日だから午後は休診よね。電話をして……いえ、いいわ、お天気がいいから、少し歩いてみる」

事情聴取のために署へ呼んでしまうと、かえって横田に警戒される。医者は守秘義務を盾《たて》に言い逃れをするだろうから、こちらから乗り込んで裁判所令状をちらつかせたほうが相手も動揺する。

一歩だけデスクを横へまわり、金本の視線をさえぎる角度で、枝衣子は声をひそめる。

「萩原くん、盗聴電波発見器の使い方は知っているわよね」

「講習を受けましたから」

「署には内緒で頼みたいことがあるの」

「卯月さんの部屋に盗聴器が？」

「そうではなくて、増岡の家に」

萩原が不審そうな顔で肩をひき、額にかかったロングの前髪を梳きあげる。

「通報してきたのは奥さんですか」

「別の人よ、情報源があるの。奥さんはなにも知らないはず。それに盗聴器も『気のせいかも知れない』というレベルで確証はないの。正式に調べてもし『ただの三叉コンセントでした』だったら笑いものになるし、夫人に余計な心配もかけてしまう。だからそれとなく、有無だけを確認してほしいの」

「構いませんが、あの家へ入る名目は」

「生安が押収したパソコンを返しに行けばいいわ。もうデータはコピーしてあるし、もともと令状をとっての正式な押収ではないもの。それに久恵さんの自殺で追加のビデオ撮影が必要になったと言えば自由に動ける。萩原くんは最初の夜もビデオを撮っていたから、奥さんも怪しまないでしょう」

萩原が感心したように何度かうなずき、パソコンのスイッチを切って枝衣子のほうへ視線を向ける。

「それで、もし、盗聴器を発見したら?」

「知らん顔をして帰ってきて。もう夫人の一人暮らしだから盗聴しても意味はないはず。ただあの家ではつづけて二人も死んでいるし、もし盗聴器だったらなにかの対応は必要になる。いずれにしてもまず、確認だけしておきたいの」

「分かりました。警備課で発見器を調達してきます」

萩原が席を立ち、ソフトスーツの前ボタンをかけて、また髪を梳きあげる。

「萩原くんには最初から協力してもらったから、今日はわたしがランチをおごるわ。あのオーガニックレストランでいいでしょう」

枝衣子の機嫌《きげん》がいいのは水沢と過ごした夜だけが理由ではなく、事件の構図に初めて、輪郭《りんかく》が見え始めたことも理由だった。

※

ガラスドアの内側に〈休診〉の表示が出され、横の窓にもレースのカーテンが引かれている。診療科目は外科、内科、胃腸科、小児科と典型的な町医者。府中街道から少し外れた住宅街寄りにある横田医院は間口もせまく、路地の角には〈駐車場はこの裏です〉という矢印付きの案内が出されている。診療棟だけは改築されているが背後には洋館風の古い二階家があり、自宅への出入り口も路地の奥にあるらしい。町医者も昔は地元の名士が多く、府中街道も江戸時代にはもう川崎《かわさき》と所沢《ところざわ》付近を結んでいたというから、横田家も古い家柄なのかも知れない。

午後の二時に近く、休診であることは予想していたが、ドアの右ななめ上に〈緊急の患者さんはこのブザーを押してください〉という表示があって、とりあえずブザーを押してみる。横田医師が他出していれば自宅側へまわり、家人の誰かに〈警察が来た〉という事実を示してやればいい。

十秒ほど待つと奥の暗みから白衣があらわれ、増岡の家で会った初老の横田が無表情にドアをあける。

枝衣子は横田の顔を覚えているが、相手はどうか。

「その節はお世話になりました。国分寺署刑事課の卯月です」

横田が「うんうん」というようにうなずき、枝衣子を内へ招いて、棚から患者用のビニールスリッパをおろしてくれる。待合室は十人ほどが座れるベンチに狭い受付カウンター、壁には血圧管理の重要さを強調するポスターや喫煙への警告文が貼られ、奥からは消毒液が匂ってくる。

「土曜の午後はカルテの整理をするもんでね。誰もいないから、まあ、そこのベンチにでも」

カウンター横のドアが診察室なのだろうが、横田にだって枝衣子が来診者でないことは分かっている。

枝衣子はベンチの端に腰をおろし、横田も離れて腰をおろす。

「増岡の、いや、結婚していたから東田なんだろうが、その久恵さんが亡くなったことは聞いている。用件はそれに関することだろう」

中学の卒業写真で見た横田は内気そうな笑顔を見せている、ひょろっとした感じの少年。それが今では躰全体に相応の肉がつき、長い医師生活が態度や表情に威厳《いげん》を与えている。もっともおどおどした医者では患者も不安になるだろうから、威厳や貫禄《かんろく》は職業的パフォーマンスかも知れないが。

「とりあえず警察《こちら》では、自殺という見解なんですけどね。多少割り切れない部分もありますので裏付け捜査をしています」

「ほーう、割り切れない部分？」

「はい、久恵さんは妊娠していました」

横田の口に力が入り、眉間に皺が寄って、ベンチの背凭れにかけていた肘がぴくっと動く。

「外見的に目立つほどではありませんでしたが、主治医の先生なら当然お気づきでしたでしょう」

「それは、まあ、なんというか。しかし医者には患者の個人情報に関する守秘義務があるので、刑事さんといえども、お答えできかねる」

「ご心配なく。裁判所令状を持参しました。増岡家の三人だけでなく、先生ご自身の情報も提供していただきます。胎児の父親が誰なのか、特定する必要がありますので」

枝衣子はバッグをあけて茶封筒をとり出し、令状を抜いて横田に手渡す。令状には執行理由や日付や捜索範囲などが記されているが、素人の横田に、見分けられるかどうか。

相手に判断の余裕を与えないために、やはりバッグからＤＮＡ採取キットをとり出し、密閉袋の封を切る。最近はこの綿棒の親玉も刑事ドラマでお馴染みだから、医者でなくとも用途は分かる。

「いや、ちょっと待ってくれ。その、なぜ、私のＤＮＡまで」

「申しました。久恵さんが身ごもっていた胎児の父親を特定するためです」

「久恵さんは結婚していた。相手は当然亭主だろう」

「胎児は三カ月以下と思われます。東田ご夫婦は別居中でしたので、可能性はまずないでしょう。それでは規定通り、先生の口腔内細胞を採取させていただきます」

枝衣子が綿棒を構えて腰をあげ、横田のほうは腰をひいて、遠くから令状の用紙をつき返す。読んだところで内容なんか理解できないだろうし、たぶん目もかすんでいる。それでもあとでトラブルにならないように、枝衣子は令状をバッグへ戻してしまう。

横田が二度大きく呼吸をし、白衣の袖で首筋をこすりながら、下から枝衣子の顔を見あげる。その表情に一瞬、内気な上条少年がよみがえる。

「刑事さん、私も悪あがきはしたくない。ＤＮＡの採取はご遠慮願おう」

「胎児の父親がご自分であることを、お認めになる？」

「うむ、しかし私には家族もこの病院もある。久恵さんとの関係が公《おおやけ》になったところで、破滅というほどのこともないだろうが、相当な支障にはなる。そのあたりを考慮してもらえないだろうか」

　枝衣子は採取キットをバッグに戻し、三十秒ほど、わざと考えるふりをする。横田の久恵殺しが証明されればその男女関係だって公になるのだから、考慮ぐらい、いくらでもしてやれる。

「先生が捜査に協力してくだされば無理に公表はいたしません。奥様の立場もあるでしょうし、息子さんとお嬢さんはまだ学生。お互いに無用な駆け引きは避けましょう」

　枝衣子の発言は「こちらは家族構成も調べてあるぞ」という意味で、稚拙《ちせつ》な脅迫《きょうはく》だが、この状況なら横田に対する圧力になる。

「先生が『悪あがきはしたくない』とおっしゃったので、こちらも端的《たんてき》にお聞きします。久恵さんと男女の関係になられたのは、いつごろからでしょう」

　横田が両の手のひらを白衣にこすりつけ、ため息をつきながら、覚悟を決めたように足を組む。

「選挙のために彼女が実家へ戻ってからですよ。もともと気性の激しいところがあって、相当のストレスがね。それで精神安定剤や睡眠導入剤を処方したり、個人的にも相談にのったり食事をしたり、まあ、そんなことで、いつの間にか」

「先生は子供のころから久恵さんの成長を見守ってこられた。もともと久恵さんのなかに、広山真由美さんの幻影を見ておられた」

「いや、それは、刑事さん、昔の経緯をどこまで？」

「上条少年と広山真由美さんが中学で同級だったこと。増岡誠人氏がその中学で理科の教諭をしていたこと。その後真由美さんが交通事故で両親と右足を失ったこと。増岡氏が真由美さんの不幸につけ込んで結婚したこと。そして学生だった先生はそれら一連の不条理を、ただ傍観するよりなかったこと」

横田の右頰がぴくっとひきつり、目に殺気のような光が走って、咽からごろごろとイヤな音がこぼれる。もしかしたら摑み掛かられるかなと、枝衣子は身構えて肘打ちの用意をする。

そのうち横田の目から怒気が消え、肩がベンチの背凭れにひかれて、組まれていた足がゆっくりとおろされる。

「ご存知なら、なにも隠すことはない。増岡のやったことは明らかな犯罪だ。当時真由美さんのファンだった私たちがどれほどの怒りを感じたか、想像もつかんだろう。増岡の家に火をつけてしまえとか、考え直すようにみんなで真由美さんを説得しようとか、喧々《けんけん》諤々《がくがく》だった。ただ刑事さんも言われたとおり、みんな二十歳前後の学生、結局はなす術《すべ》もなく、時間だけが過ぎてしまった。その後私がこの病院を継ぎ、夜中に増岡の家へ呼ばれて真由美さんに再会したときの衝撃は、これも想像はつかんだろう。あのとき真由美さんに再会したことが、よかったのか悪かったのか、私にはいまだに分からない」

水沢は久恵を「口の形が下品」と評し、それは枝衣子も同感だが、造形全体としては母親に似ている。横田が久恵に少女時代の真由美を重ねてしまったとしても、無理はない。

「倫理問題はさておき、先生と久恵さんは男女の関係をもたれた。当然妊娠のこともご承知だったはず。対処はどのように？」

横田が腕を組んで、何秒か黙考し、口を半開きにして首を横にふる。

「実は、そのことを、二人でずっと話し合っていた。妊娠もまだ二カ月で堕胎《だたい》も可能、私としては産んでもらいたい気持ちもあり、家族のことを思うと、ためらいもあり」

「久恵さんのほうは？」

「彼女も迷っていたよ。いや、迷っていたというより、判断しかねていた。もともと彼女は上昇志向の強い性格でね、そこも若いころの真由美さんに似ていた。真由美さんも今はあんなふうに見えるが、昔は気が強くてね。私なんか宿題を押しつけられたし、クラスの男子もみんな顎で使われた。芸能界だって親には内緒でプロダクションと交渉して、高校卒業後にデビューと決めていたらしい。そういう部分がまた彼女の、魅力でもあったわけだが」

「久恵さんが真由美さんの性格を受け継いでいたことと、妊娠との関係は？」

「だから、産んだほうが有利か不利か。もともと増岡は選挙に消極的だった。それを久恵が強引に説得して立候補させた。久恵の予定では父親に一期だけ議員をやらせ、自分がその後任に。そして市議を二期務めて市長か都議か、運がよければ国政にもと。そのとき健気《けなげ》に子育てをしているシングルマザーというイメージが、有利に働くかも知れない。しかしそうなれば逆に、どうしても〈子供の父親は誰か〉という問題が出てきてしまう。ずいぶん利己《りこ》的な女だと思うかも知れないが、久恵にとっては人生一度のチャンス。このチャンスはどんなことがあっても逃したくないという彼女の気持ちも、分からなくはなかった。だからどちらが最善なのか、私の家庭はどうなるのか、子供の父親を隠し通せるのか。最近はずっと、二人でそのことを話し合っていた」

そしてその話し合いが決裂して、横田が母子ともども始末した。単純すぎる構図だが、可能性は大きい。

「先生、確認の都合上、久恵さんが死亡した夜のアリバイをお聞きしなくてはなりません」

「刑事さんは顔に似合わず人が悪い」

「人間は見かけ通りとは限りませんから」

「そういうことだろうな。しかし久恵の死が一昨日の夜中なら、私にアリバイはない。家内とは何年も前から寝室を別にしているのでね。それに最終的な判断は久恵に任せるにしても、内心私は、子供を産んでほしかった。分かるかね刑事さん、久恵に子供ができれば真由美さんの孫、孫の父親は私。そうなれば間接的にではあるが真由美さんとも縁がつながる。何年か後には真由美さんにも打ち明けて、私と久恵と子供と真由美さんの四人、幸せに暮らせる日が来るかも知れないと、ふと、そんなことを思ったりもした」

ロマンなのか、妄想なのか、執着なのか。たしかに少女時代の真由美は別格的な美しさだったかも知れないが、それを五十歳までひきずって、どうする。かりにそれが男のロマンだったとしても、横田だって家庭崩壊の危機に直面すれば現実的な判断をする。

「今のお話からすると、真由美夫人は久恵さんの妊娠を知らなかったように？」

「久恵は話していないと言っていた」

「先生の奥様は如何でしょう。妊娠はともかく、不倫そのものは」

横田が腕を組んだまま天井を見あげ、白髪の交じり始めた眉を何度か上下させる。

「ないと思うがねえ。久恵と私は食事をするときでさえ、府中か立川へ出掛けていた」

府中や立川の郊外にはラブホテルも多いから、どうせそういう場所も利用している。しかし真由美夫人だって出産の経験があるから娘の体調変化に気づいたかも知れず、横田夫人も女の独特な勘で、亭主の浮気に気づいていた可能性がある。当夜の横田医師にアリバイがなければ、理屈としては横田夫人にもアリバイはない。

「先生、お話を理解するために、増岡市議の死も整理しなくてはなりません。どうかご協力を」

横田が不愉快そうに顔をしかめ、それでも覚悟を決めたのか、「お好きなように」という感じに両手を広げる。増岡が死んだときの経緯を究明したところで本庁の〈病死〉はくつがえらないだろうが、枝衣子の溜飲《りゅういん》はさがる。

「あの夜わたしたちが増岡家に到着して以降のことはビデオに撮影してありますが、それ以前は如何でしょう。久恵さんから連絡を受けたとき、先生はどちらに？」

「日曜日の夕食時だよ。家族全員で食事をしていた」

「夕方の六時前後は」

「またアリバイかね」

「念のためですので」

「まだ誰も帰宅していなかった。ということはやはり、アリバイはない」

「久恵さんから電話を受けてすぐ増岡家へ？」

「あのときの看護師が近くのアパートに住んでいるのでね、連絡をして迎えにきてもらった」

久恵があの夜、一一九番ではなく横田へ連絡した理由に釈然としないものを感じていたが、二人の関係が分かってみれば納得がいく。久恵にしてみれば男女の関係にある横田なら、すべて穏便《おんびん》に処理すると判断したのだろう。

「増岡家へ着いたとき、夫人と久恵さんはどこに？」

「それは二人とも、いや、真由美さんは一階のソファだったかな。久恵は増岡の前に座っていた」

「部屋の様子は如何でしたか。あのときのように片付いていたのでしょうか」

「私は手をつけていないから、そうだろうな」

「増岡氏を見てすぐに死亡と？」

「私だって医者のはしくれだよ。聴診器を当てて眼球反応を確認すれば、心肺停止か否かの判断はできる」

「その後警察に通報したのはなぜでしょう。先生は夫人とも久恵さんとも特別な関係があった。たんなる病死ならそのまま死亡宣告をし、診断書を書いてしまえば済んだはず。もしかしたら増岡氏の死に、なにか疑問が？」

　横田が少し身をのり出し、いかにも心外といった表情で目を見開く。

「増岡の死因は急性の心不全、疑問の余地なんか完璧にあり得ない」

「遺体の保管施設で警察の専門家が検視したところによると、増岡氏の入れ歯がずれていて唇の裏にも軽い傷がありました。それに武蔵野医科大学のＣＴスキャンでは頸椎と鎖骨に損傷が。あの夜、あのとき、先生はお気づきにならなかった？」

「いや、それは、つまり」

「気づいたのに見て見ぬふりをして、急性心不全で処理しようとした。その理由をお聞か

す。

「だから、なんというか、あの遺体を見たときは、本当にたんなる心不全だと思った。その後久恵から葬儀が延期になったと聞き、保管施設に確認の電話を入れてみた。そうしたら増岡の遺体は武蔵野医科大学へ移されるという。私だって医者だから解剖されることぐらい見当はついた。しかし嘘偽《うそいつわ》りなく、あの夜の時点では、頸椎や鎖骨の損傷には気づかなかった」

それが本当なら、横田がたんなるヤブ医者だというだけのことで、事件性も思惑もなにもない。

「ですが先生、本心から病死と思ったのなら、なぜ警察へ」

「立ち会い下での絶命でない限り、医者には通報の義務がある」

「それはそうですが」

「私だって死亡宣告をして診断書を書いてしまおうと思ったよ。だがとなりに看護師がいていっさいを見ている。そんな状況で法律に違反したら後々のトラブルにもなりかねない。あのときの私にそんなリスクを冒《おか》す、どんな理由があるんだね」

横田の鼻孔が横に広がり、鼻からため息がもれて、頬骨のあたりに明らかな赤みがさす。

「だから……」

せください」

そうか、看護師か。つい医師や夫人や久恵のことばかり考えてしまったが、たしかにあの夜は中年の看護師がつき添っていた。横田一人だけならたぶん、久恵が予定していた通りの展開だったろうに、看護師の存在がその思惑を破綻《はたん》させたのだ。

「先生、これも念のためですが、保管施設に電話をして増岡氏の遺体が武蔵野医大へ移されることを知ったあと、その事実を久恵さんに伝えましたか」

「もちろん電話で伝えたよ。状況から、警察は司法解剖をするつもりだろうということもね。それがなにか？」

「いえ、ただの念のためです。先生と久恵さんの関係なら当然だったでしょうね」

増岡の遺体を司法解剖に附すことが決まったあと、その事実を誰が久恵に伝えたのかが疑問だったが、分かってみれば単純なことなのだ。電話を受けて久恵がパニックを起こしたことは真由美夫人も証言したし、妊娠二カ月なら情緒《じようちよ》も不安定だった。父親の遺体が司法解剖に附されれば自分の犯行が明らかになり、逃げきれないと覚悟を決めて自殺をした。今回の一連の事件は、結局、見かけどおりの単純な構図だったのだ。水沢に理屈だけなら真由美夫人の犯行も可能と指摘され、久恵の妊娠も発覚してつい謀略を考えてしまったけれど、さすがに飛躍が過ぎたらしい。

「土曜日でお休みのところを失礼しました。これも警察の仕事ですのでお許しください」

横田がゆっくりと脚を組み直し、威厳をとり繕うように、ウムとうなずく。

「だが刑事さん、口中の傷や頸椎の損傷など、死亡時の動揺でも起こり得ることだからね。私の誤診というほどのことではない。そのことを忘れないように」

「承知しました。最後になりましたが、一番聞きにくいことをお聞きしなくてはなりません」

弛みかけていた横田の頰がまたひきしまり、怪訝《けげん》そうな視線が遠くから、枝衣子の顔にとどまる。

「先生はこの二十数年、増岡夫人と久恵さんを診察してこられた。ふたりにDVを受けた痕跡など認められたでしょうか」

横田が腰を浮かしかけ、しかし尻をすぐベンチへ戻して、肩で大きく息をつく。

「刑事さんの聞きたいことは分かるよ。正直に言うと私も、ずっとそれが気になっていてね。二人を診察するときは特に注意をしていた。だが、少なくとも、身体的なDVは見受けられなかった」

「と、おっしゃると」

「身体的な暴力はふるわなかったが、増岡は精神的に真由美さんを拘束していた。逆に久恵のほうには無関心。人間の性格なんて九十パーセント以上は遺伝子で決まるから、久恵が殺伐《さつばつ》とした性格になったのは家庭環境のせいだけとは言わんが、父親に無視されつづけた飢餓《きが》感があったことは理解できる。彼女は愛に飢《う》えていた」

「真由美さんへの精神的な束縛《そくばく》というのは」

「言葉通りの意味だ。増岡は彼女が身ごもった子供が男児というだけで、堕胎を強要した」

一瞬言葉が詰まりかけたが、枝衣子は平静を装う。

「それは、どういう？」

「二十年以上も前のことだが、彼女は二人目の子供を身ごもった。順調に成育して、四カ月目には性別も判明した。そのとき増岡が、突然堕胎を強要した。理由は生まれてくる子供が男児だというだけのことだった」

「いくらなんでも」

「増岡はそういう男なんだよ。堕胎を強要した理由は一応、足の不自由な真由美さんに二人の子育ては負担が大きすぎる、というものだったが、そんなのは言い訳だ。あいつは自分以外の男が、たとえそれが実の子供であっても、真由美さんのそばにいることを許さなかった。胎児も四カ月になれば火葬して埋葬《まいそう》するべきだったのに、増岡は医療廃棄物にした」

いくら増岡が夫人に執着していたからといって、そこまで極端な発想をする人間が、この世にいるものなのか。男児云々は横田の嫉妬と、邪推《じゃすい》ではないのか。

「刑事さんには私の言ったことが信じられないだろう」

「夫人にも意思はあったと思いますが」

「ない。増岡は真由美さんが意思をもつことを許さなかった。外部と接触させず、ただ家に閉じ込めて、執拗《しつよう》に彼女を支配しつづけた。一見平凡で無害そうな顔をしていながら、あの男はサイコパスだった。あいつが死んだとき、私は赤飯でも炊いて祝いたい気分だった。だがこれで真由美さんも解放される。増岡に奪われていた三十年の時間を、やっととり戻せる。久恵は残念なことになってしまったが、これからも私は真由美さんを見守りつづける」

増岡の異常ぶりも真由美の従順さも、にわかには信じられないが、ストックホルム症候群という例もある。拉致監禁された被害者が身を守る必要から犯人に好意を抱いてしまう。増岡と真由美の関係は結婚という形式をとっていても、実質的には拉致犯人と被害者だったのかも知れない。しかしそういうマインドコントロールだって、なにかのきっかけでふと解ける例はある。

なんだか胃のあたりが不愉快になって、枝衣子は呼吸をととのえ、腰をあげて横田に黙礼する。

「先生、わたしの弟も今年医学部を卒業して、地元の総合病院に勤めています」

「ほーう、それは」

横田も腰をあげ、ドアへ向かう枝衣子のうしろを、何歩かスリッパを鳴らしてくる。

「まじめすぎて融通のきかない性格ですから開業医には向きません。本人も勤務医をつづけると言います」

「医者としての生き方もそれぞれだからね」

「開業医ほどではないにしろ、勤務医の年収だってサラリーマンの三、四倍なんだとか」

「条件にもよるだろうが、まあ」

「先生だってこの病院にこだわらなければ、真由美さんを救い出せたはず。駆け落ちという言葉も古いでしょうが、医師免許があれば二人でどこでも、自由に暮らせたと思いますが」

スリッパを脱ぎ、棚に戻して、枝衣子はパンプスに足を入れる。

「気持ちだけではどうにもならん。人にはそれぞれ立場がある」

「そうでしょうね。大きなお世話でした」

「この横田は母方の遠縁なんだよ。卒業後に医院を継ぐという条件で入学金も学費も支援された。気持ちがどうであれ、人間として、医院や家族を捨てるわけにはいかなかった。刑事さんには分からんことだ」

「そうですか、失礼しました」

横田に頭をさげ、ドアを出て、枝衣子は足早に十歩ほど、横田医院から遠ざかる。人間の性《さが》も宿命も立場もそれぞれ、その性や宿命に流されるか踏みとどまるかも人それぞれ。

しかしただ流されて生きるだけでは、理性と知性に対して失礼になる。

署へ戻って報告書のつづきを書く気にもならず、このまま水沢のアパートまで歩いてしまおうかと思ったとき、ケータイが鳴る。

相手は萩原だった。

「卯月さん、今どちらですか」

「横田医師の事情聴取を済ませたところ。久恵を妊娠させたのは横田だった。それ以上のことはまだ分からないけれど、そっちは？」

「本当に盗聴器でした、二階と一階にひとつずつ。ただナントカいう若い女が出しゃばってきて、ごまかすのに苦労しました」

「ご苦労さま」

「盗聴器自体は昔からあるコンセントタイプでしたが、あれは相当に古いですよ」

「古いって、どれぐらい？」

「回収して分解すれば分かるんでしょうけど、たぶん、二十年以上は昔のものかと。同じタイプでも今の製品は半径三百メートルほど電波を飛ばしますが、あれはせいぜい五十メートル。前の道を往復して電波を確認しましたから、間違いないでしょう」

「ありがとう。でも今はもう夫人の一人暮らし、会話だってそのナントカいう出しゃばり女の声ぐらいでしょうから、しばらくは静観しましょう。葬儀が済んで落ち着いたら夫人と相談するわ」

「そうですね。卯月さん、横田医院まで迎えに行きましょうか」

「いいえ、やっぱり歩いて帰る。課長には胎児のDNA鑑定が不要になったと伝えて。それから萩原くん、わたしのデスクに段ボール箱がのっているの。なかに捜査員が集めた聞き取りメモが入っているから、パソコンで整理を始めてくれる？」

「分かりました。ではぼく、先に帰ります」

　電話を切り、水沢のアパート方向と府中街道方向を見くらべて、枝衣子はこつんと、パンプスのかかとを鳴らしてみる。増岡を中心とした人間関係のグロテスクさに気は滅入るが、萩原に仕事を押しつけて自分だけ〈恋人のもとへ〉というのは、ちょっと気がひける。それに増岡の家には柚香が出しゃばっているようだし、水沢の部屋ではさすがに落ち着かないか。

　一度晴れわたった空を仰いでから、枝衣子はひとつため息をついて水沢のケータイに番号を合わせる。

「水沢さん、同僚に調べさせたら、増岡家のコンセントは盗聴器だったわ」

「やっぱり」

「そのことはあとで話す。今夜またわたしのマンションへ来られるかしら」

「地獄へでも……すまん、酒のせいでうまいギャグを思いつかない」

「あなたは存在そのものがギャグよ。わたしのほうはまだ仕事が残っているの。でも七時ぐらいには帰れるから先に部屋で待っていて。エントランスと部屋の暗証番号を教えるわ」

「そんなものを教えて、おれがストーカーになったらどうする」

「逮捕するだけよ」

「それもそうか」

枝衣子は水沢にメモを用意させ、エントランスと部屋の暗証番号を告げる。

「なあ、早めに行って、キッチンを使ってもいいか」

「ご自由に」

「昨夜のお礼に肉ジャガをつくる。唯一のレパートリーなんだ」

「楽しみにしているわ。それから……」

人目があるわけでもないのに、枝衣子は送話口を手のひらでおおって、声をひそめる。

「それから椋ちゃん、コンドームを買っておいて」

電話を切り、一分ほど黙考してから、水沢は突然笑いだす。

「椋ちゃん、か」

とにかく風呂に入って、髭を剃ろう。

8

　このところ寝不足がつづいていたせいか、起きたときは十時を過ぎていた。カーテンをあけると今日も晴天で、せまい窓に二十センチほど朝日がさしてくる。十一月は晴天率が高いからまだ幾日かはこの天気がつづくだろう。

　小清水柚香はインスタントコーヒーをいれてうなぎパイをかじり、広くなった六畳間を見渡してウムとうなずく。一昨日は増岡家の調度を整理するついでに自分のパイプベッドもリサイクルに出し、今は部屋の隅に寝具がたたまれているだけ。これでカーペットでも敷けばいくらか洒落た部屋になる。

　仕事机の前に胡坐をかき、新しいパソコンに目をやると、思わず頬が笑ってしまう。警察から増岡家へ返却された二台のパソコンはほぼ新品、選挙用に調達したものらしくてグレードも高く、画面やキーボードにも傷はない。夫人は二台もいらないといい、当然ながら一台が柚香の仕事机に。もちろんパスワードは設定してあるが必要ならスキルのある誰かに突破させればいいし、自分が使うだけなら初期化してしまえばいい。この安アパートへ都落ちしてから半年、ついに柚香の人生も上昇気流にのってきたのだ。

　日曜の夜に水沢が帰ってきたのは十時過ぎ。土曜日はW不倫の氏名を聞けるはずだったのに、すっぽかされて激怒した。もしかして急病か交通事故かといらぬ心配までしたが、電話をするのも癪《しゃく》にさわるし、女の意地で我慢した。その我慢と女の意地で聞き出した二人の名前は、思わず「ええっ、うわあ」と声が出たほどのもの。女優のほうは何年か前に結婚して子供もいるが、今でも清楚な主婦役から敏腕弁護士役までこなすアラフォータレント。政治家のほうは知らなかったけれどそれは政治に興味がなかったからで、検索してみたら党幹事長代理を務める二世議員だった。この二人のW不倫をスクープすれば、少なくとも三カ月は茶の間の話題を独占できる。

うなぎパイを完食し、コーヒーに口をつけて、くもったメガネをジャージの裾でぬぐう。柚香の人生に光明《こうみょう》が射してきたことは事実、今日だって週刊講文の編集長に「午後二時に顔を出せ」と厳命されたから、このネタがとり上げられることは確実だろう。週刊誌は迅速さと機動力が命だからすぐに十人ほどの外部ライターが招集《しょうしゅう》されて、早ければ今夜からでもW不倫の裏取りが始まる。それは望むところなのだが、そうなると柚香だっていつアパートへ帰れるか分からない。

増岡夫人と親しくなってしまったから、市議や娘の記事を書くことには抵抗がある。それに水沢の台詞ではないが、女優と政治家のW不倫にくらべればローカルネタ。本心からも、一人残された夫人に静かな生活を送らせてやりたい。しかしこの大スクープを追いはじめると夫人の〈相談〉にはのれなくなる。

問題は葬儀の日取りなんだよね。パソコンを返しにきた刑事も未定と言っていたから、たぶん捜査はつづいている。もともと先週の火曜日が増岡の葬儀予定で、それが一週間延期になって本来なら明日が葬儀のはず。政党の支部からは「支部葬は中止」と連絡が来たらしく、久恵の葬儀も含めてまるで予定がたっていない。夫人が落ち着かないのは当然だし、柚香だって気がもめる。実際のところはどうなっているのか、卯月刑事に電話をして状況を確認したくても、事件には関わらないことを条件に水沢からW不倫ネタを提供されたのだから、これも不可。柚香が取材でアパートへ帰れなくなったら、夫人はたった一人でどう現実に対応するのか。

困ったわね、とは思うけれど、柚香だってこのスクープは逃せない。ここで実力を示せば原稿料がアップされ、次の仕事も確保できて一流ライターの仲間入りをし、うまくいけば美人コメンテーターとしてテレビ出演も可能になる。そうなれば「好きな女ができたから」と勝手に同棲を解消したあのバカの鼻を明かせるし、「家賃のいらない居候先を」とかいう姑息《こそく》な手段も考えないで済む。

死んだ増岡や久恵は気の毒だし、夫人の行く末も心配ではあるけれど、ここはしっかり上昇気流にのってやろうと、柚香はずれてきたメガネを押しあげる。

月曜日の朝は憂鬱《ゆううつ》になるサラリーマンもいるそうだが、枝衣子はデスクにつくと気力が充実する。もともとワーカホリック的な体質だし、警視庁へも自分の希望で奉職した。たった一週間前までは休日も時間も無視して働いてきたのに、通俗的な男女交際を経験してしまうと、仕事と私生活の両立に快感さえ覚える。昨日だって昼近くまで水沢とベッドで過ごし、それから「そろそろ紅葉が始まったかも知れない」と二人で奥多摩へ紅葉狩《もみじが》りに出掛けた。氷川渓谷《ひかわけいこく》の紅葉は始まったばかりだったが、水沢の大菩薩峠《だいぼさつとうげ》や青梅《おうめ》街道に関する蘊蓄を聞きながら散策して、帰りには駅前で手打ちの新蕎麦を賞味した。

実をいうと枝衣子は、そばとかいう食べ物を口にしたのは上京してからのこと。地元で麺といえばうどんに決まっていて、蕎麦に関しては「あんな泥をこねたようなものを誰が食べるのか」と無視していた。東京に来てから二、三度食べてはみたが、あの苦っぽい風味が口に合わなかった。課長の金本が毎日のように蕎麦をすする様子に、「よくもまあ無神経に」と思っていたけれど、水沢と一緒に食べた手打ちの新蕎麦には「世の中にこれほど美味しい食べ物があるのか」と思ったのだから、人間というのは勝手な生き物だ。

だけどあの肉ジャガはいただけなかったわ。出汁《だし》が足りなくて醤油が多すぎて、おまけに糸こんにゃくまで入っていた。東京人はおおむね濃い味付けを好むものだけれど、今度はわたしがつくってやろう。

思わず口元がほころんでしまい、誰かに見られなかったか、とパソコンの画面から顔をあげてみる。部屋にいるのは課長の金本と萩原と研修の婦警だけ。未明に東恋ヶ窪のアパートで強盗傷害事件が発生し、土井の班に黒田たちも合流して捜査を開始した。まだ情報は少ないが、犯人は住人のＯＬを強姦《ごうかん》したついでに八千円ほどの現金を奪ったという。通り魔的な犯行で、被害者と犯人に接点がなかった場合は解決までに時間がかかる。

枝衣子と萩原が残っているのは自殺案件のあと始末をしているからで、これは今日中に結論を出す必要がある。横田医師への事情聴取で増岡家内の葛藤はほぼ判明、父親を病死させた久恵が混乱と絶望でみずから命を絶った可能性が大きい。それ以外にも夫の東田佳孝が嫉妬と恨みから久恵を殺した可能性、横田夫人が夫の不倫相手を殺した可能性、増岡夫人が夫殺害の証拠を久恵に握られていたので口封じをした可能性と、可能性はいくらでも考えられる。これが殺人事件と断定されての捜査ならそれぞれの可能性を精査するところだが、自殺の裏付け捜査では限界がある。

今枝衣子が検証しているのは久恵のパソコンデータで、なるほどもう、すっかり市議会議員気取り。〈国分寺から日本に革命を〉というブログは毎日のように更新され、フォロワーの質問にも積極的に答えている。可笑しいのは〈復活、給食のおばさん〉という標榜《ひょうぼう》に対する賛同者が三万人以上もいることで、これでは久恵が自分の政治手腕に自信をもつのも無理はない。増岡の映像データに関しては金本が「代わってやる」と申し出てくれたので、ありがたくお任せした。その金本はパソコンを睨みながら、たまにホウホウとかウームとか言いながらもう二時間も検証をつづけている。

久恵のデータ検証を終了させ、メモリを西国分寺駅の監視カメラ映像に交換する。十月終盤の日曜日で約一週間前、事件の発端はこの日ではあるけれど、実際の事件は三十数年前に広山真由美が遭遇した交通事故から始まっている。

枝衣子が期待したのは銀座へ出掛けた夫人と久恵が、本人たちの証言より二、三十分早く帰ってきたのではないか、ということ。それならどちらか、あるいは二人が共謀して増岡を殺害したとしても、現場を片付けて病死に偽装する時間はある。しかし二人が改札から出てくる時刻は午後の七時三十二分で、土井も言っていたが、時系列の辻褄《つじつま》は合ってしまう。念のために「もしかしたら増岡を殺害してから外出をよそおったのでは」と考えて映像を巻き戻してみても、二人はやはり証言どおり昼過ぎには駅構内へ入っていく。増岡のほうも午後一時半ごろに改札をくぐり、四時二十六分に改札を出てくるから夫人の証言どおり競馬へ行ったのだろう。そういえば水沢も天皇賞で奇跡がどうとか言っていたが、酔っていたのでよく覚えていない。それにもともと枝衣子は競馬なんかに興味はない。

金本はまだ増岡の映像データを検証しているが、久恵の死に関する情報が出てくるはずはなく、予定通り〈混乱と絶望による練炭自殺〉で報告書を作成してしまうか。それも仕方ないとは思いながら、昨日奥多摩を散策しながら水沢が呟いた「ふつうクルマでの練炭自殺はこういう山の中でするものだよな」というひと言が、どうも気にかかる。

たしかに水沢の言うとおり、練炭自殺のクルマが発見されるのはほとんど人目につかない山の中で、確実に死のうという意思のあらわれ。それはそうだけれど、どこで死のうと本人の勝手だし、久恵は酔っていたからクルマの運転を面倒に思った可能性もある。

結論を出してしまおうか、と思いながら駅の監視映像を往復させ、そして突然、枝衣子の手がとまる。四時二十六分に改札を出てくる増岡から二人の人間をはさんで、見覚えのある男が写っている。その男の顔を固定し、拡大と縮小を何度かくり返して確信をもつ。それは水沢と同じアパートに住んでいる、中村某という初老男なのだ。

無意識のうちに息をとめていたらしく、腕を組んで、大きく息を吐く。いったいこれはどういうことか。中村だって住人だから駅を利用することはあるだろうけれど、増岡の死亡した日にたまたま接近して改札を出てくる確率は、どれほどのものか。

試しに映像をさかのぼり、増岡が初めに改札をくぐる場面まで戻してみると、そこにもなんと、増岡から二十秒遅れて改札をくぐる中村が映っているではないか。増岡と中村はもう二十年以上の隣人で、当然顔見知り。休日だから二人で競馬場へ、という状況も考えられるが、そんな休日の過ごし方が増岡に似合うとも思えない。

腕を組んだまましばらくパソコンの画面を注視し、また大きく息をついて、萩原のほうへ顔をあげる。

「萩原くん、ちょっと来て」

萩原もパソコンに向かっていたが、すぐ作業の手をとめて枝衣子のデスクへ歩いてくる。

枝衣子は画像を夕方の場面に戻し、デスクの横に立った萩原のほうへパソコンの画面を向ける。

「萩原くん、この男に見覚えがあるでしょう」

「ええと、どの男です？」

「ジャンパーを着て小太りで髪の薄い、五十歳前後の」

「はあ、いえ、そういわれても」

「増岡が死んだ夜に野次馬がいたでしょう。道の向かいに小さいアパートがあって、その前に」

萩原が腰をかがめて画面をのぞき込み、数呼吸してから、姿勢を戻してロングの前髪をかきあげる。

「無理ですよ。あそこに人がいたような気はしますけど、よく見ていなかったし、だいいち暗かったじゃないですか」

それもそうか。枝衣子は小清水柚香から中村の名前を聞いていたし、水沢の部屋に泊まった翌日にその窓から出勤していく中村を見かけて、久恵の遺体が発見された日も増岡家で顔を合わせている。偶然ではあるけれど、刑事課員のなかで中村の顔を判別できるのは枝衣子一人なのだ。

「萩原くん、土曜日に調べてもらった盗聴器、二十年以上も前のものだったわよね」

「たぶん、という程度ですけどね。回収して専門家に調べさせれば分かるでしょうけど」

「電波が届く範囲は半径五十メートル」

「それは確認しました」

「五十メートルも届けばじゅうぶんという人間がいるわけよね」

「理屈ではそうですが、あのコンセントタイプはやっぱり古いと思いますよ。選挙のときに相手側の陣営が仕掛けるとしたら、ボールペンタイプでもボタンタイプでも、小さくて感度のいいものがいくらでもあります」

「そういうものは電池式でしょう。電池の寿命がつきればそれまで。でもコンセントタイプなら壁にさし込まれている限り、二十年でも三十年でも電波を発しつづける」

「はあ、理屈では。それでこの、ジャンパーを着た男は？」

「下の名前は分からないけど苗字は中村、増岡家の向かいにあるあのアパートに、もう二十年以上も住んでいるという」

「たまにそういう人もいますよね。通勤に便利だとか、環境が気に入ったとかで長年同じアパートに住みつづける人が」

「そうかも知れないけれど、この監視映像は……」

椅子をデスクから遠ざけ、また腕を組んで、枝衣子は横に立っている萩原を見あげる。

「悪いけど萩原くん、市役所へ行って確認してくれる？」

「中村の素性ですか」

「アパート名は福寿荘、増岡家の向かいだから住所も分かる。二十年以上も住んでいれば住民票があるはずだし、戸籍謄本なんかも」

「分かりました」

「二十年以上というのが二十年なのか、二十九年なのか、結婚歴があるのかないのか、ほかにも調べられることがあったらすべて調べて」

萩原も枝衣子の口調になにかの気配を感じたらしく、うなずいただけで、前髪もかきあげずにデスクを離れる。そこで研修の婦警に二言三言声をかけ、バッグを小脇に部屋を出ていく。これまで気にもしなかったが、婦警と萩原は同期で二人とも容貌はまずまず。どうでもいいけれど、もしかしたら交際でも始めたか。

椅子の位置を元に戻し、西国分寺駅の監視カメラ映像を三度四度と、くり返し検証する。水沢のアパートに泊まった翌日、出勤していく中村を窓から見かけて「晩年にもさしかかってこんな安アパートに暮らす人間の心境はどんなものか」と思考しかけ、でも「人生なんてしょせん食べて寝て排泄するだけ」だからとそれ以上の詮索はしなかった。あのアパートには台所とユニットバスがついていて、たしかに、暮らすだけなら暮らせる。しかし暮らせるだけなら暮らせるという理由だけで、水沢や小清水柚香が、はたして、二十年も三十年も定住するものだろうか。

枝衣子の頭になぜか横田医師の顔が浮かび、その顔が上条少年の顔に変わって、広山真由美という美少女の写真も思い出す。

まさか、いくらなんでも。

そうは思いながらも抽斗をあけ、真由美や上条少年が写っている卒業アルバムをとり出して、ページをめくる。六クラスで三百人もの生徒がいても、写真の下に記してある「な」行の氏名を追うのはかんたん。実際に検証は一分もかからず、そして枝衣子は三年六組の「な」行欄に中村和夫の氏名を発見する。中学三年の中村少年は小柄で色黒、髪は昔風の坊ちゃん刈りでそれ以上の特徴はないが、注視すると、その伏し目がちな視線が現在の中村に重なってくる。

枝衣子の尾てい骨《びこつ》あたりに悪寒が発生し、その悪寒が背中を這いあがって、首筋から頭頂へと抜けていく。

中村のほうは当然、隣家の増岡夫人が広山真由美であることを知っていた。しかし夫人のほうはどうか。中村がスポーツや学業や生徒会活動で存在感があったか、あるいは逆に不良で悪目立ちをしていたならともかく、「その他大勢」だったら女王様の目に留まった可能性は低い。それは生徒に無関心だった増岡教諭にしても同じことだろう。全校生徒が百人しかいなかった枝衣子の中学でさえ、顔や名前を覚えていない同窓生はいくらでもいるのだから。

昂《たかぶ》っている神経を深呼吸でしずめ、パソコンとアルバムを持って金本のデスクへ歩く。

「課長、お忙しいところをお邪魔します」

仕事としてAV映像を検証しているのだから憚る必要もないだろうに、金本がパソコンの映像を停止させて顔をあげる。

「いやあ、増岡氏のこのセーラー服趣味も、徹底してるなあ。スカーフの色にさえ拘《こだわ》りがある」

「こちらはむさ苦しい初老男ですが、ご覧ください」

枝衣子が駅の改札に映っている中村の画像を示し、金本が二、三度、画面に顔を寄せたり離したりする。

「このジャンパーを着た小太りの？」

「見覚えがありますか」

「いやあ、まるで」

萩原が見分けられなかったぐらいだから、増岡の死んだ夜にアパート前の暗がりに立っていた中村のことなど、金本が覚えていないのは当然だろう。

「男の名前は中村和夫、増岡家の向かいにあるアパートの住人です」

「ふーむ、それが？」

枝衣子はパソコンを金本のデスクにおいて、中村と増岡が改札をくぐる二つの場面を二度往復させる。

「一週間前の、増岡が死んだ日の午後です。増岡が競馬場へ出掛けたことは前にも報告しましたが、中村はその増岡のあとを尾行《つけ》ています」

「まあ、そういうふうに、見えなくもないが」

「あきらかにそう見えますよ。それに中村は……」

卒業アルバムも金本の前におき、三年六組のページをひらいて、中村の写真と名簿の氏名を指で示す。

「この中村少年が現在増岡家の向かいに住んでいる初老男です。萩原くんが市役所へ調べに行きましたが、少なくとも中村は二十年以上も向かいのアパートに住んでいます」

「職業や家族構成は？」

「それを調べる必要があるだろうと、課長に提案しています」

金本が白髪交じりの眉をひそめ、太鼓腹を静かにさすって、枝衣子の顔とアルバムを見くらべる。

「このアルバムはたしか、増岡夫人の」

「中学の卒業アルバムです。成人後に横田の婿になる上条少年と真由美は三年二組、中村は三年六組。教諭時代の増岡は担任外だったせいか、クラス写真に顔はありません」

「増岡氏に夫人に横田医師に中村、この四人がみんな同じ中学で、それが三十年以上も何らかの形で関係をつづけている。ちょっとした因縁話だなあ」

本庁の山川も英国ミステリーにたとえて「陳腐な因縁話」と表現したが、中村に関してだけは因縁ではなく、意図的に関係したものだろう。

「確信がなかったのでご報告しませんでしたが、増岡家には二階と一階に、それぞれコンセントタイプの盗聴器が仕掛けられています」

「おいおい、それはまた」

「申し訳ありません。どうせ選挙関係だろうと、たかをくっていました」

「つまり、それも、この中村という男が？」

「可能性は大いにあります」

「いったいなんで中村は、そこまで」

「不明です。不明ではありますけど、分かるような気も、しなくはありません」

金本が口を半開きにし、しかし言葉は出さないまま枝衣子の顔を見つめて、呆れたようにため息をつく。少女時代の広山真由美がどれほど美しかったか、枝衣子はその従妹や横田医師から直接証言を得ているが、金本のほうはたんに報告を受けているだけ。増岡の死んだ夜に夫人と対面しているといっても、地味で野暮《やぼ》ったい感じの夫人では実感がわかないだろう。

中村がなぜ増岡家に盗聴器まで仕掛け、二十年以上もあの安アパート暮らしをつづけてきたのか。

その理由はたぶん、少女時代の広山真由美の、美しさにある。

「しかしなあ卯月くん、中村はともかく、増岡夫人は中村が同じ中学だったことを、知っていたのかなあ」

「知らなかったと思います。横田医師との関係はためらいもなく証言しましたから、中村の素性を知っていたのならそれも話したはず。増岡にしても、性格からして、広山真由美以外の生徒なんか眼中になかったでしょう」

「横田医師は」

「中村が横田医院に通っていなければ、あるいは通っていたところで、気づいたかどうか。横田医師から事情聴取したとき中村の名前は出ませんでした」

「そうなると中村という男は……」

上着のポケットに手を入れ、タバコをとり出しかけて、金本が「くそっ」と言いながら箱をポケットに戻す。

「そうなると、あれだなあ、中村という男は夫人にも増岡氏にも横田医師にも気づかれず、増岡家とは目と鼻の先のアパートで、二十年以上も、じーっと息をひそめて暮らしていたわけか」

「それも盗聴器まで仕掛けて」

「そんな人間がこの世にいるとは信じられん」

「わたしも信じられませんが、事実関係ではそうなります。ですから中村の身辺調査を」

「かりにだぞ、かりに中村が君の言ったとおりの暮らしをしてきたとして、それが事件にどうつながる。駅の映像だって、たまたま二人が同じぐらいの時間に改札をくぐっただけかも知れないだろう」

「行きも帰りもですよ」

「近所の人間なんだし、たまたまということだって……」

またポケットに手を入れかけ、その代わりにぽんぽんと腹を叩いて、金本がゆっくりと天井をふり仰ぐ。

「あの日増岡氏は競馬場へ行ったんだよなあ」

「夫人の証言では」

「卯月くん、府中本町《ふちゅうほんまち》駅では、競馬の開催される日だけ臨時の改札口が使われることを知っているかね」

「わたしに聞くのはやめましょう」

「それもそうだ。とにかくふだんは使われない改札口が、競馬場に近いという理由で開催日だけ利用できる。当然その日は監視カメラも作動させると思うが」

「課長」

「なんだね」

「あとで笊《ざる》蕎麦をおごります」

「君におごられなくても……」

枝衣子は思わず金本の肩を叩き、パソコンとアルバムを自分の手に戻して、一歩デスクから離れる。

「うちの班の黒田さんたちを呼び戻してください。できれば土井さんの班も」

「しかし強盗傷害が」

「未明の事件ですよ。付近の聞き込みをしたところで都合よく目撃者はあらわれませんよ」

「それは、まあ」

「萩原くんと連絡をとらせて、中村和夫の家族構成から勤務先、収入から交友関係から中学卒業後の履歴などを徹底的に。わたしはこれから府中本町駅へ向かいます」

「所轄が関われるのは自殺案件だけであることを、忘れていないか」

「ですからその練炭自殺事件に決着をつけます。念のために増岡家のクルマを駐車場から国分寺署《うち》へ移してください」

「クルマを?」

「うちの署員も鑑識の講習を受けていますが、プロではありません。本庁の専門家が調べればなにか見つかるでしょう」

「なにか、とは」

「知りませんよ。でも練炭自殺はふつう、発見されにくい山奥でするものでしょう。それにあのクルマのなかには、ウィスキーのビンがなかった気がします」

「他殺と決めつけるのは……」

「もちろん国分寺署《うち》が証明するのは東田久恵が死に至った経緯だけです。付随して諸々《もろもろ》の要素が判明したとしても、処理は署長に任せればいいでしょう。現場は現場ですべきことをする、それだけのことじゃないですか」

金本がうんざりしたような目で枝衣子の顔を眺め、腹がへこむかと思うほど深いため息をついて、パソコンの再生ボタンに指をのばす。

「卯月くん」

「はい」

「おごってくれる笊蕎麦には、海老《えび》の天ぷらをつけてくれ」

9

国分寺署三階にある予備室の窓に朝日が射し、白い大菊の花弁を金色に染めている。菊は三本仕立てという作りで、一本の茎を三叉に分けて三輪の花に段差をつけてある。鉢には〈寄贈・国分寺市防犯協会〉という札が貼られ、テーブルには小さいジョウロもおいてある。予備室にはほかにも壁に国分寺市出身だとかいう画家の風景画が飾られ、おまけに〈正義〉という書の掛け軸までさがっている。その書家も国分寺市の出身だというが、誰も知らない。

午前九時、部屋にいるのは刑事課長の金本に本庁の山川に一班班長の土井、それに黒田や三人の刑事課員に生活安全課の日村、そこに他の刑事課員や生安課員が出入りし、第一取調べ室から送られてくる映像をちらちらと眺めていく。窓側とは対面の壁に掛かったテレビモニターにも〈寄贈・国分寺市商店主連合会〉と銘が打ってある。

モニターに映っているのは小机の前に座った萩原だけで、まだ中村和夫と卯月枝衣子の姿はない。

金本が菊の鉢を見おろし、つき出た腹を撫でながら顔をしかめる。

「なあ山川、俺も去年この三本仕立てというやつを作ってみたんだが、花の高さが合わなくてなあ。三本仕立ては花の大きさも開花時期も合わせにゃならんし、意外に面倒なんだぜ」

折りたたみ椅子に座っている山川が首だけめぐらし、半白の頭を掻きながら菊とテレビモニターを見くらべる。

「来年からは朝から晩まで、好きなだけ菊でも庭でもいじれるじゃねえか」

「それがなあ、実は……」

金本が目顔で山川を招き、ほかの署員を憚るように声をひそめる。

「まだ誰にも話していねえんだが、実は熱海《あたみ》にリゾートマンションを買ってあるんだ」

「そいつはまた、押収した覚醒剤でもくすねたか」

「バカを言うな。リゾートマンションたって、築何十年とかいう中古物件さ。バブルのころ腐るほど建てたやつが今じゃ一千万以下で買える。それも温泉やプールがついていてなあ」

「定年後はそっちへ？」

「女房《かみ》さんもまだ歩くぐれえはできるが、それ以上は無理になってよ。だから俺も庭いじりどころじゃねえし、いい加減くたびれてもいる。近くに設備のいい病院もあるし、定年になったら二人で熱海へなあ」

「今の家はどうする」

「娘夫婦が子供をもう一人とかいうから、あけ渡すよ」

「まあ、女房《かみ》さんと二人だけなら年金で暮らせるか」

「そういうことだ。山川のところはまだ奥さんが？」

「それがおめえ、なにを狂ったんだか、この春から家の近くで飲み屋を始めやがった。定年になったら俺にも店を手伝えとか言いやがる」

「いいじゃねえか。お前が飲み屋の亭主になったら、少なくとも暴力団は寄りつかねえ」

金本と山川はもう四十年近いつき合いだから、お互いの口調も自然とくだけたものになる。

そのときドアがひらいて署長の後藤が顔を出し、署員たちに会釈をしながら一番端の椅子に腰をおろす。同時にモニターのなかでも取調べ室のドアがあき、制服警官につき添われた中村が入ってくる。

卯月枝衣子は洗面所の鏡に向かってブラウスの襟をととのえ、一瞬迷ってから、それでも口紅を薄くひき直す。昨夜は寝ていないので目が充血し、下目蓋のあたりもくすんで見える。そのくすみをファンデーションでごまかそうかとも思ったが、取調べ室のカメラがそこまでとらえるはずはなく、中村和夫と対峙《たいじ》したとき却って迫力になると思い直して、そのままにする。

中村の身柄を福寿荘101号室で確保したのは昨夜の午後十時過ぎ。直接の拘束容疑は増岡家に対する住居侵入と器物損壊、それに窃盗という軽微なもの。盗聴電波を受信しているだけでは犯罪にならないから、このこじつけは仕方ない。しかし盗聴器を仕掛けたとき家人の承諾を得ているはずはないので、住居侵入罪は成り立つ。器物損壊に関しては盗聴器によって通常の配線設備を乱したというこじつけだし、窃盗も盗聴器分の電気料金を違法に窃取したというもの。それだけなら執行猶予か書類送検程度の犯罪だが、もちろん本命は殺人にある。本庁の山川も今回の取調べ中に中村から決定的な証言をひき出せれば、その時点で裁判所へ殺人容疑での逮捕状を請求するという。

殺人の容疑者に対する取調べは、本来なら本庁捜査一課の山川がおこなうべきで、それは枝衣子にも分かっている。山川が「最初からの行掛《いきがか》りがあるから卯月警部補に任せよう」と提言してくれたのは、枝衣子の能力を見極めるためでもあり、旧友の金本に対する友情でもあるのだろう。いずれにしても枝衣子にとっては試金石で、警視庁入庁以来この日を待ち望んでいたのだ。そうはいっても殺人事件の容疑者に対する尋問は初めてのことではあるし、昨夜は眠れないまま取調べのシミュレーションをしたといっても、さすがに緊張する。

しかし枝衣子には子供のころから、試験の本番に強いという才能がある。

鏡のなかの自分に向かって「よし」と気合いを入れ、尋問資料の入っている段ボール箱を小脇に洗面所を出る。第一取調べ室は同じフロアの三十メートルほど先で、その廊下を意識してゆっくりと歩く。眠気など躰のどこにもなく、床にひびく自分の足音にさえ自信を感じてしまう。

テレビモニターのなかでまた取調べ室のドアがひらき、小さい段ボール箱を小脇に抱えた卯月枝衣子が入ってきて、中村和夫と対面する。予備室にたむろしている全員が居住まいを正し、誰かが大きく咳払いをする。

金本は山川のとなりの椅子に尻をのせ、緊張でもほぐすように、ぐるぐると首をまわす。

「おい金本、あの警部補さん、カメラに向かってにやっと笑ったぜ。いい度胸をしていやがる」

取調べ用のデスクに段ボール箱をおき、小机に就いて固く口を結んでいる萩原に会釈をしてから、枝衣子は中村の向かいに腰をおろす。それからカメラの点灯ボタンを確認し、すっくと背筋をのばしてデスクの端に両手の指をかける。

「中村さん、睡眠はじゅうぶんにとれましたか」

中村が眉をひそめ、腕を組みながら片頬をぴくっとふるわせる。犯罪の常習者ならともかく、堅気《かたぎ》の人間が突然留置施設に放り込まれてじゅうぶんな睡眠なんか、とれるはずはない。それに中村だって、名目は住居侵入や器物損壊でも、拘束理由の本命が殺人であることぐらいは分かっている。

「昨夜の段階であなたは増岡家に対する住居侵入等の容疑を認めましたので、人定《じんてい》質問は省略します。本日は盗聴器を仕掛けた理由や動機から質問を始めます」

中村の逮捕時には電波受信器や大量のDVDなどが押収され、枝衣子たちも徹夜でその分析をおこなった。DVDのほとんどはポルノ映像だったが五十男の一人暮らしなら驚くことでもなく、中村の部屋も意外なほど片付いていた。不動産屋を調べた刑事の話では中村が福寿荘に入居してから二十八年、間取りは水沢の部屋と似たようなものなのに、衣類はビニール製のカバー付きラックにすべて納まり、炊事用具などは皆無。調度はテレビと録画機器とパソコンや電波受信器ぐらいで、この時代には珍しく、ケータイすら携帯していなかった。盗聴器に関しては二十六年前、秋葉原で購入した二個のコンセントタイプを、夫人から家具の移動を頼まれたときに仕掛けたと供述している。

枝衣子は無言で腕を組む中村の表情を確認し、まず段ボール箱から中学の卒業アルバムをとり出す。

「中村さん、これはあなたが卒業した中学校の卒業アルバムです。三年二組には広山真由美さんと上条少年、そしてこちらの……」

ページをめくって三年六組の写真を提示し、中村に自分の少年時代を確認させる。そんなことは口頭で説明すればじゅうぶんなのだが、まず中村にひとつひとつ事実を認めさせ、最終的に言い逃れの退路を塞《ふさ》いでしまう。これまでにも暴行や傷害事件の取調べは経験しているし、警視庁の尋問技術講習でもノウハウを教えられている。

「中村さんも広山さんや上条さんと同学年、増岡教諭のクラス写真はありませんが、当然あなたは三人をご存知でしたよね」

中村が腕組みを解いて首をかしげ、少し身をのり出すように枝衣子とアルバムを見くらべる。

「刑事さん、上条というのは誰のことだね」

「上条は……」

枝衣子はアルバムのページを三年二組に戻し、上条少年の写真とその下の氏名を指し示す。

「上条さんは医学部を卒業後に横田家へ婿入りして、横田医院を継ぎました。当然ご存知では？」

「広山さんが通っているあの病院の、あの医者が？　いや、本当かね。偶然なのか皮肉なのか、世間というのは狭いもんだ」

横田医師に関して中村が虚偽《きょぎ》の説明をする必要はないから、中学時代も、そして現在も、中村は上条を知らなかったのだろう。当然それは逆の状況も成り立つ。

「横田医師と広山真由美さんが中学時代に同級だったことも、医師と患者として再会したことも偶然です。ですがあなたが二十八年前に福寿荘へ入居したことは偶然ではありません。これから警察が調べたその経緯を説明しますので、間違いがあれば訂正してください」

中村がちらっと視線をあげたが、短く息をついただけで、すぐ腕を組んで背中を丸める。心理的には防御の態勢で、尋問もここからが本番になる。

枝衣子は段ボール箱から中村の部屋で押収した螺旋綴《らせんと》じのノートをとり出し、伏せている中村の視線の先にそのノートを押し出す。中村の唇に力が入り、呼吸が乱れる。

「中村和夫さん、あなたの出身は府中市八幡町《はちまんちょう》。ご両親はまだ健在で現在お兄さんご夫婦とお暮らしです。あなたは中学卒業後立川市の工業高校へ進学し、そこの機械技術科を卒業と同時に立川市にあるムサシノ電器工業へ入社して、現在も同社の製品管理部にお勤めです。会社の同僚などから勤勉《きんべん》で誠実《せいじつ》な人柄だという証言を得ています」

ムサシノ電器工業は大手の下請け部品メーカーで、多くの製造業が中国へ工場を移転するなかでも拠点を日本におきつづけ、最近でも業績は好調なのだという。現在の中村はその製品管理部係長で昨年の年収は税込み五百三十万円余り、銀行にも千五百万円ほどの預金がある。その気になれば見合い結婚ぐらいできるだろうに、この二十八年間家賃三万円弱の安アパートに住みつづけている。会社の同僚から話を聞いた刑事の報告によると、中村は酒も飲まずタバコも吸わず、まじめだが面白みのない性格で、仕事以外では同僚との交際もなし。ただ競馬にだけは凝《こ》っていて、昼食時なども競馬新聞を放さないことが多いという。その人生は、どこか、死亡した増岡に似ている。

「中村さん、このノートはあなたの部屋から押収した写真帳の一冊です。ほかにも五冊同じようなノートがありますが、これはあなたが二十歳前後だったころにつくられたものです。間違いありませんね」

中村はそのノートに見向きもせず、ちょっと尻の位置をずらしただけで、視線を壁のほうへ向けてしまう。押収してきた六冊のノートは中村が中学時代からつくり始めたもので、ある意味では広山真由美の成長記録のようなもの。中村はこの時代から、すでに真由美を写真に撮って記録収集していたのだ。当時は安物の小型カメラを使っていたようで写真はすべて遠景、だがノートに貼った写真にはそれぞれ日付と「京都へ修学旅行。広山さん、清水寺《きよみずでら》の石段で転ぶ」などと心温まるコメントが添えてある。中学を卒業してからはさすがに写真も少なくなって、年間に二十枚程度。それでも真由美が松葉杖《まつばづえ》をついている写真には「広山さん、やっと退院。おめでとう」というコメント。以降も義足を装着して歩く姿や結婚式場の写真があり、結婚式場の写真下には「増岡、いつか殺してやるぞ」というコメントがついている。ほかのノートには自宅の庭で久恵らしい赤ん坊を抱いている真由美の写真や玄関前からタクシーに乗り込む写真などもあって、一番新しいものは増岡が市議会議員選挙で当選した日の記念写真になっている。

しかしその選挙日以降、この半年間、ノートには写真もコメントもない。

「あなたは中学を卒業してからも、ずっと広山真由美さんの動向を看視《かんし》していた。交通事故のことも増岡氏との結婚ももちろん承知、結婚と同時に今の住居を購入したことも知っていて、だからこそ、狭い道を一本はさんだだけのアパートへ入居して、ずっと真由美さんを看視しつづけた。この事実にも間違いはありませんね」

「そんな……」

「はい？」

「私が、どこへ、何年住もうと、そんなことは私の勝手だ」

「もちろんあなたがどこに住もうと、年収が五百万円を超えた今でも家賃二万六千円のアパートに住みつづけようと、あなたの勝手です。ひとつお聞きしますが、中学時代かあるいはそれ以降でも、あなたと広山真由美さんにはなにかの接点があったのですか」

「彼女とは、中学が、同じだった」

「こちらの調べたかぎり、中学の三年間、あなたと真由美さんが同級になったことはありません」

「だからどうした」

「クラブ活動とか、ほかの学校行事とか」

「なにもない。私は中学時代、広山さんのそばにも寄れなかった。口をきいたのも今のアパートに越してきて、朝のゴミ出しを手伝ったときが初めてだった。だが一度だって彼女に迷惑をかけたことはないし、無理やり近づいたこともない」

「中学が同窓だったことを、真由美さんに打ち明けようと思ったことは？」

「まさか」

「打ち明けても不都合はなかったでしょう。長年尾行けまわしていた事実はともかく、アパートが隣になって『偶然だけど、実は』と話したところで、それほど不自然ではなかったと思いますが」

「不自然なんだよ。広山さんは疑わなかったとしても、増岡には気づかれた。あいつは広山さんを独占するために無理やり結婚して、あの家に閉じ込めた。酒屋の配達でも宅配業者でも、近づく男にはすべて目を光らせていた。彼女を拘束して支配することが、あいつの生き甲斐《がい》だったんだから」

　同じような話は横田医師からも聞いたが、中村まで供述するのだから、増岡の真由美に対する異常な執着は事実なのだろう。もちろん中村のほうも異常であることに、変わりはないが。

　枝衣子は段ボール箱から茶筒ほどのガラスビンをとり出し、ていねいにデスクへおく。

昨夜ビンの中身を検証していて、その正体に思い当たったときは、思わず椅子から転げ落ちそうになったほどだ。

「これはあなたの部屋から押収したガラスビンです。中身を説明していただけますか」

中村の咽からイヤな音がこぼれ、椅子がきしんで、暑くもないのに、額からこめかみに汗が伝う。その気配に萩原が顔をあげたが、枝衣子は静かに首を横にふる。

「あなたが説明できなければわたしがします。まだＤＮＡの鑑定はされていませんが……」

「うるさい、黙れ。いくら警察だからって、他人の心に土足で踏み込む権利はない。それは大事な私物で、盗聴にもいっさい関係ない」

「ですが妊娠四カ月で真由美さんが堕胎する事実を知ったのは、盗聴の結果でしょう。あなたは堕胎当日産院まで真由美さんを尾行し、医療廃棄物として処理されかけたこの胎児を盗み出した。そして乾燥《かんそう》させてミイラにし、以降二十六年間、部屋で毎日このミイラを見つめつづけた」

「だからどうした。ゴミとして捨てられたものを回収したところで、犯罪ではない。増岡が殺した広山さんの子供を、私が毎日毎日、手を合わせて供養《くよう》していた。名前だってちゃんと、いや、それはいい。だからとにかく、その子供には手をつけないでくれ」

「あなたはノートにも結婚式の写真下に『増岡、いつか殺してやるぞ』という書き込みをしている。加えて毎日この胎児に手を合わせていれば、増岡氏への殺意が増長される。増岡氏への殺意は先週の日曜日に突然発生したものではなくて、長年あなたの心に蓄積《ちくせき》されたものだった。その事実に間違いはありませんね」

「あいつは、あの男は……」

口をあけたまま中村が言葉を呑み込み、枝衣子の顔を十秒ほど見つめてから、ほっと息をついて、またゆっくりと腕を組む。唇はかすかに動いているが声はなく、視線もデスクのどこかに固定されてしまう。

枝衣子はミイラ化した胎児の入っているビンを段ボール箱に戻し、代わりに七枚のプリントをとり出す。

「この写真をご覧ください。どれも先週の日曜日、西国分寺駅の改札口と府中本町駅の臨時改札口に設置された監視カメラの画像です」

中村の視線がそのプリントに届く様子を確認して、一枚一枚テーブルに並べていく。

「最初は午後一時三十一分に増岡氏が西国分寺駅の改札をくぐっていく写真です。次はその二十秒後にあなたが改札に。次の二枚は府中本町駅の臨時改札口で、一時四十八分に増岡氏と、やはり十八秒後にあなたが。この四枚ではあなたと増岡氏に三、四十メートルの距離があって、あなたは明らかに増岡氏を尾行しています。ですが次の……」

中村の視線は間違いなくそれらのプリントをとらえているが、もう唇の動きもなく、ほかの表情らしきものも窺《うかが》えない。その息遣いには肚をくくった人間の、冷静なかたくなさが感じられる。

まずいかな、と思いながら、それでも枝衣子は説明をつづける。

「問題は次の三枚です。最初の一枚は四時五分に府中本町駅の臨時改札口を、あなたと増岡氏がつづけてくぐる写真。次の二枚は西国分寺駅の改札口を四時二十六分に増岡氏が、それから人を二人はさんだだけであなたが出てくる写真です。この七枚をつなぎ合わせると、先週の日曜日、あなたは増岡氏のあとを追って府中競馬場へ赴《おもむ》き、偶然をよそおって場内で合流したあと、競馬を見てから一緒に帰宅した。わたしの説明に間違いがありますか」

中村の口元に力が入り、軽く息がつかれて、背中が椅子の背凭れにひかれる。

「認めたものと解釈します。そして次の質問は、事件当日、なぜあなたがこのように手の込んだ行動をしたのか、ということです。中村さん、こちらが納得できる説明をお願いします」

「そんなのは写真を見たとおりだよ」

「ということは？」

「刑事さんは尾行したと言ったが、とんでもない誤解だ。府中本町駅を出て競馬場へ向かっていたら、前を歩く増岡が目についた。それで声をかけただけのことだ」

「いつか殺してやるとまで憎んでいた相手に、ずいぶん寛容でしたね」

「それは、まあ、そういう気分のときもある」

「あなたは中学時代から、身分を明かさずにずっと真由美さんに付きまとっていた。行動も慎重で用心深い性格でもある。そんなあなたがたんなる気分で、宿敵に声をかけるとも思えませんね」

「どう思おうとそっちの勝手だ。どうせ刑事さんは、私が増岡を殺したと言いたいんだろう」

「はい、あなたは増岡誠人氏を殺しましたね」

「だから、そういう……」

「そういうなんです？」

「そんなことは、していない」

「あなたは競馬場か帰りの電車内で増岡氏の飲み物に睡眠薬を混入した。当日手の込んだ方法で増岡氏に近づいたのもそれが目的です。あなたが会社近くの病院で睡眠薬を処方されている事実は判明しています。増岡氏に対する憎しみが限界に達し、夫人と娘が外出する日を狙って計画を実行に移した。まず睡眠薬を飲ませて増岡氏の抵抗力をそぎ、座布団を顔にかぶせて馬乗りになる。犯行なんか一分もあればじゅうぶんだったでしょう。盗聴していれば夫人と娘の外出も、増岡氏が競馬場へ出掛けることも把握できた。二十八年も向かいに住んで増岡家を看視していれば、玄関の防犯カメラや近所の目を避けて増岡家に侵入することなんか、自由自在。あなたは当日、二階の居間でうとうとしている増岡氏を殺害し、乱れた座卓や座布団の位置をととのえた。ただひとつ分からないのは、増岡氏が見ていたというポルノ映像です。もしかして、あなたは増岡氏を貶《おとし》めるために、故意にその映像を流しておいたのでは？」

「だからそんなことは……」

中村が腕組みを解いて激しくデスクに身をのり出し、その口臭が枝衣子に襲いかかる。萩原が腰をあげ、中村がその萩原と枝衣子の顔を何秒か睨んで、それから空気が抜けるように、すとんと椅子に腰を戻す。

ここで中村が「はい、刑事さんの言うとおりです」と供述してくれれば一件落着、しかし必死に呼吸をととのえようとする中村の表情には、それとは異質な気配がある。

「刑事さん、私だって刑事ドラマぐらい見るんだよ」

「そうですか、わたしは見ません」

この場に水沢がいたら「警察官のくせに嘘を言うな」と笑われる。

「今刑事さんの言ったことなんか、みんなデタラメだ。証拠があるのなら出せばいいだろう。盗聴器のことはたしかに認めた。だがそれはそれだけのこと、睡眠薬がどうとか座布団がどうとか、私にはいっさい関係ない。刑事ドラマだって証拠がなければ逮捕されないことになっている」

乱発される質の悪い刑事ドラマというのも、困ったものだ。

枝衣子は写真帳と卒業アルバムを段ボール箱に戻し、代わりにそれぞれビニール袋におさめた二本のキーをとり出す。

「中村さん、この二本のキーのうち、小さいほうの一本はあなたの部屋から押収したものです。このキーがどこの鍵穴に適合するのかも判明しています。刑事ドラマではこの事実を、どう解釈するんでしょうね」

中村の顔色が変わり、汚物でも見るようにキーの袋を睨んでから、膝をのばして椅子をデスクから遠ざけようとする。しかし椅子もデスクも、当然ながら、容疑者が暴れ出したときの用心に固定されている。

「刑事ドラマでは……」

「うるさい。分かってるのなら、自分で言えばいいだろう」

「それでは説明します。この小さいキーは増岡家の勝手口ドアに適合しています。この鍵を増岡家の誰かがあなたに譲渡《じょうと》するはずはありませんので、これはあなたが違法に複製したものです。いつ、どうやってこの合鍵をつくったのでしょう」

「知るか、勝手に調べろ」

「念のために聞いたまでです。盗聴器を仕掛けられたあなたなら、こんな合鍵ぐらいどうにでもつくれました。いずれにしてもこのキーさえあれば増岡家への侵入はかんたん。夜中に増岡さんご夫婦が二階の寝室へひきあげたあと、あなたは増岡家に忍び込んで奥さんの下着を盗んだり匂いをかいだり、好き勝手に行動していた」

「嘘だ、そんな嘘っぱち、断じて認めないぞ。私は断じて、そんな汚いことはしていない。私はただ……」

「ただ、なんです？」

「ただ、その、少しでも広山さんの近くにいたかった。同じ家のなかで、同じ空気を吸いたかった。確かにその合鍵を使って家へ入り、夜中に二、三時間ソファに座っていることはあった。だが断じて、下着がどうとかの、下品な真似はしていない。そんなことをしたら私と広山さんの関係が汚れてしまう。刑事さんに分かれとは言わないが、今流行りのストーカーとは次元が違う。私の広山さんに対する気持ちは、純粋なものだ」

病気だな。

「あなたの増岡夫人に対する愛が純粋なものであることは認めましょう。ですが問題は、こちらの大きいほうのキーです。見覚えはありませんか」

荒くなっていた中村の呼吸が一瞬とまり、目蓋が激しく痙攣《けいれん》して、咽仏《のどぼとけ》が大きく上下する。

「お分かりですね。これは増岡家が所有するクルマのスペアキーです。このキーは東田久恵さんの遺体が発見された朝、交番の巡査が増岡家から持ち出してドアをあけたときに使用されました。交番の巡査は規定通り手袋をしていましたので、指紋は付着していません。このキーから検出できる指紋は、当然、直前に使用した人物のものです。昨夜住居侵入罪であなたを逮捕したとき、指紋の採取をおこないました。今はＩＴが発達していますから、こんな小さい所轄でも指紋の照合は容易です。刑事ドラマより進んでいるでしょう」

　中村の口が半開きになり、右の口角からよだれがこぼれて、目蓋の痙攣がより激しくなる。もしかしたらなにかの発作かとも思ったが、中村は椅子の座面を両手で握りしめ、嗚咽を我慢するように、短く呼吸をくり返す。

「昨夜から本庁の鑑識課で、あのクルマを徹底検証しています。人間の毛髪や体毛は自分で思うより抜けやすいものですから、必ずあなたの生体片が発見されます。かりになにも発見されなかったところで、このキーに指紋が残っている以上、あなたの東田久恵さん殺害容疑は立証されます。黙秘しても否定しても構いませんが、今の時点で容疑を認めたほうが裁判になったとき、判事の心証がよくなることは保証します。それは裁判員裁判になったときも同様でしょう。如何ですか、あなたは……」

「そうだ、私がやった」

「えーと、はい？」

「私があのくそ女を殺した。せっかく増岡が死んで自由になったのに、またあのバカ娘が広山さんを支配しはじめた。私の我慢にも、限界があった」

中村の顔や躰から怨霊《おんりよう》でも去っていくように、すっと力が抜け、小太りの肩がゆっくりと椅子の背凭れにひかれる。あまりにも呆気ない自白に枝衣子の躰からも力が抜けそうになったが、萩原も同様だったようで、椅子から腰を半分浮かせてしきりにロングの前髪をかきあげる。まさか乾杯まではしていないだろうけれど、予備室でモニターを見つめている刑事たちのざわめきが、気のせいか、枝衣子の耳にまで届いてくる。

しかしこの状況でカメラにVサインを送るわけにもいかず、枝衣子は居住まいを正して、わざと無表情をよそおう。

「萩原刑事、中村容疑者が東田久恵の殺害を認めた、と記録してください」

そんなことは言われなくとも萩原だって分かっているだろうが、ここは気合いとしてか、たちを決める必要がある。

萩原が深呼吸をして椅子に腰をおろし、枝衣子は突然穏やかになった中村の肉厚顔を、あらためて観察する。増岡市議も髪を染めている以外に特徴のない顔だったが、この中村も同様。水沢と同じアパートの住人だったから覚えていただけのことで、この取調べが終わって検察庁へ送ってしまえば、たぶん顔も思い出さないだろう。

「今、あなたは被害者のことを『くそ女』と表現しましたが、殺害の動機はそのあたりですか」

「子供のころから自分勝手で我儘な女だったよ。結婚してあの家からいなくなって清々《せいせい》していたのに、ずっと居座って、おまけに今度は自分が選挙に出ると言い出した。それだけなら我慢できたかも知れないが、その選挙に、広山さんを利用すると。相手は支援者だか党の関係者だか、とにかく電話で『躰の不自由な母親を介護しながら社会運動に取り組む』というスローガンにすれば、当選間違いなしとか言いやがる。そんな汚い目的のために自分の母親を晒《さら》し者にする娘が、この世のどこにいる」

使えるものならなんでも使う。横田医師も久恵が健気なシングルマザー政治家を志向していたと言ったが、久恵なら母親でもその障害でも、なんでも利用したか。ある意味では政治家向きの性格ではあったのだろうが。

「殺害の動機は増岡夫人を久恵さんの支配から解放するため。それで間違いありませんね」

中村が抵抗もせず、ためらいもせずに「うむ」とうなずく。

「それでは具体的な殺害方法をうかがいます。犯行当日の未明、あなたがかねてから用意してあった合鍵を使って増岡家の勝手口ドアから侵入したのは、何時ごろでしたか」

「二時にはなっていなかった。たぶん一時四十五分ごろだろう」

胸につかえていた屈託を吐き出して楽になったのか、中村の口調が穏やかになり、表情も〈どこにでもいる人のいいオジサン〉風に変化する。

「練炭や練炭火鉢はどこから入手しましたか」

「あの家の物置に決まっているだろう。増岡のやつ、毎年秋になるとサンマなんか焼きやがって、近所に嫌がらせをしていた」

「分かりました。調書の作成上、当夜の状況をあなたの口から説明していただく必要があります。ご協力ください」

中村がまた「うむ」とうなずき、ここまでくればもう無用な抵抗はしないだろうと、枝衣子はひと息入れることにする。そのとき取調べ室のドアがあき、研修の婦警が三本の缶コーヒーを持ってくる。ずいぶん完璧なタイミングだが、モニターでこちらの様子を注視している金本か山川の配慮だろう。

婦警が三人にコーヒーを配って部屋を出ていき、枝衣子はプルタブをあけて、冷たい無糖コーヒーをひと息に飲みほす。これまで自覚はなかったけれど、咽がからからだったのだ。取調べ時間もせいぜい十分か二十分ぐらいと思っていたのに、なんと二時間近くも経過している。

「事件当夜の午前一時四十五分、あなたの行動を最初から、順序だてでご説明ください」

中村も咽が渇いていたのか、枝衣子と同じようにコーヒーを一気に飲みほして、肩で息をつく。

「べつに説明することも、難しいこともなにもない。最近の久恵が大酒をくらったり睡眠薬を常用していることは、ぜんぶ分かっていた。クルマのキーをハンドバッグに入れておくこともスペアキーが机の抽斗に入っていることも、ずっと前から知っている」

二十八年間も増岡家を看視していて、ゴミ出しや家具の移動やこまかい用事で家内《いえうち》に出入りし、まして盗聴器を仕掛けて合鍵までつくっていたのだから、たぶん中村は増岡家の誰よりも増岡家の事情に詳しかったろう。

「で、犯行の経緯ですが」

「あの女が酔いつぶれていることは分かっていたよ。でも最初に勝手口から家へ入って、一応は酔いつぶれていることを確かめた。久恵は服を着たままベッドに倒れていた。そういうだらしのない女なんだ。問題はアパートの201号室でね。102や202から増岡家の庭は見えないが、あの男の部屋からは庭やベランダが見えてしまう。気を遣ったのはそれだけだ。さいわいあの夜は早く寝たようで、あの時間には電気も消えていた」

最近は毎日のように水沢と会っているので記憶が曖昧だが、たぶん枝衣子が水沢の部屋に泊まった翌未明のことだろう。

「だから気をつけるのは201号室の男だけ。あとはかんたんだ。増岡のクルマも駐車場も知っていたし、夜中を過ぎればあの道にクルマなんか通らない。スペアキーをもって駐車場へ行き、クルマを出して増岡の家に横付けした。そのときにはもう軍手をはめていたし、玄関の防犯カメラを迂回して練炭と火鉢をクルマに運び、久恵と久恵のバッグと靴をクルマに積んだだけ。そこから住宅街をひとまわりしてクルマを駐車場へ戻し、練炭を焚いてからスペアキーを増岡の家に戻した。時間なんか、そうだなあ、三十分もかからなかったよ」

たった三十分か。増岡家や付近の事情に精通していれば犯行時間自体はそんなものだろう。ただ久恵の死を練炭自殺に偽装する手口には、相当の計画性がある。

「だけどなあ刑事さん、まさかスペアキーの指紋まで調べられるとは、正直、思ってもいなかったよ」

「当然です。本物の刑事はドラマの刑事より優秀です。それに中村さんがお酒を飲まないと知ったときには、もう確信しました」

「酒のことで？」

「お酒の好きな久恵さんなら、練炭を焚いて意識のなくなる直前までお酒を飲むはずですからね。でもクルマのなかには空きビンもお酒の痕跡もなかった。飲酒の習慣がない中村さんはその点を見落としました」

「なるほどなあ。自分では完璧だと思っていたのに、ミスというのは出てくるものだ。もともと私に犯罪は向かないんだろう」

住居侵入も盗聴も立派な犯罪だが、中村にはその自覚がない。たぶん〈純粋な愛〉は犯罪にならないのだろう。もうしばらく雑談をつづけて中村の気分を和ませようか、とも思ったが、たたみかけて決着をつけてしまう方法を選ぶ。

「東田久恵さんの殺害経緯は分かりました。そこで話を元に戻します。先週の日曜日、あなたが増岡誠人氏を殺害した件も、お認めになりますか」

中村の口から「う」という声がもれ、目つきがまた険《けわ》しくなって、額の汗が手の甲でぬぐわれる。

性急すぎたか。競馬の話題かなにかで、もう少し時間をかけるべきだったか。しかし枝衣子に競馬の知識はない。

中村がまた腕を組んで防御の態勢に入り、自分の膝のあたりに視線を固定させて、唇だけをかすかに動かす。思考を集中させると唇が動いてしまう体質なのだろうが、映像を読《どく》唇術《しんじゅつ》の専門家に検証させて、分析が可能かどうか。

一分二分と時間が経過し、枝衣子のわきの下にも、じんわりと汗がにじむ。こんなときベテランの山川なら、容疑者にどう対応するのか。最初から黙秘を決めている相手なら取り調べる側も準備や覚悟があるのだろうが、中村はもう久恵殺しを認めている。もちろん刑事ドラマ愛好家らしいから「人間を二人殺せば死刑になる確率が高い」というぐらいのことは中村も知っている。枝衣子本人は中村に同情したい気持ちもあるけれど、裁判になれば話は別。裁判官の判決理由はどうせ「一方的で身勝手な犯行」になる。久恵一人の殺害なら懲役も十五年前後、しかし増岡の殺害まで認めてしまうとよくて終身刑。中村が今、必死に思考を巡らしている焦点も、その部分にあるのだろう。

「中村さん、すでにあなたは東田久恵さんの殺害を認めました。犯行も計画的ですから情状は酌量《しやくりよう》されないでしょう。かりに懲役が十五年だとすると、出所時のあなたは六十六歳。すでに人生も終わりに近づいて、もちろん真由美さんとの接触はいっさい不可。そんなあなたが秘密を抱え込むことに、どんな意味があるのですか。すべてを自供して気持ちを楽にしたほうが、以降の人生も平穏になると思いますが」

中村が顔をあげ、なにか言いかけてまたうつむき、腕を組んだまま三度四度と大きく息をつく。額にもう汗は見られず、唇の動きもなく、目蓋がたまに痙攣する。

その中村がふと腕組みを解き、膝に両手を添えて少し身をのり出す。

「刑事さん、あの子供は、どうなるんだろうね」

「子供？　ああ、あの」

「受刑者でも必要な私物を持ち込めると聞いたが、刑務所にあの子供を連れていけるだろうか」

「はあ、それは」

たしかに受刑者でも遺族の写真や位牌《いはい》は持ち込めるし、本や現金のさし入れも許される。そうはいってもミイラ化した胎児の持ち込みなんか聞いたことはないし、前例もないだろう。しかしやっと口をひらいた中村には、このまま言葉をつづけさせる必要がある。

「これまで前例はありません。調べてみないと断言はできませんが、たぶん無理でしょう」

「それなら子供の扱いは？」

「常識的には真由美さんにお渡しして、火葬にするべきかと」

「それは困る。あの子供のことが広山さんに知られたら、彼女に合わせる顔がなくなる」

今だって合わせる顔なんかないだろうに、中村があくまでも真由美を「広山さん」と言いつづける心情も、分からなくはない。

「ご両親にでも預かっていただくのは？」

「それはもっと困る。この事件でさえ迷惑をかけるのに、あの子供のことが知られたら親戚中の笑いものになる。だから、どうだろう、刑事さんのほうで火葬にしてもらえないだろうか」

こういうケースでの処理規定が、警察内にあったかどうか。胎児も処理されてしまっては人格が認められず、法律的には髪の毛や爪と同様にただのゴミになる。そうはいっても二十数年も中村が所有していたのだから、もう中村の所有物。容疑者と警察官が物品のやり取りをするのはもちろん禁止だし、枝衣子が個人として寄贈されるわけにはいかない。

中村も面倒なことを言い出したものだが、金本や山川に相談したところで解答はないだろう。

それなら、なるようになれ。

「承知しました。中村さん、わたしが責任をもって火葬にいたします」

「うん、うん、そうしてくれると助かる。火葬したあとの灰は多摩川にでも流してくれ。これでもう、思い残すことはない」

中村が肩で大きく息をつき、天井をふり仰いでから、心が決まったように視線を枝衣子に戻す。

「すべて認める。増岡の件は刑事さんが話した通りだよ」

その場の空気が凍《こお》りつく、という表現があるが、枝衣子には本当に一秒か二秒、取調べ室の空気が凍りついたように感じられる。中村の気配から自白の予感は得ていたものの、実際に言葉に出されると、二の腕に鳥肌が立つ。

萩原が顔をあげて強くうなずき、枝衣子は視線だけで返事をしてから、興奮を抑えるために前髪を指で梳きあげる。予備室のモニター前で刑事たちが握手を交わしている光景が、目に見えるような気がする。

「供述書にはわたしが説明したとおりに記載しますが、訂正や、つけ加えることなどは？」

「なにもないよ。ただ昔のノートに『殺してやる』と書いたのは、たんなる勢いだ。三十年間も殺意を持続させていたわけではない。直接のきっかけは……」

中村がコーヒーの缶を口に運びかけたが、空になっていることに気づいたのか、すぐデスクへ戻す。

「きっかけはねえ刑事さん、やっぱりあの選挙なんだよ。昔の教え子というのが何人か手伝いに来て、そのうちの一人が、どうもちらちらと私の顔を見る。私はその男の顔も名前も知らなかったが、もしかしたら中学か高校が一緒だったのかも知れない。そいつが私に気づいて増岡に告げ口をしていたら、もう私はあのアパートに住めなくなる。そのことがずっと気になっていた」

「それであの日、確かめようと？」

「そういうことだ。刑事さんの言ったとおり偶然をよそおって、増岡に近づいた。私は出身を長野県ということにしてあったんだが、増岡が疑っていないかどうか。世間話をしながらあいつの顔を窺っていたら、やはり、どこか不審《おか》しい。こいつは気づいているなと確信をもったよ。あの男は私の素性に気づいていて、ちくりちくりと甚振《いたぶ》るつもりだった。あいつはそういう奴なんだ。家事だの買い物だのをこまめにして広山さんを労《いたわ》っているように見せかけても、それとなく、ちくりちくりと、障害の件で彼女を虐《いじ》めていた。暴力はふるわなくても、精神的にちくりちくりと相手を追い詰める。私のためにも広山さんのためにも、これ以上増岡を生かしておくわけにはいかなかった。それだけのことだ」

中村が肩をすくめながら首を横にふり、憑《つ》き物《もの》が落ちたように、ほっと息をつく。

「どうせもう広山さんには会えない。懲役だろうと死刑だろうと、私には同じことだ。あとのことは万事、刑事さんにお任せするよ」

真由美が裁判に出廷して増岡の非人道性を証言すれば、あるいは終身刑以下の判決がくだるかも知れないが、真由美が中村のために、そこまでの援護をするかどうか。あるいは被告側の証人として、医師の横田なら、中村に有利な証言をしてくれるか。

心情的には中村に同情する部分はあっても、警察の仕事はここまで。あとのことは検事や弁護士や裁判官に任せるより仕方ない。

「分かりました。のちほど供述書を作成しますので、そのときサインをお願いします。今日はお疲れでしょうから、ゆっくりお休みください」

枝衣子の合図で萩原が内線電話をとりあげ、取調べ終了の旨を告げる。待っていたようにドアがあいたのは、本当に係員が廊下で待機していたのかも知れない。

中村が腰をあげ、枝衣子と萩原に深々と頭をさげてからドアへ向かう。その中村の腕に係員が手をかけて廊下へ連れ出し、ドアが閉まる。萩原がすぐ席を立って枝衣子に近づき、目を潤《うる》ませながら握手を求めてくる。いくらなんでも大げさな、とは思うものの、萩原の気持ちも分かる。

枝衣子は腰をあげて萩原と握手を交わし、カメラに向かって、小さくVサインをつくってみせる。

予備室ではざわめきが収まらず、署長の後藤までが周囲の刑事たちと握手を交わしている。その後藤が退出するときには拍手が起こり、気が抜けたように座ったままの刑事や、すぐ部屋を飛び出していく刑事もいる。

「なあ山川、中村に増岡殺しまで認めさせたのは卯月くんのお手柄だが、本庁で話が面倒にならねえか」

「知ったことか。現場は現場だよ。そういう政治的な問題をいじくりまわすのが、お偉いさんの仕事なんだから」

「そういうことかなあ。だがさっきの、スペアキーなあ。あれに中村の指紋が残っていたことなんか、聞いていたか」

「警部補さんが残っていたというんなら、残っていたんだろうよ」

「俺に報告はなかったが」

「いいじゃねえか。どうせ今ごろは鑑識が、クルマから中村の髪の毛か衣服片を検出している。それにしてもあの美人警部補さんは、いい度胸をしているなあ」

「山川、まさか……」

10

今日は遅刻が公認されるとかで、枝衣子はまだ寝息を立てている。

水沢椋は台所の柱に寄りかかってサイフォンがコーヒーを落としていく様子を、ぼんやりと眺めている。今日も晴天でカーテンが金色に輝き、かすかにスズメの鳴き声が聞こえる。せいぜいこの十日間の出来事だというのに、増岡の家から主人と娘が消え、階下の中村も警察に勾留《こうりゅう》された。今は椋の部屋で枝衣子が布団に顎をうずめ、そしてなぜか、隣室に柚香の気配がない。昨夜はせっかく「あのときの声」を押し殺したのに、気配がないと物足りなく感じてしまう。

コーヒーが落ち、半分ほどカップに移して枝衣子の寝顔をのぞく。乱れた髪が鋭角《えいかく》的な頬をおおい、右のうなじに小さいホクロが見える。化粧を落とした女の顔なんてあまり見られたものではないが、枝衣子に関しては起きているときよりも表情の厳しさが消えて可愛くなる。昨夜は前の夜が徹夜だったとかでほとんど布団にくるまったまま、それでも目をあけたときは椋が用意したシュウマイを口に運び、ワインを飲んで風呂に入ってセックスをしてまたまどろんで、その間に事件の顚末《てんまつ》や中村の供述内容などを自白した。事件の概要を部外者にもらすと懲戒《ちょうかい》免職にもなりかねないらしいが、枝衣子は椋が口外しないことに確信があるといい、椋本人にも確信がある。

枝衣子がこちら側に寝返りを打ち、薄く目をあけて、布団のなかから小さく手をふる。

「なん時？」

「もうすぐ十時」

「気持ちのいいお布団ね。わたしのベッドよりずっと寝心地がいいわ」

「となりの部屋にメガネがいないから安心したんだろう」

「また、あなた、彼女のことをメガネと呼ぶのはやめなさい。よく見れば……」

くすっと笑い、上半身を起こして、枝衣子が裸の胸にタオルケットを巻きつける。椋がその枝衣子にコーヒーカップをさし出し、枝衣子が受けとって口に運ぶ。

「それよりね、寝ながら考えたんだけれど、昨夜のあなたのあの説、やっぱり無理な気がするわ」

「なんの説だっけ」

「中村が真由美夫人か久恵を庇《かば》ったという説よ」

「あれはただの妄想だ。中村だって死刑を覚悟で他人を庇うほど愚《おろ》かではない。ただな、なんとなく中村が、気の毒に思えてさ」

枝衣子がコーヒーを口に含んで、ほっと息をつき、バスタオルを巻き直しながらユニットバスへ向かう。椋にしてもせっかく枝衣子が解決した殺人事件を蒸し返す意図はなく、たんに可能性を言ってみただけ。ただ中村が過ごしてきた五十年の人生を思うと、他人事《ひとごと》ながらやりきれない気分にはなる。中学時代に憧れた女性を四十年近くもつけまわし、名乗りもせず接触もせず、向かい隣のアパートに住んでひたすら相手を見つめつづけた。酒も飲まず同僚と交際もせず、楽しみは週末の競馬と盗聴ぐらい。挙句《あげく》のはては殺人犯になって人生を終わらせる。生まれてしまったから仕方なく死ぬまで生きるだけ。誰の人生も理屈は同じだろうが、中村の人生は虚しすぎる。

しかしいずれにせよ中村の久恵殺害は事実で、動機にも殺害の手順にも矛盾《むじゅん》はない。

椋は枝衣子の飲み残したコーヒーを飲みほし、カップにサイフォンのコーヒーをつぎ足す。こんな狭い部屋のどこがいいのか知らないが、枝衣子が「妙に落ち着く」と言うから、コーヒーカップをもうひとつ買っておこう。

枝衣子がユニットバスから出てきて、ちゃぶ台の向かいに座って膝をくずす。髪だけは梳《と》かしてきたらしいがまだ化粧はなく、目も少し腫《は》れぼったい。

「それからね、これも寝ながら考えたんだけど、あなた、本当に小説を書いてみない?」

「よく寝ながらいろんなことを考える女だな」

「うとうととして気持ちがよかったの。熟睡したときも気持ちいいけれど、まどろみながら考えると閃《ひらめ》くことがあるの」

「アインシュタインのようだ」

「あなたにも経験はあるでしょう」

「でもそれが小説と、なんの関係がある」

枝衣子がカップをのぞき込んで肩をすくめ、また手にとって二、三口すする。

「わたしが初めてこの部屋に来たとき、あなた『そのうち小説でも』と言ったじゃない」

「そうだったかな。君の気を惹《ひ》こうとして見栄をはっただけだろう」

「もう気は惹かれたから、次の段階に移ったら？」

「実家を出るとき親父にも言ったが、本気で小説を書こうなんて思ったこともない」

手をのばして枝衣子からカップを受けとり、コーヒーを口に含んで、頭のなかで「小説」と呟く。考えたらなるほど、今の椋は半風来坊《ふうらいぼう》。家族や社会からの束縛を逃れて自由な人生を、と望んだ結果ではあるが、自由には倦怠《けんたい》もともなう。それに本庁の捜査一課を目指しているエリートと、インチキ芸術学院のインチキ講師ではバランスも悪いだろう。

「わたしね、あなたが書く捕り物帖を読んでみたいのよ。あれだけの蘊蓄を無駄遣いするのはもったいないわ」

「捕り物帖か、面白いかも知れないな」

「ぜったい面白いわよ。それからね、売れない小説家を健気に支える美人刑事を主人公にしたミステリーも書いてほしいの。そっちはわたしがネタを提供してあげる」

テレビの二時間ミステリーも「くだらない」と言ったくせに、実際はちゃんと刑事ドラマを録画している。外見は冷淡だが、こうやってつき合ってみると枝衣子の性格はあんがい可愛い。もちろん面倒な事件を逆転ホームラン的に解決させて、機嫌もいいのだろうが。

「ついでにもうひとつ、お願いを聞いてくれるかしら」

「それも寝ながら考えたのか」

「これは違う、昨夜話したミイラのこと」

「ああ、あれか」

「みんなは証拠保管室に入れておけばいいというけど、なんだか可哀《かわい》そうな気がするのよね」

これも中村の悲しさで、いくら惚れた女が宿した胎児でも、父親は増岡。昨日枝衣子から話を聞いたときは一瞬、胎児の父親は中村かも知れないと思ったぐらいで、しかし状況的にはあり得ない。

「でもわたしが個人として寄贈されるわけにはいかないの。だから、あなた、名目だけでも受取人になってくれないかしら。たとえば、同じアパートの住人として、みたいな」

「義理はないけど、火葬して多摩川にでも流してやるか」

「ありがとう。すぐでなくてもいいの。送検や裁判の手続きがあって、決着がつくまでにはまだ半年はかかると思う。そのあいだに増岡夫人が事情を知って、自分がひき取ると言い出すかも知れないし」

　枝衣子が確認するように椋の顔をのぞき、ウィンクのように、小さく目くばせをする。椋に中村に対する義理はないし、枝衣子にだってないだろうが、中村の心情に同情する部分はあるのだろう。

「あの奥さんにはもう、中村の逮捕を？」

「昨日のうちに連絡は済ませてある。今日は午後から記者発表をするから、夕方にはニュースになるでしょう。反響は最小限におさえたいけれど、父と娘の連続殺人ですものね。しばらくは夫人もマスコミに追い回されるわ。そうなるとこのアパートも……」

　枝衣子がコーヒーを飲みほし、ちょっと首をかしげながら切れ長の目を見開く。

「まずいわねえ。中村の部屋はこの真下だし、記者たちはどうせあなたのところへも押しかける。今夜からしばらく、わたしのマンションへ避難しない？」

「それではおれは君のひもになってしまう」

「あら、売れない小説家を健気に支えるのが美人刑事の使命よ」

「君なあ、いや、でもたしかに、マスコミはまずいな。迷惑だろうけど、何日か居候をさせてもらおうかな」

　枝衣子がにんまりと笑ってまたウィンクをし、ちゃぶ台の下に脚をのばして、椋の膝に爪先を立てる。

「君の脚が長いことは知っている」

「そうではなくて、目を閉じてほしいの」

「どうして」

「服を着るから」

「君が服を脱ぐところは見ていた。着るところを見なくてはワンセットにならない」

「あなたって、よくそういうクサイ台詞を思いつくわね。やっぱり小説家に向いているわ」

枝衣子がまたつんつんと椋の膝を突き、椋は仕方なく台所のほうを向いて目を閉じる。服を脱ぐところを見られても平気なのに、着るところを見られるのは恥ずかしいという女性心理は不可解。しかしもちろん、本気で議論するほどのテーマではない。

かさかさと衣《きぬ》ずれの音をさせ、枝衣子が手早く身支度をととのえてユニットバスへ歩く。洗面所などという洒落たものはないが鏡ぐらいはついていて、一分ほどで戻ってくるともう化粧を済ませている。

「美人は化粧もかんたんに済むから安上がりだよな」

「今の台詞は原稿用紙に書きなさい」

壁のハンガーからジャケットを外して腕を通し、中腰になって、枝衣子が椋の額に唇を寄せる。

「ゆっくりしたいけど書類が山積みなの。でも帰りにはあなたのために新しいパジャマを買ってくるわ」

「おれもこの騒ぎが収まったら、君のために新しいコーヒーカップを買おう」

枝衣子がもう一度椋の額にキスをし、畳から大きめのショルダーバッグを抱えあげて、ドアをあける。隣室に柚香がいないことは分かっているのに、それでもちらっと外廊下をのぞくあたりは用心深い。

ドアが閉まって階段に足音が聞こえだし、椋は尻をずらしてカーテンをあけ、窓も半分ほどあける。思ったとおりの晴天で空気は乾燥し、増岡家の二階ベランダにもたっぷりと日が射している。

階段下にすぐ枝衣子が姿を見せ、何秒か増岡家の玄関に顔を向けてから、すっと背筋をのばして駅の方向へ歩き出す。一度ぐらい窓を見あげるかと思ったのに、枝衣子は背筋をのばしたまま歩きつづけ、しかし最後はうしろ向きのまま、肩の上でひらっと右手をふってみせる。椋がその背中を見送っていることぐらい、健気な美人刑事でなくとも推理はできる。

本心は迎え酒を飲んでひと寝入りしたいところだが、午後は講義があるし、幾日か枝衣子のマンションに泊まるとなれば下着や洗面道具ぐらいはまとめる必要がある。それにしても殺人事件の取材フィーバーというのは、どれほどつづくものなのか。柚香にはW不倫の情報を提供してやったけれど、性懲《しょうこ》りもなくこの事件にも首をつっ込むのか。サイフォンに残っているコーヒーをカップにあけ、顔でも洗おうかと思ったとき、増岡家の庭が目に入る。樹木なんかブロック塀側のヤツデぐらいで芝もなく、そのくせ物置の前には見事に花を咲かせた三輪の大菊が輝いている。

建物側に影が動き、掃き出し窓から増岡夫人があらわれる。黒いスラックスに黒いハイネックのセーター、上下とも黒い服装で決めているのは事件が解決して、主人と娘の喪に服するつもりなのか。枝衣子が言うほど美人とも思えないが、以前見かけたときよりも妖艶《ようえん》な感じはする。

夫人がサンダルをつっかけ、呼吸をととのえるような歩き方で物置に近づいて、ぴたりと足をとめる。手に持っているのは小型のハサミか。そこで夫人はまた十秒ほど呼吸をととのえ、静かにうなずいてからハサミを菊の茎にのばす。切り花にして仏の供養にでもするのだろう。しかし増岡の家に、仏壇があったかどうか。それにひとつの鉢で三輪だけ花を咲かせている大菊が、切り花に適しているかどうか。

なんとなくイヤな感じがしたとき、夫人が三輪のうちの一輪を、ちょんと切ってしまう。頭だけ切られた大菊が人間の頭のように、音を立てて地面に落ちる。椋は見てはいけないものを見てしまったような気がして、瞬間窓から離れる。

菊への知識はないが、今の行為は決して、剪定《せんてい》ではない。花びらを酢漬《すづ》けにする料理もあるけれど、使われるのは小菊だろう。

また窓に寄って膝を立てると、ちょうど夫人が二輪目の花を切り落とすところで、切られた花が鉢の縁にあたって一メートルほど転がる。夫人はためらう様子もなく三輪目を切り落とし、またしばらく呼吸をととのえてから、地面に落ちた子供の頭ほどもある菊を、三輪ともブロック塀の隅に蹴りとばす。

ふり返った夫人の唇には微笑みが浮かび、椋の背中には寒けが浮かぶ。

家へ戻りかけた夫人がふと顔をあげ、椋と視線を合わせる。夫人の顔には困惑も羞恥《しゅうち》もなく、椋が見ていたことを知っていたように、唇を微笑ませたまま、静かに会釈をする。椋も会釈だけは返したものの、重心が定まらず、尻をずらして台所の柱に寄りかかる。

夫人はただ菊の頭を切り落としただけ。ただそれだけのことなのに、なぜこれほど寒けがするのか。夫人が三輪の大菊を増岡と久恵と中村の頭に見立てていたと考えるのは、いくらなんでも邪推が過ぎるか。菊の首を切る自分の行為を、アパートの窓から椋が見ていることを、夫人は知っていたのか。

考えすぎか。

中村は自分の素性を夫人には知られていないと証言したらしいが、それは中村がそう思い込んでいただけで、夫人のほうは最初から気づいていた。もちろん盗聴器のことも最初から知っていたと、そう考えるのは、邪推が過ぎるか。

枝衣子はその部分に楽観的だったが、椋には四十年という年月が、どうも釈然としなかった。少女時代から男の視線を浴びつづけていた夫人が、いくら物陰に身を隠していたとはいえ、この四十年間、中村の視線に気づかなかったか。広告会社時代にはアイドルや女優とも多く接してきたから、彼女たちの特殊能力は知っている。他者からの視線に敏感だからこそ人気アイドルや名女優になれるし、その自意識で人格を破綻させる女もいる。広山真由美時代の夫人も芸能界デビューは果たさなかったものの、実質的にはアイドルだったのだ。

椋はぬるくなっているコーヒーを口に含み、無精ひげをさすって、とにかく顔を洗おうと考える。しかし考えても躰は動かず、思考は夫人が浮かべていた微笑みの意味に囚《とら》われる。

中村や横田医師は「増岡は夫人を支配していた」と証言したらしいが、実際はその逆で、夫人のほうが増岡を支配していたのではないのか。少女時代の美貌と身体的障害を武器に、増岡に学校行事にも参加させず、経済的負担も家事も身の回りの世話も、すべて押しつけた。中村や横田医師を操るのもかんたんで、堕胎の件も夫人が横田医師に「増岡が強制した」と告げただけのこと。盗聴器を知っていたから逆にそれを利用し、中村には自分に都合のいい台詞だけをささやいた。たとえば、「早く主人から解放されたい。もうこんな生活には耐えられない」「やっと主人から解放されたのに、今度は久恵が私を支配する。選挙のために、私を晒し者にしようとする」等々。

考えすぎか。

夫人が人生から増岡を排除した理由は、増岡が市議会議員に当選してもう役に立たなくなったから。家事も身の回りの世話もできなくなった増岡なんか、夫人からしてみれば故障した冷蔵庫や洗濯機と同じこと。使い物にならない粗大ゴミは捨てればいい。増岡の顔に座布団を押しつけたのは、夫人なのか、中村なのか。かりに夫人だったとして、中村がその様子を盗聴していたとして、それでも中村が自分を庇うことを知っていた。そのあと始末で中村が久恵を殺してくれることも、夫人は最初から計算に入れていた。

考えすぎか。

たとえ椋の推理が的を射ていたとしても、夫人が「その通りです」と証言しない限り証拠はない。すでに覚悟を決めている中村は口を割らないだろうし、中村には自分が操られていたという自覚そのものがない。

考えすぎだろうな。菊の頭を切り落としたときの夫人が微笑んでいたのは、人生の煩雑《はんざつ》さから解放されて気分が楽になったから。枝衣子に椋の推理を話したところで、「そういう妄想は小説に書きなさい」と笑われる。

そうだよな。妄想はいつか小説に書くとして、そろそろ顔を洗おうと腰をあげる。しかし隣室の柚香が増岡の死以降、自主的に夫人の小間使いになっている事実は、どう解釈する。

水沢のアパートを出たところで足をとめ、一瞬増岡夫人の様子を見にいこうかとも思ったが、「そこまでは業務外」と思い直して駅へ向かう。犯罪被害者家族に対する結果報告に警視庁としての規定はないが、口頭説明が必要なら課長の金本が対応するだろう。それに水沢の部屋で一晩過ごしたその足で増岡家を訪ねるのも、なんとなく気まずい。

アパートの二階から水沢が見送っていることは見抜いているので、わざとふり返らず、その代わり歩きながらひらっと手をふってやる。初めて水沢とすれ違ったのもこの路地、いくら住宅街の暗い路地とはいえ、よくもまあここまで女性のうしろ姿を無遠慮に観察できるものだと、半分ムッとして半分呆れた。その失礼なナンパ男とたった十日でここまでの関係になってしまったのだから、男と女のことは分からない。これからもどうなるのかは分からないが、あとのことは成り行きに任せるより仕方ない。枝衣子自身は経済的にも精神的にも自立している自信があるし、売れない小説家と自立した女のカップルもけっこう洒落ている。

でもね、あの布団は前にも別の女が寝ていることが確実だから、近いうち布団一式にシーツも枕もタオルケットも毛布もそれにバスタオル類も、みんな捨てて、新しくしてやろう。

多喜窪通りの角が近づいたとき、その角をひょいと曲がって小清水柚香が顔を出す。今日の服装はワークパンツにサファリジャケット、肩にメッセンジャーバッグをかけてベージュ色のキャスケットをかぶっている。

小走りに歩いてきて枝衣子に気づき、透明な壁にでもぶつかったように、柚香が足をとめて両手を広げる。

「うわあ、卯月刑事、やっぱり」

そこで急に声を落とし、メガネを押しあげながら、柚香が秘密っぽく肩を寄せてくる。

「やっぱり事件の関係で？」

「増岡さんの様子を見にきただけ。別段の変わりはないようなので、家へは寄らずに帰ってきたけれど」

「すごい展開でしたよねえ、あの中村さんがご主人と娘さんまで。聞いたときわたしなんか、冗談ではなく、本当に腰が抜けましたよ」

「聞いたときって、誰から？」

「もちろん奥さんから。昨夜わたしのケータイに電話がありました」

「そうなの。あなたと増岡の奥さん、親しそうですものね」

「べつに親しいとかではなくて、でも放ってはおけないでしょう。躰もあれだし、まるで世間知らずで、言っては失礼だけど実務能力もまるでなし。わたしなんかね、実は……」

もうじゅうぶん近いのに、また一歩枝衣子に身を寄せ、柚香が小さい鼻を得意そうに上向ける。

「とんでもないスクープをつかんで、もう編集部に泊まり込み。昨夜だって一睡もしていないですけど、奥さんから電話がきてしまったから仕方ないの」

そういえば水沢が、柚香の原稿を控えさせるためにW不倫の情報を与えたとか言っていたけれど、ここはとぼける。

「本当はね、増岡さんの事件も扱いたいの。でも中村さんも増岡さんも久恵さんも奥さんも、みんな知っていて、却ってやりにくいんですよねえ。だからこっちは先輩の記者に任せたの」

そのときアパートの方向から若い男が歩いてきて、ほっと顔をあげ、柚香のほうへ明るく声をかける。

「やあ小清水さん、おはよう。あなたは今幸せですか」

「河合くんに説明する義理はないわ」

柚香がそっぽを向いて河合の視線をさえぎり、それでも河合のほうは気を悪くした様子もなく、知らん顔で多喜窪通りへ歩いていく。

「あんなやつ、気にしなくていいですよ。それでね、えーと、そうそう、増岡の奥さんは実務能力ゼロでしょう。だからお葬式の手配とか親戚への連絡とか、そういうことに協力してあげたいの。いくら親戚とか友達とかが少なくても、人が来ればお酒や料理も必要だしね。そういうことの費用の計算や、誰か手伝ってくれる人の手配や、とにかくね、できることはしてあげたいの」

「偉いわね。あなたには今回の事件でも協力してもらったから、一段落したら食事をご馳走するわ」

「ありがとう。近いうちに電話します。水沢さんも誘っていいですか」

「えーと、なぜ？」

「だってあの人、貧乏だから」

「そうなの、よくは知らないけれど」

柚香が元気よく手をふり、メッセンジャーバッグを抱え直して、また小走りに路地の奥へ歩き出す。ずいぶん忙しい性格で、つき合ったら疲れるかも知れないが、人間的には素直で優しい。スタイルもいいし小作りの顔も可愛いし、水沢はメガネメガネと揶揄《やゆ》するけれど、案外いくらかは気があるのか。

女子高生ではあるまいし、卯月警部補、幼稚《ようち》な嫉妬はやめましょう。それにしてもさっきの河合という男、枝衣子のほうに「あなたは今幸せですか」と聞いてくれたら、「はい、ものすごく幸せよ」と答えてやったのに。

あなたは今幸せですか。

柚香がいつだったか、河合に関して「新興宗教に嵌まっているみたいで、不気味」とか説明しなかったか。そして河合の言った「あなたは今幸せですか」という台詞は、最近どこかで聞いたことがある。

幸せボケしていた枝衣子の頭に刑事スイッチが入り、深呼吸で気合いを入れてから、河合のあとを追って脱兎《だっと》の突進を始める。

「そこのあなた、ちょっと待ちなさい」

あとがき

私はミステリーに疎《うと》いので、警察官が不純な動機から病死案件を「よし、この死を殺人事件にでっち上げてしまおう」などと策動する作品があるのかどうか、寡聞《かぶん》にして知りません。国内外毎年毎年何百作（知りませんが）も発表されるんでしょうから、そりゃあ中にはそういう傾向の作品もあるでしょう。しかしその場合もなにかの理由（過去の隠蔽《いんぺい》や脅迫《きようはく》や復讐《ふくしゆう》等々）があってのことで、本作のようになんの必然性もなく、主人公のいわば〈わがまま〉から「よし、殺人事件に」などと突っ走ってしまうストーリーは、まずないでしょう。ミステリーとしては邪道もいいところで、もともとこんな設定はミステリーとして成り立ちません。

つまりね、本作はその邪道を「やってみようじゃないか」というワン・アイデアだけから生まれた作品なのです。主な舞台を東京都の西国分寺《にしこくぶんじ》周辺にしたのも、担当編集者氏の「奥さんの実家が西国分寺だから」というだけの理由で、行ったこともなく興味もなく、これまたなんの必然性もありません。

樋口有介はそんないい加減なコンセプトで小説を書いてしまうのか。
樋口有介はそんないい加減なコンセプトで小説が書けてしまうのか。

実は私、いわゆる警察小説が嫌いです。説教がましく正義感を振りまわす主人公の、うんざりすること。警察内部の意味のない対立やわざとらしい葛藤《かっとう》、たいして深刻でもないトラウマをひきずって泣き言をいう犯人や被害者。警察小説や刑事ドラマはまず、そういう愚劣な人間の見本市のようです。「それが面白いんだからいいじゃないか」という読者や視聴者に対して、意見はありませんが。

それならなぜ「おまえは警察小説を書いたのだ」と思われるでしょう？　しかし本作を読んでいただければ分かりますが、先に私が「嫌いだ」と言った要素が、どこにもありません。警察官もみんな小市民的で所轄《しょかつ》内も和気あいあい（警察機構等は正確ですのでご心配なく）、多少性格や精神に問題のある登場人物はいたとしても、一般社会の悲惨な現実にくらべれば可愛《かわい》いものです。

要するに本作は、なんと、警察小説の形を借りたアンチ通俗警察小説なのです。そう説明すれば本作を読んでいて「どうも普通の警察小説とは雰囲気がちがうな」と思った読者の疑問も解けると思います。

余談になりますが、作品中に水沢椋《みずさわりょう》が世界をバックパッキングしたときの逸話《いつわ》を卯月《うづき》枝衣子《えいこ》に語らせる場面があって、そのなかにネパールの山奥の話として「ビールは自分で歩いてこないけれど、女は自分で歩いてくるからビールより安い」というような記述があります。ちょっとこれ、分かりにくいと思いますので、ここで詳述。

枝衣子に語っている水沢の諸エピソード、多少のデフォルメはあるものの、すべて私の実体験です。ネパールの話は標高五千メートル以上もあったかと思う高地の情景で、とにかく小型飛行機の発着するふもとの村から老若男女《ろうにゃくなんにょ》、食料品や生活必需品をそれぞれ肩にかついで高地まで運びあげるのです。その行列も見ているだけなら絵になりますが、一緒に歩くとなるとさあ大変。なにしろ標高五千メートルですからね。私なんか十メートルも歩くと息が切れてしまって、なかなか先へすすみません。

そんな小集落の安宿で夕食をとっていると、女性がどこからともなく現れてとなりに座るのです。ネパールはインドに隣接していますからコーカソイド系の美人もいたりして、その女性も色は黒いものの目鼻立ちはまず完璧。彼女はひと言もしゃべりませんが、私も世界各地での経験がありますから、「ああ、自分を買ってくれという意味だな」と見当はつきます。ただね、ふと彼女の指を見ると爪が真っ黒。「お姉さん、昼間は畑に出ていたんだろうね、ご苦労様」と思ったものです。

そこでビールと女性の値段に戻りますが、もうお分かりでしょう？　ビールは年寄りや子供が標高五千メートルの村落まで延々とかつぎ上げてくるから貴重品、逆に女性はどんなに美人でも、ちゃんと自分で歩いてきます。その理屈を知っていると値段の逆転も、さもありなんと納得できます。

ここで余談の余談。このネパールの安宿、十メートルおきに休み休みなんとかたどり着いた私は、その場でバッタリ、咽《のど》もカラカラ、とにかくビールを飲みたい。宿の亭主に「ビールはあるか」と聞いたら「あるある」と。「冷たいビールだぞ。そのビールは冷えているか」「もちろんもちろん、よく冷えている。なにしろ三年も外に置いてあるから」だって。

現実は無能な作家が頭で考えるギャグより、面白いことがあります。

余談ついでにもうひとつ。

主人公の卯月枝衣子。書き始める前やそのあとも、しばらくはもっとアクの強い身勝手な女を想定していたのですが、書いているうちになんだか情が移ってしまって、ちょっと可愛くなってしまいました。

作品でも実生活でも美人に弱い私の体質は困ったものです。

（本作品は平成三十年四月、小社より四六判で刊行された『平凡な革命家の食卓』を改題の上、著者が改稿・修正したものです）

平凡な革命家の死

一〇〇字書評

切り取り線

購買動機（新聞、雑誌名を記入するか、あるいは○をつけてください）	
□（　　　　　　　　　　　　）の広告を見て	
□（　　　　　　　　　　　　）の書評を見て	
□ 知人のすすめで	□ タイトルに惹かれて
□ カバーが良かったから	□ 内容が面白そうだから
□ 好きな作家だから	□ 好きな分野の本だから

・最近、最も感銘を受けた作品名をお書き下さい

・あなたのお好きな作家名をお書き下さい

・その他、ご要望がありましたらお書き下さい

住所	〒				
氏名		職業		年齢	
Eメール	※携帯には配信できません	新刊情報等のメール配信を 希望する・しない			

この本の感想を、編集部までお寄せいただけたらありがたく存じます。今後の企画の参考にさせていただきます。Eメールでも結構です。

いただいた「一〇〇字書評」は、新聞・雑誌等に紹介させていただくことがあります。その場合はお礼として特製図書カードを差し上げます。

前ページの原稿用紙に書評をお書きの上、切り取り、左記までお送り下さい。宛先の住所は不要です。

なお、ご記入いただいたお名前、ご住所等は、書評紹介の事前了解、謝礼のお届けのためだけに利用し、そのほかの目的のために利用することはありません。

〒一〇一・八七〇一
祥伝社文庫編集長 坂口芳和
電話 〇三（三二六五）二〇八〇

祥伝社ホームページの「ブックレビュー」からも、書き込めます。
www.shodensha.co.jp/bookreview

祥伝社文庫

平凡《へいぼん》な革命家《かくめいか》の死《し》　警部補《けいぶほ》卯月《うづき》枝衣子《えいこ》の思惑《おもわく》

令和３年４月20日　初版第１刷発行

著　者　樋口有介《ひぐちゆうすけ》
発行者　辻　浩明
発行所　祥伝社《しょうでんしゃ》
東京都千代田区神田神保町3-3
〒101-8701
電話　03（3265）2081（販売部）
電話　03（3265）2080（編集部）
電話　03（3265）3622（業務部）
www.shodensha.co.jp

印刷所　錦明印刷
製本所　ナショナル製本
カバーフォーマットデザイン　芥　陽子

Printed in Japan ©2021, Yusuke Higuchi ISBN978-4-396-34719-2 C0193

祥伝社文庫の好評既刊

樋口有介　**変わり朝顔** 船宿たき川捕り物暦

朝顔を育てる優男《やさおとこ》にして江戸随一の剣客・真木《まき》倩一郎《せいいちろう》は、一人の娘を助ける。彼女は目明かしの総元締の娘だった！

樋口有介　**初めての梅** 船宿たき川捕り物暦

料理屋の娘が不審死を遂げた。江戸の目明かし三百の総元締を継いだ倩一郎改め二代目米造《よねぞう》が調べを進めると…？

富樫倫太郎　生活安全課0《ゼロ》係　**ファイヤーボール**

杉並中央署生活安全課「何でも相談室」通称0係。異動してきたキャリア刑事は変人だが人の心を読む天才だった。

富樫倫太郎　生活安全課0係　**ヘッドゲーム**

娘は殺された――。生徒の自殺が続く名門高校を調べ始めた冬彦《ふゆひこ》と相棒・高《たか》虎《とら》の前に一人の美少女が現われた。

富樫倫太郎　生活安全課0係　**バタフライ**

少年の祖母宅に大金が投げ込まれた。冬彦と高虎が調査するうちに類似の事件が判明。KY刑事の鋭い観察眼が光る！

富樫倫太郎　生活安全課0係　**スローダンサー**

「彼女の心は男性だったんです」――性同一性障害の女性が自殺した。冬彦は彼女の人間関係を洗い直すが……。

祥伝社文庫の好評既刊

富樫倫太郎
生活安全課0係 エンジェルダスター
新聞記者の笹村に脅迫状が届いた。以前、笹村による誤報で自殺した娘の父親の行方を冬彦たちは捜す。

富樫倫太郎
生活安全課0係 ブレイクアウト
行方不明の女子高生の電話から始まった三つの事件は杉並七不思議がカギを握る!? 天才変人刑事の推理は？

富樫倫太郎
特命捜査対策室 警視庁ゼロ係 小早川冬彦Ⅰ
警視庁の「何でも相談室」に異動になった冬彦。新しい相棒・寺田《てらだ》寅三《とらみ》とともに二十一年前の迷宮入り事件に挑む！

沢村　鐵
極夜1 シャドウファイア 警視庁機動分析捜査官・天埜《あまの》唯《ゆい》
捜査一課の隼野《はやの》は、奇妙な女性捜査官天埜《あまの》と渋々チームを組む。だが凄絶な放火事件捜査に国家権力の圧力が……。

沢村　鐵
極夜2 カタストロフィスト 警視庁機動分析捜査官・天埜《あまの》唯《ゆい》
放火大量殺人の実行犯を検挙したのも束の間、犯行グループから予告状が。暗号は、現役大臣殺害を示唆していた！

沢村　鐵
極夜3 リデンプション 警視庁機動分析捜査官・天埜《あまの》唯《ゆい》
今度のテロの標的は、官邸――。ついに霞が関で同時多発テロが勃発する。国家のモラルを問う三部作、堂々完結！